NANCY WARREN

CROCS ET ACCROCS

PREMIER TOME D'UNE SÉRIE COZY MYSTERY

ISBN numérique : 978-1-990210-44-0

ISBN papier : 978-1-990210-45-7

Couverture par Lou Harper de Cover Affair

Traduit de l'anglais par Armel Normant et Valentin Translation

Ambleside Publishing

INTRODUCTION

Des vampires qui tricotent
Une sorcière trouble-fête
Qui a tué Mamie... et d'abord, est-elle vraiment morte ?

À mi-chemin entre un passé effroyable (Todd le crapaud) et un futur incertain (elle n'est pas tout à fait sans abri, mais c'est tout comme), Lucy Swift part à Oxford pour rendre visite à sa grand-mère. Elle envisage de reprendre des forces avant de décider quoi faire de sa vie. Avec l'amour inconditionnel de Mamie et son magasin de laine, Tricotti Tricotta, les conditions seront idéales pour ne pas céder aux idées noires. Elle a bien l'intention de se jeter à corps perdu dans les activités manuelles.

Et quand on parle de corps perdu, il semblerait bien que ce soit le cas de mamie. La pauvre grand-mère est morte. Enfin, plutôt morte vivante, quoiqu'il y ait bien un certificat de décès. Et un testament qui lègue le magasin de tricot à Lucy. Magasin auquel tout le monde semble accéder sans utiliser la porte... y compris Mamie, aussi pimpante que jamais et déterminée à tricoter des pulls à la vitesse de la lumière jusque tard dans la nuit. Mais que se passe-t-il au juste ?

Quand Lucy découvre que Mamie n'est pas morte paisiblement dans son sommeil, mais qu'elle a été assassinée, elle ne peut pas vraiment traduire le meurtrier devant la justice sans révéler qu'il n'y a pas de cadavre dans la tombe. Entre un vampire canon âgé de six cents ans et un inspecteur de police séduisant, tous deux à ses petits soins, Lucy se rend compte que la vie est bien plus compliquée qu'un cardigan à torsades.

Le seul qui semble savoir ce qui se passe est son chat... magique lui aussi ?

Premier tome d'une nouvelle série entre polar et paranormal. Un « cozy mystery » qui vous donnera du fil à retordre !

Si vous ne connaissez pas encore Rafe Crosyer, c'est le beau vampire sexy de la série *Le Club des Vampires Tricoteurs*. Découvrez gratuitement l'histoire de ses origines en vous inscrivant à la newsletter de Nancy (garantie sans spams) sur NancyWarrenAuthor.com.

Rejoignez Nancy dans son groupe Facebook privé, où nous parlons bouquins, tricot, animaux de compagnie et vie en général.
Facebook.com/groups/NancyWarrenKnitwits

CROCS ET ACCROCS

CHAPITRE 1

La boutique *Tricotti Tricotta* apparaissait sur certaines cartes postales qui mettaient à l'honneur les nombreux lieux pittoresques d'Oxford. Lorsqu'un touriste en avait assez d'écrire « j'aimerais tant que tu sois là » au dos de cartes postales représentant les différentes facultés, les tourelles de la ville ou le dôme de la Radcliffe Camera, une petite boutique chaleureuse peinte en bleu, pleine de paniers de laine et d'articles tricotés à la main, pouvait être tellement plus accueillante.

Ma grand-mère, Agnès Bartlett, possédait la meilleure boutique de tricot d'Oxford, et j'étais en route pour lui rendre visite après avoir passé un mois à transpirer sur un site de fouilles en Égypte avec mes parents archéologues.

J'avais hâte de raconter à Mamie le dernier bouleversement qui avait eu lieu dans ma vie. Même si j'avais vingt-sept ans et que j'étais censée être une adulte, elle était toujours prête à m'envelopper de ses bras chauds en me disant que tout irait bien. J'avais besoin de réconfort après avoir découvert que mon petit ami depuis deux ans, Todd, avait fourré son salami dans le sandwich d'une autre. Désormais, je surnommais mon ex « le crapaud ».

En descendant Cornmarket Street en direction de Ship Street, je me disais encore que j'avais bien besoin de la sagesse de Mamie, de ses câlins et de ses biscuits au gingembre faits maison. Un musicien de rue jouait de la guitare et chantait du Bob Dylan, sans grand succès, comme le laissaient supposer les rares pièces de monnaie dans son étui ouvert. Je m'écartai du chemin pour éviter d'être avalée tout entière par un groupe de touristes. Lorsque je passai devant eux, le guide touristique était en train de montrer du doigt le bâtiment à colombages de trois étages qui faisait l'angle et penchait vers la rue comme s'il était ivre.

— Construit en 1386 pour un marchand de vin local, il s'appelait à l'origine le New Inn. C'est l'une des rares bâtisses médiévales qu'il reste à Oxford.

Je m'éloignai sans en entendre davantage. J'avais appris beaucoup de choses sur Oxford en captant des bribes de visites guidées. Un jour, il allait falloir que j'en suive une pour de bon.

Juste après Ship Street, je tournai sur Harrington Street, où se trouvait la boutique de tricot de Mamie. Après l'agitation et la foule de Cornmarket, la rue semblait calme et presque déserte.

En traversant la zone pavée située devant le Cardinal College, ma valise se mit à trembler et à rebondir. La faculté avait été baptisée en l'honneur du cardinal Wolsey, le bras droit d'Henri VIII, qui était rapidement tombé en disgrâce, n'ayant pas réussi à libérer le roi de son premier mariage. Comme la boutique de tricot se trouvait en bas de la rue, mon arrière-grand-mère l'avait d'abord appelée *Cardinal Tricotti*

Tricotta, pour conserver uniquement la dernière partie du nom.

Un panneau devant l'entrée voûtée m'informa que la faculté était fermée aux visiteurs ce jour-là. Ce n'était pas l'entrée principale, même si des gargouilles féroces regardaient fixement la façade en pierres claires et dorées du Headington. À travers le portail, j'aperçus la cour et sa fontaine au centre. Je continuai, suivant le mur de la faculté jusqu'à son extrémité. Puis, passant devant une rangée de vélos, je me dirigeai vers la zone commerciale de Harrington.

Les boutiques n'étaient pas aussi vieilles que les universités. Elles étaient de style géorgien, pour la plupart, et se dressaient comme une rangée de dames élégantes, dans des tons crème ou pastel. Les magasins étaient au niveau de la rue et les appartements au-dessus. *Tricotti Tricotta* se trouvait au milieu de la rangée. Elle avait une façade en stuc vert clair et des fenêtres à guillotine d'origine, aux encadrements peints en blanc. La devanture présentait une grande vitrine et une porte vitrée. Toutes les boiseries étaient d'un bleu vif. Dans la vitrine, on pouvait admirer des laines richement colorées et un rouet ancien drapé d'une couverture crochetée dans laquelle il faisait bon se blottir. Il y avait une sélection de livres, de trousses, et un magnifique pull rouge qui donnait envie d'apprendre à tricoter.

Soudain, j'eus la sensation que des doigts froids et humides descendaient le long de ma nuque.

Cette journée de septembre était douce et j'avais chaud après avoir marché depuis la gare. Chaque partie de mon corps était en feu, sauf ma nuque. En regardant devant moi, je vis deux dames de l'autre côté de la rue qui approchaient dans ma direction. L'une d'elles était Mamie. Elle portait une jupe noire, des chaussures de ville, et l'un de ses cardigans tricotés à la main, orange et bleu. Elle était accompagnée d'une femme d'une soixantaine d'années au style glamour que je ne reconnaissais pas. Je lui fis signe tout en l'appelant. Elles portaient toutes deux des chapeaux à larges bords et lorsque je commençai à avancer vers elles, elles baissèrent le menton pour cacher leurs visages. Pourtant, j'aurais reconnu ma grand-mère n'importe où.

— Mamie ! lançai-je de nouveau en accélérant le pas, ma valise tressautant sur les pavés.

J'étais sûre qu'elles m'avaient vue, mais alors que je me précipitais vers elles, elles dévièrent sur Rook Lane, un passage étroit reliant Harrington à George Street. Que se passait-il ? Je soulevai ma valise et commençai à courir, mais elle était si lourde que je titubai en grommelant.

— Mamie ! criai-je encore.

Je courus jusqu'au bout de la ruelle dans laquelle elles avaient bifurqué, mais elle était déserte. Une feuille sèche et rabougrie tomba sur les pavés. Un petit chat noir me regardait depuis le rebord d'une fenêtre, avec un air proche de la pitié. À cette exception près, Rook Lane était déserte.

— Agnès Bartlett ! hurlai-je à pleins poumons.

Je restai plantée là, hors d'haleine. La ruelle était bordée d'anciennes maisons à colombages de style Tudor mélangées à des cottages victoriens. Elle devait être en visite dans l'une de ces maisons. Peut-être celle de son amie au look sophistiqué.

Je me lançai à leur poursuite dans la ruelle pavée. Une porte en bois noir encastrée dans le mur, sous une arche gothique, était en train de se refermer lorsque je l'atteignis.

J'avais envie d'actionner la petite cloche en laiton, mais de peur de me ridiculiser, je me ravisai et passai mon chemin.

Ça ne servait à rien de traîner dans une ruelle déserte. Autant aller à *Tricotti Tricotta* et attendre Mamie là-bas. Son assistante, Rosemary, serait sûrement présente. J'allais pouvoir accéder à l'appartement de l'étage et déballer mes affaires en attendant le retour de ma grand-mère.

J'avais hâte de lui parler de mon cœur brisé, sachant que j'obtiendrais plus de compassion et de compréhension que de la part de Maman, qui même lorsqu'elle me regardait semblait toujours penser à des époques et à des personnes révolues. J'avais toujours trouvé difficile de rivaliser avec les mystères du monde antique. Mamie, elle, m'écoutait avec toute son attention et disait toujours exactement ce qu'il fallait.

La seule déception, pour nous deux, était qu'elle n'avait jamais réussi à m'apprendre à tricoter. Tout ce que j'essayais de réaliser, que ce soit un pull, une paire de chaussettes ou une simple écharpe, finissait par ressembler à un hérisson écrasé.

En arrivant à l'entrée de la charmante boutique à façade bleue, j'essayai de pousser la porte. Elle ne s'ouvrit pas. J'essayai de nouveau en poussant plus fort, avant que mes autres sens ne se manifestent et que je prenne conscience qu'il n'y avait aucune lumière à l'intérieur.

Une feuille imprimée était collée sur la porte vitrée avec un message : « Tricotti Tricotta est fermé jusqu'à nouvel ordre. » En dessous, il y avait un numéro de téléphone.

Fermé jusqu'à nouvel ordre ?

J'appuyai mon visage contre la vitre, mais tout était sombre. Où était Rosemary ? Mamie ne fermait jamais la boutique en dehors des jours habituels. Et pourquoi y avait-il un amas de courrier sur le sol ? On aurait dit que personne ne l'avait ramassé depuis des semaines.

Lorsque je me redressai et regardai de nouveau dans la rue, une adolescente passa devant moi et me dévisagea en plissant les yeux. Elle avait une allure gothique, avec un visage pâle, des yeux sombres très maquillés, et de longs cheveux noirs. Sa tenue était entièrement noire également, y compris le parapluie qui la protégeait. C'était une journée sèche, sans aucun signe de pluie. Peut-être faisait-elle partie de ces gens trop prévoyants. Elle avait sans doute aussi des bottes de neige dans le sac tapisserie qu'elle portait, et de la crème solaire au cas où le soleil se déciderait à briller.

Je me retournai vers la boutique en me demandant ce que je devais faire. Il n'y avait pas beaucoup de moyens de communication sur le site archéologique et je n'avais pas pensé à vérifier à l'avance si Mamie se rappelait mon arrivée. Elle s'en souvenait toujours. Je restai là, à me mordre la lèvre, avant de faire un pas en arrière, presque jusqu'à la route. En levant les yeux, je ne vis aucune lumière dans l'appartement non plus.

L'accès principal se trouvait dans la ruelle, derrière la boutique. Je m'y engageai, traînant ma valise derrière moi une fois de plus. En passant devant *Pennyfarthing Antiques*, je remarquai que la nature-morte avec la corbeille de fruits et le poisson était toujours exposée, comme lorsque j'étais venue six mois auparavant. Il y avait aussi un service à thé en argent sur une commode Bow Front.

Je tirai ma valise vers le pub qui se trouvait à l'angle de New Inn Hall Street, *The Bishop's Mitre*. L'année 1588 était gravée sur le linteau de bois de l'établissement, qui servait de la bière au roi Charles II lorsqu'il se cachait pendant la guerre civile anglaise. Il se revendiquait maintenant « gastro-pub ». Face à moi, il y avait l'église St John et son cimetière ancien. Je tournai à l'angle et longeai le pub avant d'emprunter la ruelle qui passait derrière la rangée de boutiques.

La voie était à peine assez large pour une voiture et comportait de nombreux panneaux de stationnement interdit. Lorsque j'arrivai derrière chez Mamie, sa vieille voiture était garée sur la place de parking tout aussi minuscule où elle avait réussi à la caler. J'ouvris le portail en bois et empruntai le chemin qui traversait le petit jardin de derrière. Mamie y faisait principalement pousser des fleurs sauvages et des herbes, mais les parterres semblaient envahis par la végétation et avaient visiblement besoin d'être arrosés. En descendant le chemin étroit et sinueux qui menait à sa porte, ma jambe frôla la lavande qui y avait poussé. Je m'arrêtai un moment pour apprécier les senteurs de romarin et de lavande, de thym et de roses, ainsi que le bourdonnement joyeux des grosses abeilles qui ne semblaient pas se soucier du désordre.

En arrivant, j'appuyai sur l'interphone au cas où il y aurait quelqu'un. Personne ne répondit. J'essayai une deuxième fois, maintenant mon doigt sur le bouton censé sonner à l'étage, mais rien ne se passa.

Je sortis mon téléphone sans même savoir pourquoi je m'en donnais la peine. Je n'avais pas encore de forfait pour le Royaume-Uni. Laissant ma valise contre la porte, je retournai vers Harrington Street et repassai devant la boutique de tricot. Juste à côté se trouvait le salon de thé *Elderflower*.

Les deux sœurs Watt y servaient du thé et préparaient des scones ainsi que d'autres délices anglais depuis des décennies, voire des siècles. Elles connaissaient tout le monde dans le quartier. De plus, elles étaient toutes deux des amies proches de ma grand-mère. Si jamais elle était en visite quelque part, je pouvais l'attendre ici.

Lorsque j'entrai dans le salon de thé chaleureux et familier, Mary, l'aînée des sœurs Watt, leva les yeux vers moi. L'expression avenante de type « oui, puis-je vous aider ? » sur son visage se transforma rapidement en tristesse lorsqu'elle me reconnut.

— Oh, Lucy, c'est toi ?

— Oui. Comment allez-vous, Miss Watt ?

— Je vais bien, ma chérie.

Elle n'en avait pourtant pas l'air. Elle semblait inquiète, presque paniquée. Elle jeta un coup d'œil autour d'elle comme pour appeler à l'aide, mais il n'y avait personne d'autre dans le salon, à part moi et une famille de touristes français.

— Mamie n'est pas chez elle. Je pensais l'attendre ici.

Elle porta sa main à sa bouche, puis elle contourna le comptoir et me conduisit à la table la plus éloignée de ses seuls autres clients.

— Alors, tu n'es pas au courant ! Assieds-toi, ma chérie. Laisse-moi t'apporter du thé.

Le léger malaise que j'avais ressenti s'accentua.

— Au courant de quoi ? Qu'est-ce qui se passe ?

Elle secoua lentement la tête. Quand ses yeux se remplirent de larmes, je sentis mon estomac se nouer d'effroi. Le bois dur du siège heurta mes fesses alors que je m'asseyais sans m'en rendre compte. Au même moment, elle me dit :

— Je suis vraiment désolée, Lucy. Ta grand-mère est décédée.

— Non, murmurai-je. C'est impossible. Je viens de la voir dans la rue.

À présent, le chagrin émanait d'elle par vagues. Elle secoua la tête à nouveau.

— Tu as dû voir quelqu'un qui lui ressemblait.

J'étais tellement convaincue que c'était Mamie. Aurais-je pu me tromper ? Je me rappelai le moment où je l'avais vue. Elle ne m'avait pas reconnue, même quand j'avais crié son nom en lui faisant signe. La femme portait un chapeau, ce que Mamie ne faisait jamais, mais elle lui ressemblait tellement.

— Vous êtes sûre ?

Elle hocha la tête.

La vie sans Mamie était inconcevable. Bien sûr, je savais qu'elle était vieille et qu'elle mourrait un jour, mais c'était une femme robuste d'environ quatre-vingts ans, qui ne montrait aucun signe d'affaiblissement et se vantait souvent de n'avoir jamais été malade une seule journée.

— Ça a été très paisible, déclara Mary Watt. Elle est morte dans son sommeil. Et ce n'était plus une jeune femme.

— Mais elle n'était pas vieille. Pas vraiment. Et elle était toujours en si bonne santé !

Peut-être que si je n'avais pas vu cette femme dans la rue, le sosie de Mamie, je n'aurais pas eu autant de mal à accepter son départ.

— C'est comme ça que nous voudrions tous partir, n'est-ce pas ? En bonne santé jusqu'au bout, et puis un jour, aller au lit et ne plus se réveiller.

Mary Watt était très proche de l'âge de ma grand-mère. Elle ne disait pas cela par politesse. Elle voulait vraiment partir de cette manière.

Je restai assise là, à fixer la surface de la table en chêne. Je n'entendis même pas Miss Watt bouger, et j'étais dans la même position lorsqu'elle réapparut avec une théière Brown Betty, deux tasses, et l'un de leurs fameux scones servis avec de la confiture et de la crème.

Elle remplit une tasse, puis elle s'assit et s'en versa une également.

— Bois ton thé, ma chérie, et goûte le scone. Tu dois avoir faim.

Je ne pouvais pas manger, mais comme cela me donnait quelque chose à faire, je pris la tasse et bus du thé. L'infusion était forte et chaude. Je la sirotai pendant quelques minutes en absorbant la terrible nouvelle.

Miss Watt garda les yeux écarquillés sur moi. Comme toujours, ses cheveux gris étaient enroulés en un chignon bien rangé sur sa nuque. Son visage était doux et triste. Ses yeux bleus délavés me regardaient avec compassion.

— Je ne sais pas quoi faire, dis-je finalement. Il y avait un numéro sur l'écriteau à la boutique de Mamie, mais mon téléphone ne fonctionne pas ici.

Elle hocha la tête avec le même attendrissement. Puis elle se leva d'un bond, comme si elle était heureuse d'apporter une aide concrète.

— Tu peux utiliser notre téléphone. Ce numéro est celui de son notaire, je pense.

— Vraiment ?

J'avais du mal à me concentrer. J'avais l'impression qu'elle me parlait de très loin.

— J'imagine que oui. Quoi qu'il en soit, reste avec Florence et moi pendant que tu règles tes problèmes. Nous avons une chambre d'amis confortable à l'étage.

J'avais beau apprécier la gentillesse des deux sœurs, je savais que j'avais besoin d'être chez Mamie le temps de digérer la nouvelle.

— Merci. C'est très gentil de votre part. Mais si je peux utiliser votre téléphone, je vais appeler le notaire et voir si je peux récupérer les clés aujourd'hui.

— Bien sûr, tu peux appeler d'ici. Mais nous avons les clés du magasin de ta grand-mère et de l'appartement du dessus. Tu sais, nous avons toujours gardé les clés les unes des autres.

Elle me tapota la main, puis se dirigea derrière la caisse avant de revenir avec un jeu de clés sur un anneau rond en laiton. Ce ne fut qu'au moment de partir que je me tournai vers elle et posai la question que j'aurais dû poser bien plus tôt :

— Quand est-ce que Mamie est morte ?

— Il y a environ trois semaines. Personne n'a pu vous joindre, toi ou ta mère. Je suis vraiment désolée.

En entrant dans la boutique de tricot de Mamie, la première chose que je remarquai fut cette odeur familière. *Tricotti Tricotta* sentait la laine et la vieille pierre. Si les commérages avaient eu une odeur, j'aurais pu sentir tous les secrets qui avaient été partagés autour des modèles de tricot et durant les cours. Tout le monde aimait ma grand-mère. Amis et clients lui racontaient leurs problèmes et leurs histoires. Elle donnait d'excellents conseils, mais elle savait surtout écouter. Rien qu'en lui parlant, on se sentait mieux.

Je regardai les paniers de laine empilés sur les étagères et ce que l'on pourrait considérer comme le rayon érotique du tricot : ces superbes livres de modèles et autres magazines montrant de belles femmes portant des pulls et des châles complexes qu'aucun être humain ne pourrait tricoter, assurément. En tout cas, certainement pas moi. En regardant autour de moi, je fus prise d'un tel sentiment de nostalgie et de tristesse que je dus m'accrocher au comptoir pour ne pas perdre l'équilibre. Le silence était aussi lourd que mon chagrin.

Ramassant la petite pile de courrier qui s'était accumulée, je la posai sur le comptoir en bois, puis je franchis la porte donnant sur l'appartement de l'étage en allumant les lumières au passage. L'appartement était sur deux étages. Au rez-de-chaussée, il y avait une cuisine à l'ancienne, un salon, une salle à manger et un bureau avec une salle télé. Au-dessus, deux chambres et une salle de bain.

Ça sentait le renfermé, comme dans une vieille maison restée inoccupée pendant l'été. J'ouvris les fenêtres, puis redescendis l'escalier de service, récupérai ma valise et la hissai sur les marches jusqu'à la deuxième chambre, que j'avais toujours considérée comme la mienne. Mamie m'avait laissé la décorer lorsque j'étais adolescente, et j'aimais toujours ses murs lilas et sa literie à fleurs violettes. Sur le mur, il y avait un poster de Miley Cyrus, à l'époque où elle ne twerkait pas encore, et un autre des Spice Girls. Mes yeux s'embuèrent quand je vis que le lit avait été préparé pour moi. Dessus, il y avait des serviettes fraîches. Mamie attendait mon arrivée avec impatience.

Je descendis à la cuisine. Je n'avais pas faim, mais j'avais besoin de quelque chose pour m'occuper. J'ouvris le réfrigérateur et les placards au hasard. Quelqu'un avait jeté les denrées périssables, mais il restait ses biscuits préférés et un demi-pot de la marmelade qu'elle prenait toujours.

Je dus rassembler tout mon courage pour entrer dans sa chambre. Étrangement, même si elle y était morte, ce fut dans cette pièce que j'eus le moins l'impression de la voir. Les draps avaient été retirés jusqu'au matelas et la pièce semblait froidement impersonnelle.

Pourquoi n'avait-elle pas pu attendre ? Si elle était sur le point de mourir, j'aurais dû être là.

Je déballai mes affaires avant de marcher jusqu'à la supérette du coin, *Le Terminus*. Là-bas, je fis le plein de lait, d'œufs, de pain et de fruits. En rentrant chez Mamie, je me préparai des toasts et m'assis pour réfléchir et surtout me souvenir, jusqu'à ce que les cloches de l'église sonnent vingt-deux heures et que je décide d'aller me coucher.

Je ne savais pas si c'était à cause du décalage horaire ou du chagrin, mais je me réveillai à deux heures du matin, ce genre de réveil où l'on sait qu'il est inutile de se taper la tête contre l'oreiller, car l'on ne se rendormira pas.

Je sortis du lit en réalisant que je devais faire quelque chose. J'étais agitée et pleine d'énergie. J'avais envie de pleurer, de crier, de casser des objets, mais au lieu de ça, j'enfilai un jean, un vieux pull et des baskets avant de descendre à la boutique. J'allumai les lumières et entrepris de ranger sans réfléchir.

L'un des charmes de *Tricotti Tricotta* était que rien ne changeait jamais. Je savais exactement où tout devait être, puisque les choses avaient toujours été à leur place.

Cependant, je me rendis compte en remettant de l'ordre que le panier de laine Fair Isle s'était retrouvé dans la zone du mohair. Je remis donc les paniers à leur place.

Mamie était toujours méticuleuse, gardant sa boutique propre et bien rangée, alors je saisis un plumeau et me mis au travail. Une fois l'époussetage terminé, je sortis l'aspirateur et le passai sur le vieux plancher de bois. En poussant le tuyau dans un coin, j'aperçus une lueur dorée. Je me mis à genoux, passai ma main sous l'étagère du bas et découvris les lunettes de Mamie. Elles étaient constamment accrochées à une chaîne dorée autour de son cou, qui s'était brisée.

Je les gardai dans mes mains, sentant un frisson de tristesse me traverser, ainsi qu'autre chose. La chaîne passait entre mes doigts, encore et encore. Comme dans un rêve, j'avais l'impression d'avoir peur et que quelque chose de terrible me poursuivait, mais je n'avais aucune idée de ce dont il s'agissait. Quand ma vision finit par s'éclaircir, mon cœur battait la chamade.

Jetant un regard circulaire, je repérai une ligne d'éclaboussures noires sur le vieux plancher en bois franc. Ça pouvait être de la peinture ou du vernis à ongles, mais en tant que fille de deux archéologues, je savais qu'il était important d'examiner le moindre détail. J'humectai un mouchoir en papier avant de frotter soigneusement la plus grande tache. Une couleur rouille apparut sur le mouchoir. Je n'étais pas une experte en médecine légale, mais j'étais presque certaine que c'était du sang.

Le problème était le suivant : ma grand-mère était presque aveugle sans ses lunettes, surtout la nuit. Alors, si elle était morte paisiblement dans son lit, comme Miss Watt me l'avait dit, pourquoi ses lunettes cassées étaient-elles en bas, dans la boutique, avec des traces de sang récentes ?

CHAPITRE 2

J'étais accroupie, fixant les verres des lunettes de ma grand-mère, l'esprit en ébullition, lorsque je sentis un courant d'air froid. Les poils de ma nuque se hérissèrent et je frissonnai. Mamie aurait sûrement dit que ce n'était qu'une angoisse passagère.

Ce ne fut pas un bruit qui me fit lever les yeux, ni même un mouvement. C'était plutôt comme une présence. Le genre de présence qui m'incitait parfois à allumer en me réveillant de l'un de mes rêves, le cœur battant exactement comme il commençait à battre en cet instant.

Bien sûr, lorsque j'allumais ma lampe de chevet à la maison, c'était toujours pour avoir la vision rassurante de ma propre chambre, sans monstres, tueurs en série ni autres intrus louches.

Cette fois, je n'eus pas cette chance.

Il y avait un homme, debout devant la porte. J'aurais juré que j'étais trop effrayée pour respirer, pourtant je dus faire du bruit, car il se retourna brusquement et je sentis qu'il était aussi inquiet de me voir que je l'étais. Comme il m'avait remarquée, je me relevai en essayant de combattre la panique.

— Qui êtes-vous ? demandai-je.

Je voulais avoir l'air solide et assurée, mais j'entendais ma propre voix chevroter.

— Où est Agnès ? rétorqua-t-il.

— Agnès ?

Je fus surprise qu'elle connaisse un homme comme lui.

— Oui.

Il fit un pas en avant, visiblement impatient.

— Agnès Bartlett, ajouta-t-il.

Ne voulant pas lui répondre que ma grand-mère était morte alors qu'il venait de nulle part au milieu de la nuit, je réitérai ma question :

— Qui êtes-vous ?

Il s'avança. Il était grand, mince, élégant, et il avait environ trente-cinq ans. Il portait un pantalon noir et un pull gris foncé, mais à son allure, sa tenue aurait pu faire office de smoking. Ses cheveux étaient noirs, ses yeux sombres, son visage pâle. Il me fascinait et me répugnait à la fois.

— Je m'appelle Rafe Crosyer.

J'enchaînai avec une deuxième question, plus importante :

— Comment êtes-vous entré ?

Il hésita.

— J'ai vu la lumière en passant et j'ai pensé qu'Agnès avait peut-être besoin de quelque chose.

S'il connaissait ma grand-mère, comment pouvait-il ne pas savoir qu'elle était décédée ? Et pourquoi passait-il devant la boutique au milieu de la nuit ?

— Vous vivez dans le quartier ?

Il jeta un coup d'œil derrière moi, comme si je cherchais à cacher ma grand-mère dans mon dos.

— Oui. Mais je n'étais pas en ville. Est-ce qu'elle est ici ?

Je passai ma langue sur mes lèvres sèches.

— Vous devriez peut-être revenir demain.

Il fronça les sourcils.

— Vous tenez ses lunettes, et la chaîne semble être cassée.

La chaîne en question se mit à cliqueter, mes mains tremblant autant sous l'effet du chagrin que de la peur. Je me demandai si je n'étais pas au beau milieu d'un rêve lucide. Peut-être que Mamie n'était pas morte et que je ne tenais pas ses lunettes cassées tout en ayant une conversation bizarre avec un homme étrange en pleine nuit.

— Vous lui rendez souvent visite de nuit ?

Une légère crispation traversa son visage. Était-ce de l'agacement ? De l'amusement ?

— Je souffre d'insomnie. Votre grand-mère aussi.

Il sourit légèrement en voyant le choc évident que me provoquait le fait qu'il la désigne comme ma grand-mère.

— Lucy, je présume. Votre grand-mère parle souvent de vous. J'ai vu votre photo.

Peut-être qu'elle lui avait parlé de moi, mais j'étais certaine qu'elle ne m'avait jamais parlé d'un « homme grand, ténébreux et hautain ». Je m'en serais souvenu. Pourtant, s'il la connaissait aussi bien qu'il le prétendait, j'étais tentée de lui raconter ce qui s'était passé. Mais j'avais vécu trop longtemps dans de grandes villes pour commettre l'imprudence de me livrer, mise en garde par mes parents au sujet des inconnus. D'autant plus si j'étais toute seule, à trois heures du matin.

Il me regarda triturer la chaîne cassée.

— Votre grand-mère ne voit pas à un mètre devant elle sans ces lunettes.

Il fit un pas en arrière et détendit volontairement sa posture avant d'ajouter :

— Je veux seulement savoir si elle va bien.

— S'il vous plaît, répondis-je. Revenez demain.

Il hésita.

— Je serai en réunion toute la journée. Je passerai demain soir, après le coucher du soleil.

— Comme vous voudrez.

Il sourit.

— À demain soir, alors.

Il commença à fouiller dans sa poche et je tressaillis, pensant à toutes les choses qu'un type effrayant pourrait en sortir, mais sa main réapparut sans rien de plus redoutable qu'une carte de visite.

— Si vous avez besoin de quoi que ce soit, appelez-moi à ce numéro. De jour comme de nuit.

Je m'avançai pour attraper la carte qu'il me tendait et nos mains s'effleurèrent.

— Vos doigts sont si froids, lui dis-je.

C'était un peu le problème que j'avais lorsque j'étais nerveuse. Je disais tout ce qui me passait par la tête.

Il retira sa main et replia les doigts.

— Mauvaise circulation, répondit-il avant de se retourner vers la porte. Bonne nuit.

— Attendez, comment êtes-vous entré ?

Il n'avait toujours pas expliqué son apparition soudaine dans la boutique.

Il marqua une pause avant de répondre.

— La porte n'était pas verrouillée.

Je n'étais pas sûre de beaucoup de choses dans la vie – comme, par exemple, ce qu'un garçon voulait dire par « je t'appellerai », ou si les cheveux longs m'allaient mieux que les cheveux courts –, mais j'étais persuadée d'avoir fermé cette porte avant d'aller me coucher.

J'en aurais mis ma main au feu.

APRÈS LE DÉPART de ce curieux personnage, je m'assurai à trois reprises que la porte extérieure était verrouillée, ainsi que celle qui menait à l'appartement, puis je remontai. J'emportai les lunettes cassées de Mamie avec moi, regrettant qu'elles ne puissent pas parler. Quelque chose n'allait pas. Pourquoi avais-je retrouvé ses verres brisés dans la boutique si elle était morte paisiblement dans son lit ? Et depuis quand était-elle amie avec un homme étrange qui entrait au milieu de la nuit sans frapper ?

Rafe Crosyer était franchement sexy. Je me doutais bien que son visiteur nocturne avait autre chose en tête que le tricot, mais pour autant que je sache, elle n'avait jamais eu d'autre homme dans sa vie après la mort de mon grand-père. De plus, ils devaient avoir environ cinquante ans de différence d'âge, et ce type ne semblait pas être du genre à jouer les gigolos.

Je me recouchai, mais j'étais tellement troublée que je me relevai pour allumer la salle de bains, laissant ma porte ouverte afin de ne pas rester enfermée dans le noir. Ma chambre ne ressemblait plus à un refuge sûr et confortable. Chaque bruit provenant de l'intérieur ou de l'extérieur m'obligeait à ouvrir grand les yeux à la recherche d'un éventuel danger, jusqu'à ce que l'épuisement m'emporte et que je m'endorme.

À mon réveil, le soleil brillait, et je regardai par la fenêtre l'incomparable horizon des toits d'Oxford. Les innombrables clochers d'églises avaient beau être surnommés « Dreaming Spires », flèches rêveuses, ils avaient interrompu mes rêves sans arrêt. Il m'avait toujours fallu un peu de temps pour m'habituer aux carillons toutes les heures, même durant la nuit.

En jetant un coup d'œil à mon téléphone, je m'aperçus qu'il était plus de onze heures. Je me sentais lourde, hébétée, et j'avais désespérément besoin de ma tasse de café matinale, mais au moins j'avais dormi.

Je titubai jusqu'à la cuisine et préparai le café. Pendant qu'il infusait, mes pensées en firent de même. Les lunettes de Mamie, le sang sur le sol, l'étrange visiteur de la nuit passée. En imbriquant tous ces éléments, j'arrivais à un certain nombre de possibilités troublantes, mais aucune n'avait de sens.

J'avais vraiment besoin d'informations, et rapidement.

La première chose que je devais faire était de téléphoner au numéro indiqué sur l'écriteau de la porte. J'avais été trop abasourdie pour le faire la veille. À ma connaissance, Mamie n'avait jamais eu de portable. Elle n'avait que des téléphones fixes muraux. Un dans la boutique et un dans son appartement au-dessus. J'avais pris une photo de l'affiche, et juste après avoir bu ma première tasse de café bien serré, je pris une grande inspiration et appelai le numéro.

— Mills, Tate et Elliot, comment puis-je vous aider ? demanda une agréable voix féminine.

— J'ai trouvé ce numéro sur une affiche collée sur la porte

de *Tricotti Tricotta*, la boutique de tricot sur Harrington Street. La propriétaire était ma grand-mère.

— Veuillez patienter.

Puis j'entendis un déclic sur la ligne.

Au bout de quelques secondes, une voix masculine plus âgée reprit :

— George Tate à l'appareil.

Une fois de plus, j'expliquai la note et le numéro.

— Et quel est votre nom ? demanda-t-il.

— Lucy Agnès Swift.

Oui, Agnès pour ma grand-mère.

— Miss Swift, je suis désolé de vous informer que votre grand-mère est décédée il y a plusieurs semaines. J'aimerais beaucoup vous parler. Quand cela vous conviendrait-il de passer à notre cabinet ?

Heureusement, ma grand-mère avait engagé un notaire d'Oxford, situé à quelques pas du magasin, et nous convînmes que j'y passerais à quatorze heures, l'après-midi même.

— Veuillez apporter une pièce d'identité officielle, précisa-t-il avant de raccrocher.

Je pris une douche dans la salle de bain vieillotte, me cognant le tibia en enjambant la grande baignoire, comme chaque fois que je retournais chez Mamie. Il m'avait toujours fallu quelques bleus avant que l'escalade de la baignoire soit bien ancrée dans mes habitudes.

Après m'être douchée, et tout en laissant mes longs cheveux blonds sécher à l'air libre, je me brossai les dents, appliquai du mascara et du rouge à lèvres, puis enfilai mon jean préféré et un T-shirt en coton à manches longues.

Lorsque j'avais quitté Le Caire, la température était étouffante. Ici, c'était presque la saison des pulls.

D'une manière ou d'une autre, je devais contacter ma mère et lui faire savoir que Mamie nous avait quittés. Mais je décidai de voir le notaire d'abord et d'en apprendre le plus possible.

D'après Miss Watt et l'homme de loi, ma grand-mère était morte depuis des semaines. J'avais donc manqué son enterrement. En un sens, cette absence rendait les choses encore plus douloureuses. Je n'avais pas eu l'occasion de lui dire au revoir. Je devais trouver où elle avait été enterrée, et au moins lui apporter des fleurs. J'avais besoin de faire mon deuil.

Je jetai un coup d'œil aux lunettes, au bout de leur chaîne cassée, que je gardais sur moi comme si Mamie pouvait apparaître subitement et me les demander. Il ne me fallait pas seulement une tombe à visiter. Il me fallait des réponses.

J'avais posé la carte de visite que l'homme étrange m'avait donnée la nuit précédente sur le comptoir de la cuisine. Je m'en emparai. Le papier cartonné était sobre, mais de très bonne qualité. Rafe William Crosyer. Il y avait aussi un numéro de téléphone portable, une adresse e-mail et un site web.

D'après sa carte, il était expert en livres anciens et en restauration d'ouvrages. Bien évidemment, j'allais consulter son site web avant de le revoir. J'étais douée pour me renseigner sur les hommes étranges qui me tombaient dessus au milieu de la nuit.

~

LES BUREAUX DE MILLS, Tate et Elliot occupaient un bâtiment avec une façade de magasin victorienne en briques sur New Inn Hall Street, à seulement cinq minutes de marche. J'ouvris la vieille porte en chêne en m'attendant à trouver un clerc écrivant avec une plume d'oie, mais à mon grand soulagement, l'intérieur du cabinet était plutôt moderne. La réceptionniste était peut-être assise derrière un comptoir plus vieux que certains pays du monde, mais elle entra mes coordonnées dans un ordinateur sophistiqué avant de m'inviter à m'asseoir. J'avais à peine saisi un exemplaire de *The Economist* qu'un homme mince et élégant d'une soixantaine d'années, vêtu d'un costume bleu marine, s'avança vers moi.

— Miss Swift ?

— Oui.

Je me levai et lui serrai la main, puis il me conduisit dans un bureau qui ressemblait à l'antre d'un professeur. L'endroit était tapissé de livres et le bureau massif finement ouvragé était recouvert de papiers. Il n'y avait pas d'ordinateur, seulement un téléphone. Je comprenais pourquoi ma grand-mère l'avait engagé.

Je m'assis d'un côté du bureau et M. Tate de l'autre. Il me dévisagea si longtemps que je dus me forcer à ne pas montrer de signe d'impatience.

— Avez-vous apporté votre pièce d'identité ?

— Oui.

Je sortis mes deux passeports de mon sac. J'avais la double nationalité. J'étais née à Oxford d'une mère britannique et d'un père américain, et j'avais vécu la majeure partie de ma vie aux États-Unis. Mon père était maître de conférences américain à Oxford lorsqu'il avait rencontré ma mère, qui y était étudiante. Ils avaient déménagé dans le Massachusetts alors que j'étais encore bébé, mais ils travaillaient sur des chantiers de fouilles dans le monde entier. J'avais passé la plupart de mes étés avec ma grand-mère à Oxford, les moments les plus heureux de ma vie.

— Excellent. Je vais les faire scanner.

Il passa la tête par la porte et la dame de l'accueil vint les chercher.

Puis il se rassit, secoua la tête et poussa un soupir.

— Eh bien, ma chère, je vous présente toutes mes condoléances. Votre grand-mère était une femme merveilleuse.

— C'est vrai. Vous la connaissiez bien ?

— Nous nous rencontrions de temps en temps, en dehors du travail. Nous étions tous deux des habitués de la Bodleian Library. Mon cabinet a fait tout le travail juridique qu'il y avait à faire.

— Bien sûr.

Il tira un dossier vers lui et l'ouvrit.

— Avez-vous connaissance du testament de votre grand-mère ?

— Non. Pas du tout.

— Elle n'en a jamais parlé avec vous ?

Je secouai la tête.

— Pourquoi aurait-elle discuté de son testament avec moi ? Ma mère doit être son héritière. Elle n'a eu qu'un seul enfant.

— Agnès n'a pas légué ses biens à sa fille. Elle vous a tout laissé. Elle vous a aussi laissé une lettre.

Il retira une liasse de papiers du dossier, ainsi qu'une enveloppe scellée qu'il poussa vers moi sur le bureau. Je reconnus son écriture bouclée et une grande tristesse m'envahit. Je saisis l'enveloppe tout en sachant que je ne la lirais pas en présence du notaire. J'attendrais d'être seule.

Il replaça ses lunettes à monture dorée sur son nez et parcourut les pages comme pour se rappeler le contenu. Puis il commença.

— La succession de votre grand-mère comprend la boutique et les locaux d'habitation au-dessus. Dans cette partie de la ville, la propriété vaut une somme rondelette. En plus de cela, elle avait quelques économies, et bien sûr les revenus de *Tricotti Tricotta*. Tout cela vous revient.

— Et ma mère ?

J'avais déjà du mal à accepter la mort de ma grand-mère et à me rendre compte que j'héritais de ses biens. Je n'avais pas de place dans mon cerveau pour d'autres chocs émotionnels.

— J'imagine que le raisonnement de votre grand-mère sera expliqué dans cette lettre.

J'étais certaine que ma mère ne m'en voudrait pas pour la boutique. Elle et mon père étaient bien trop occupés par leurs recherches pour être dérangés par ça. Mais je n'avais jamais envisagé que l'on puisse un jour me demander de tenir une boutique de tricot. J'avais vingt-sept ans et je ne savais pas du tout ce que je voulais faire de ma vie.

J'étais à la croisée des chemins.

J'avais travaillé pendant deux ans dans le service d'administration d'une entreprise pharmaceutique, assise dans un box huit heures par jour. L'atmosphère était si terne que le cactus que j'avais apporté au travail était mort. J'étais certaine qu'il avait fini par mourir d'ennui. Tout mon département avait été licencié, ce qui était à la fois une bonne chose, car je n'avais plus à m'asseoir dans ce foutu box, et une mauvaise, car je n'avais plus de revenus. J'étais encore sous le choc lorsque, quelques jours plus tard, un vendredi soir, Todd m'avait appelée. J'avais répondu, mais au lieu de l'entendre me parler, je l'avais entendu haleter et marmonner quelque chose du genre : « Oh, ouais, bébé. »

Todd m'avait dit qu'il jouait au poker avec ses copains, mais je n'avais pas du tout l'impression qu'il s'agissait d'une partie de poker, alors j'avais pris ma voiture et parcouru la courte distance jusqu'à son appartement en sous-sol, où je l'avais surpris en train de s'envoyer en l'air avec une de ses collègues, sur la table de la cuisine. Je m'étais souvent dit depuis que si Todd avait été capable d'enlever son jean jusqu'au bout, nous serions peut-être encore ensemble.

Ce voyage était un moyen de surmonter l'humiliation de la trahison de Todd, et une occasion de comprendre ce que je voulais vraiment faire de ma vie. Je n'avais aucune idée de ce que pouvait signifier une somme rondelette, mais j'avais bon espoir qu'en vendant la boutique, j'aurais suffisamment pour tenir un certain temps, jusqu'à ce que je trouve ma voie.

M. Tate parlait et j'écoutais distraitement tout en laissant mes pensées dériver.

— Et maintenant, nous arrivons aux conditions de votre héritage, dit-il.

— Des conditions ?

— Oui. Elles ne sont pas très lourdes, mais votre grand-mère a demandé deux choses. La première, c'est que vous devez vous occuper vous-même de la boutique pendant au moins un an. La deuxième, c'est que vous devez la garder exactement en l'état.

— Sinon quoi ?

Il ôta ses lunettes et les essuya.

— Légalement, vous pouvez faire ce que vous voulez de la propriété. Ce sont uniquement les volontés de votre grand-mère.

J'étais venue chercher un but dans la vie, mais je ne me voyais pas tenir une boutique de tricot. M. Tate me regarda en attendant ma réaction. Une seule réponse pertinente me vint à l'esprit :

— Mais je ne sais pas tricoter...

CHAPITRE 3

*J*e serrai la main de M. Tate et quittai son bureau, abasourdie. Mon cerveau était submergé de questions alors que sa réceptionniste me rendait mes passeports en me souhaitant une bonne journée.

Je poussai la grande porte à deux battants sur laquelle était inscrit en lettres d'or *Mills, Tate & Elliot, Conseillers Juridiques*. Une fois de retour dans la rue, un courant d'air frais m'ébouriffa les cheveux, rafraîchissant mon esprit et m'aidant à calmer mes pensées. Pourquoi Mamie avait-elle spécifié que *Tricotti Tricotta* devait rester telle quelle ? Je savais bien que la boutique était importante pour elle. Mamie l'avait héritée de sa mère, elle était donc dans la famille depuis plus d'une génération. Mais c'était une boutique de tricot. Elle savait que je n'avais aucun talent pour cela. Pourquoi se serait-elle souciée de ce que j'en faisais ?

Évidemment, je l'avais aidée à la boutique pendant que mes parents grattaient la poussière ancienne sur des antiquités inestimables au milieu du désert, et je m'y connaissais assez bien. J'étais probablement la seule personne à part

Rosemary, l'assistante de Mamie, à savoir comment gérer l'établissement. Mais je n'étais pas vraiment une commerçante. Et je ne vivais même pas à Oxford !

De plus, il y avait ma totale incompétence en matière de tricot. Mamie avait essayé de m'apprendre, une fois, mais une simple écharpe tricotée deux mailles endroit deux mailles envers s'entortillait systématiquement dans des nœuds complexes et prenait des formes inhabituelles dès que je la quittais des yeux.

— Eh bien, je n'ai jamais vu une écharpe pareille, avait dit Mamie en riant, même pas perturbée par la forme d'oursin qu'avait prise mon écharpe d'hiver.

Je l'avais jetée dans un coin et le chat de Mamie avait mordu dedans jusqu'à ce qu'elle soit pleine de trous. Il était mort peu après, et même si c'était un vieux matou, j'avais toujours eu l'impression que c'était peut-être mon tricot qui l'avait tué.

Sans Mamie pour guider ma main, je doutais de pouvoir tricoter la moindre maille.

Je descendis George Street avec sa précieuse lettre dans ma main. Je me sentais tellement perdue. En voyant les gens en groupes, des étudiants, des grappes de touristes descendus d'un bus ou des couples bras dessus bras dessous, je me sentais également très seule. J'avais prévu de parler à Mamie de mon avenir et de ce que je devais en faire.

J'avais reçu un petit versement suite à mon licenciement. Mes parents m'avaient poussée à reprendre mes études. J'avais pensé voyager un peu, peut-être me balader en Espagne ou paresser sur une plage en Thaïlande. Je n'avais jamais envisagé de gérer *Tricotti Tricotta*, ni de vivre à Oxford de façon permanente.

Je tournai à droite sur Worcester Street et passai devant la faculté Worcester. Des roses de fin d'été s'élevaient le long des murs couleur biscuit, et la pelouse semblait fraîchement tondue, aussi neuve et innocente que les nouveaux étudiants qui allaient bientôt entamer l'année.

De Worcester, je passai sur Walton Street qui m'emmena vers Jericho, l'un de mes quartiers préférés d'Oxford. C'était moins touristique et rempli de cafés et de petits restaurants. Je passai devant Oxford University Press, bâtiment aussi intemporel et élégant qu'un classique des éditions Penguin. La circulation était bloquée et seuls les cyclistes allaient plus vite que moi.

L'un d'eux roulait devant moi vers la faculté ultramoderne, qui ressemblait à un vaisseau spatial ayant atterri au milieu de la vieille ville. Derrière lui, j'aperçus le dôme de l'observatoire néoclassique de Radcliffe, que j'avais vu comme toile de fond dans d'innombrables feuilletons de la télévision britannique.

J'envisageai de faire un saut au *Jericho Café* et de m'asseoir devant une tasse tout en lisant ma lettre, mais mes pieds continuèrent à marcher. Je sentais que j'avais besoin d'être dans la nature. Je me dirigeai vers Port Meadow, un grand espace vert qui serpentait le long de la Tamise. En ce mardi après-midi, il n'y avait personne d'autre que moi, quelques joggeurs et des promeneurs de chiens. Je longeai la rivière pendant un moment, puis je m'assis sur un banc. Avec une profonde inspiration, j'ouvris la lettre de Mamie.

Ma très chère Lucy,

Si tu lis cette lettre, c'est que je suis partie. J'ai vécu une bonne vie et je suis en paix, reconnaissante d'avoir partagé avec toi le temps que nous avons passé ensemble.

Je suis si fière de toi et de tout ce que tu vas accomplir dans ta vie, je le sais. Tu es encore jeune, mais sache que tu as un grand pouvoir en toi. Tu es plus forte que tu ne le penses, et tu découvriras bientôt que tu es capable de beaucoup de choses que tu crois peut-être impossibles aujourd'hui. Tout sera révélé en temps voulu, mais pour l'instant, sache simplement que tu dois rester forte. Il y aura des défis à relever. Je suis désolée de ne pas pouvoir être là pour t'y préparer. Dans les moments d'obscurité, cherche la lumière en toi. Tu sauras quoi faire.

Chercher la lumière en moi ? Et d'abord, quels défis ?

Je te lègue tous mes biens matériels, Lucy. J'ai laissé une lettre à ta mère, mais elle a toujours su que je voulais que la boutique te revienne. S'il te plaît, garde Tricotti Tricotta <u>exactement</u> comme elle est actuellement. Je te demande de ne pas la vendre ni la modifier, et tu sauras bientôt pourquoi.

Elle n'aurait pas pu me *dire* pourquoi ? Et maman savait depuis le début que ça allait arriver ? Pourquoi ne m'avait-on pas mise au courant ? Cette lettre n'éclaircissait rien du tout.

Je suis sûre que tu as encore des questions – certaines des réponses se trouvent dans notre journal de famille, le gros livre relié de cuir que je t'ai montré une fois. Garde l'esprit ouvert en le lisant. Tu en sauras plus sur ta famille si tu arrives à déchiffrer les indices.

Je t'aime tendrement, Lucy, et j'espère que tu feras de ton mieux pour respecter mes souhaits. Trouve le livre et ne change rien à la boutique. Reste forte et garde l'esprit ouvert. J'ai le senti-ment que tu vas te faire de nouveaux amis très spéciaux à Oxford d'ici peu.

Ta grand-mère qui t'aime,
Agnès Bartlett

Un épagneul se précipita vers moi, lorgnant le papier que je tenais sur mes genoux en espérant sans doute qu'il s'agis-sait d'une friandise pour chien. Cela me ramena à la raison et je tapotai sa tête noire. L'animal prit la fuite dès qu'il eut compris qu'il ne recevrait rien à manger. Je relus la lettre. Elle était écrite sur du joli papier, avec un motif de fleurs sauvages fanées et des enjolivures bleues ornant l'un des coins.

Avais-je mal interprété ses mots ? Non, les boucles gracieuses de l'écriture manuscrite de Mamie étaient aussi précises que d'habitude. En relisant la lettre, j'y trouvai le même sens. Le seul que je puisse en tirer. Mamie voulait que je gère son atelier de tricot et que je passe mon temps libre à compulser un ancien journal de famille dont je me souvenais à peine. Et moi qui trouvais ma vie dans le box de l'entreprise pharmaceutique ennuyeuse à mourir.

Je pliai la lettre de Mamie et la remis dans son enveloppe en soupirant. Je restai assise encore un moment à contempler la rivière, regardant passer un trio de cygnes blancs. Puis je me levai pour retourner vers la ville, l'esprit plus confus que jamais.

En arrivant à *Tricotti Tricotta*, je décidai que la première chose à faire était un inventaire. Je n'étais pas sûre de rester une année entière, ni même un mois, mais il fallait que je sache ce qu'il y avait. Je n'arrivais toujours pas à comprendre pourquoi tout était si désordonné. Je devais aussi parler à

Rosemary Johnson, l'assistante de Mamie. Elle savait sans doute ce qui se passait.

Je commençai tout de suite à faire l'inventaire, ce qui me permit de m'occuper tout en réfléchissant au contenu du testament de Mamie et de sa lettre. Il ne me fallut pas longtemps pour remarquer que les aiguilles à tricoter n'étaient pas suspendues par taille et que des aiguilles tubulaires étaient accrochées sous un panneau annonçant des boutons divers. Un amas de fils avait été abandonné dans un récipient sur le comptoir, comme s'il s'agissait d'un bol de bonbons. Il allait me falloir une éternité pour les démêler et les remettre dans les bons tiroirs.

Je trouvai de la laine framboise mélangée à du marron, de l'Alpaca Classic dans le même casier que de l'Alpaca Merino. Pour un œil extérieur, la boutique avait probablement l'air bien tenue, mais dans le cadre d'un inventaire, c'était le chaos. Pour une tricoteuse, ce mélange de laines serait sans doute exaspérant.

Je me demandai si Mamie n'avait pas perdu l'esprit pendant ses derniers jours.

Mais si c'était le cas, comment se faisait-il que l'appartement du dessus soit si bien rangé ? Mamie l'avait clairement nettoyé et préparé pour mon arrivée. Si elle avait pris le temps d'arranger ma chambre, n'aurait-elle pas fait en sorte que la boutique soit également en ordre ?

Je l'avais aidée à informatiser l'inventaire, mais elle aimait garder des imprimés, toujours méfiante envers les ordinateurs. Sous la caisse enregistreuse, le bureau contenait un placard et trois petites étagères. Il n'y avait rien d'autre qu'un peu de poussière sur les deux du bas, et sur celle du haut quelques papiers et une poignée de bonbons à la menthe qui semblaient avoir connu des jours meilleurs. À l'intérieur du placard, je trouvai le livre de commandes spéciales relié de cuir, qui renfermait les bons de commande. Effectivement, il y avait là l'inventaire le plus récent.

Le tintement strident de la sonnette me sortit du silence et je sursautai. J'avais oublié de verrouiller la porte, mais le panneau « fermé » était toujours accroché. Si ce client ne pouvait pas lire l'écriteau, sa vue n'était certainement pas assez bonne pour lui permettre de tricoter.

— Helloo ! fit une voix de femme, la fin du mot s'allongeant anormalement comme dans une ritournelle, terminée par un point d'interrogation implicite. Il y a quelqu'un ?

Je me relevai maladroitement de derrière le comptoir.

— Bonjour. Je peux vous aider ?

La femme qui se tenait devant moi était d'un âge indéterminé. Ses yeux présentaient des pattes d'oie, ses joues étaient un peu affaissées, mais sa peau était plutôt ferme et ses cheveux bien coiffés au carré. Ils étaient même si bien fixés qu'on aurait pu leur donner un coup de maillet sans les faire bouger. Elle avait une posture assurée, le dos droit, et un sourire plein d'espoir.

Elle portait une robe noire et une élégante veste noire et grise. Je fus impressionnée qu'elle puisse porter des talons aussi vertigineux sans se tordre la cheville. Sous son bras se trouvait un mince attaché-case en cuir noir.

— Je ne voulais pas vous effrayer, dit-elle sur un ton guilleret. Agnès est-elle ici ? C'est Sidney Lafontaine qui veut la voir.

Elle s'approcha de moi et se pencha en avant, ses yeux bleus étincelants un peu trop intenses – et un peu trop proches pour mon confort personnel.

Un sentiment de tristesse m'envahit à ces mots.

— Je suppose que vous n'êtes pas au courant. Agnès nous a quittés.

Ses yeux soulignés de noir s'écarquillèrent et elle porta la main à sa bouche, l'air surpris et choqué.

— Vous voulez dire que...

— Elle est morte.

Je prononçai à sa place les mots qu'elle semblait incapable de prononcer. J'avais compris que les euphémismes comme « décédé » et « monté au ciel » étaient tout aussi douloureux que le simple mot « mort ».

— Grand Dieu, ce n'est pas possible. Je l'ai vue il y a quelques semaines seulement. Vous êtes sûre ?

Qui pourrait mentir à propos de la mort de sa grand-mère adorée ?

— Oui. J'en suis sûre.

— Oh mon Dieu, c'est une terrible nouvelle !

Elle sembla réfléchir rapidement avant d'ajouter :

— Vous a-t-elle parlé de ses projets ?

Je me demandai si cette femme était de la même veine que ces gens qu'on appelle des chasseurs d'ambulances. Est-ce qu'il existait aussi des chasseurs de corbillard ? En tout cas, je reculai instinctivement devant elle.

— Puis-je vous demander comment vous avez connu ma grand-mère ?

La femme ne semblait pas du genre à tricoter. Elle n'avait même pas jeté un œil au contenu de la boutique.

— C'est un peu délicat. Êtes-vous une parente ?

J'hésitai un instant, mais je ne voyais aucune raison de garder secrète ma relation avec Mamie. Je lui appris que j'étais sa petite-fille et elle acquiesça. Puis elle me demanda si mes parents étaient en ville.

Lorsque je lui répondis que ce n'était pas le cas, elle tapota ses ongles au vernis rouge contre sa mallette. Je trouvais cette conversation pénible et gênante.

— Y a-t-il quelque chose que je puisse faire pour vous aider ?

— Oui. Savez-vous qui s'occupe des affaires de votre grand-mère ? Mon entreprise est liée aux bénéficiaires d'Agnès Bartlett.

J'aurais pu l'envoyer à George Tate, qui aurait probablement été très discret, mais comme j'étais presque certaine que les testaments étaient des documents publics, elle aurait fini par revenir ici. D'un autre côté, ma mère n'était même pas encore au courant du testament. Je n'allais quand même pas dire à cette femme trop fouineuse que j'étais la bénéficiaire avant que maman ne le sache...

— Je pourrais peut-être transmettre un message à ma mère ? C'était la fille unique d'Agnès.

— La fille unique...

Je sentis qu'une fois de plus, elle se livrait à un débat intérieur.

— Je suis agent immobilier, dit-elle enfin. J'ai un client qui souhaite acheter *Tricotti Tricotta*. Votre grand-mère était très désireuse de vendre, car elle vieillissait et personne dans son entourage ne souhaitait reprendre la boutique.

— Vraiment ?

Mensonge, ton nez s'allonge.

Je sentis des picotements au bout de mes doigts. En baissant les yeux, je vis des étincelles jaillir de l'index de ma main droite et de l'annulaire de ma main gauche. Il devait y avoir une électricité statique folle dans la pièce. Cela ne m'était jamais arrivé auparavant, mais peut-être que l'air sec et la laine provoquaient une sorte de réaction étrange. Je frottai mes doigts sur mon jean.

Elle acquiesça.

— Je sais que c'est un moment terrible pour tous les proches d'Agnès, mais je suis sûre que vous ne voulez pas être embarrassée par une boutique de tricot, ici à Oxford. Vous devriez en parler avec vos parents.

Elle se pencha vers moi en prenant un air confidentiel, s'immisçant dans mon espace vital.

— Les acheteurs qui sont emballés ont tendance à payer plus cher que prévu.

— De quelle somme parlons-nous ?

J'étais curieuse de connaître la valeur de ce bien. Elle jeta un coup d'œil autour d'elle, comme si elle était sur le point de révéler des secrets d'État, puis elle baissa la voix alors qu'il n'y avait que nous deux dans la boutique. Elle mentionna un montant qui m'émerveilla, moi qui avais tant de mal à payer le loyer, la nourriture et les factures du mois avec un seul salaire à mon ancien poste. Elle me regarda pour jauger ma réaction. Elle dut aimer ce qu'elle voyait, car elle sourit d'un air suffisant.

— Parlez-en à votre mère et demandez-lui de m'appeler.

Elle me tendit une autre carte de visite, que je saisis avec précaution en espérant que mes doigts ne feraient pas d'étincelles et n'y mettraient pas le feu, même si j'aimais bien l'idée de me servir de sa carte de visite comme allumette. Puis, tout en m'adressant un joyeux au revoir, elle partit.

Pourquoi Mamie aurait-elle encouragé cette femme si elle était déterminée à ce que je dirige la boutique après son départ ? Sidney Lafontaine devait mentir. Je tapotai le bord de la carte contre le comptoir en bois, les sourcils froncés. Une fois de plus, la possibilité que Mamie n'ait pas été tout à fait elle-même depuis que je l'avais vue me traversa l'esprit.

Je fermai la porte à clé après son départ. J'avais tant de choses qui bourdonnaient dans ma tête que je n'arrivais pas à me concentrer sur une seule d'entre elles. Je fermai les yeux et pris une profonde inspiration pour me recentrer. Puis j'arrivai à une conclusion. J'avais besoin de dresser une liste.

Il y avait un bloc-notes et un stylo en haut dans le bureau. J'avais bien avancé dans l'inventaire et je décidai que je pouvais faire une pause. Je montai à l'étage, trouvai le papier et le stylo, puis je commençai à écrire toutes mes préoccupations, sans ordre particulier. Une fois que j'eus terminé, je sentis que mon esprit était un peu plus clair. Je relus ma liste. Elle n'était pas très longue, mais chaque élément représentait un véritable défi.

Un : Téléphoner à maman et lui dire que Mamie est morte. Je n'avais vraiment pas envie de faire ça.

Deux : Expliquer le testament à maman. Idem.

Trois : Appeler Rosemary. Quand reviendrait-elle au travail ? Je n'aimais pas Rosemary. J'aurais voulu ne pas avoir à le faire.

Quatre : Rafe Crosyer. Rechercher sur Google. Je fus prise d'un frisson rien qu'en voyant son nom.

Pourquoi avais-je accepté qu'il revienne ce soir ? Si j'avais été plus à l'aise, je lui aurais dit non. Peut-être que je pouvais trouver quelqu'un pour me tenir compagnie, comme ça je ne serais pas toute seule lorsqu'il arriverait. Dès que cette pensée me vint, je la rejetai. J'étais parfaitement capable de me débrouiller. Un grand insomniaque dangereusement sexy avec une mauvaise circulation sanguine ne devrait pas me faire peur. Du moins, pas beaucoup.

Cinq : Ai-je envie de gérer une boutique de tricot ? Rechercher les options. Engager un assistant ? De préférence pas Rosemary.

Six : Trouver où Mamie avait été enterrée. Lui rendre visite. Apporter des fleurs. De toutes les tâches de la liste, celle-ci allait être la plus difficile. Une visite sur la tombe confirmerait qu'elle était partie pour toujours.

Sept : Qu'est-il arrivé à ses lunettes ? Qui pourrait le savoir ?

Cette question me conduisait à :

Huit : Aller voir son médecin et découvrir les raisons de sa mort.

Je décidai d'aborder les points de ma liste un par un, dans l'ordre où je les avais écrits. Pour joindre mes parents, il ne suffisait pas de décrocher le téléphone et de composer le numéro. Il y avait un téléphone satellite sur le site archéologique, principalement pour les urgences. J'appelai et laissai un message à l'un des étudiants italiens qui aidaient aux fouilles. Une fois qu'il m'eut répondu qu'il transmettrait le message et qu'il eut raccroché avec un joyeux « Ciao », j'estimai que les chances pour qu'il se souvienne de leur faire la commission étaient d'environ 50 %.

Je décidai qu'une solution de secours était une bonne idée. Annoncer à quelqu'un par e-mail que sa mère était morte me semblait cruel. Je rédigeai donc un message prudemment en disant que j'étais bien arrivée, mais que j'avais des nouvelles, et en lui demandant de me rappeler. Nous n'étions pas le genre de famille à nous appeler de très loin pour bavarder, alors elle allait se douter qu'il se passait quelque chose de grave.

Après avoir envoyé le message, je me sentis mieux. Je

commençais à prendre en main le désordre dans lequel je me trouvais.

Je rayai le premier point de la liste avec un petit sentiment d'accomplissement. Voilà qui réglait aussi le deuxième. J'allais parler du testament à ma mère lorsqu'elle rappellerait. J'évoquerais aussi l'étrange femme qui semblait penser que Mamie voulait vendre la boutique, alors que sa dernière volonté était de le garder.

Le point suivant était Rosemary. C'était la vendeuse de Mamie depuis plusieurs années maintenant, et elle savait tout ce que j'ignorais, comme les commandes à venir ou les cours prévus. Une grande partie de l'activité de *Tricotti Tricotta* consistait à donner des cours de tricot et à fournir du matériel à toutes ces tricoteuses en herbe. Mamie avait enseigné beaucoup elle-même. Comme je doutais que quiconque puisse vouloir apprendre à tricoter une écharpe en forme d'oursin, je devais trouver de nouveaux professeurs.

Si toutefois je décidais de rester.

Le numéro de Rosemary figurait dans le classeur où Mamie notait les commandes spéciales. Je ne m'étais jamais rapprochée de cette femme. Elle avait une voix plaintive et se comportait toujours comme si sa vie était injuste. Même dans sa façon de dire « allô ? », on sentait qu'elle s'attendait à ce que son interlocuteur lui annonce de mauvaises nouvelles.

— Rosemary, c'est Lucy Swift, la petite-fille d'Agnès Bartlett.

— Qu'est-ce que tu veux ? grommela-t-elle.

Je me doutais qu'elle non plus ne se sentait pas proche de moi, mais elle avait toujours fait semblant d'être ravie de me voir. Cette attitude revêche était plutôt étrange.

— Je me demandais si vous pouviez venir travailler vendredi ? demandai-je.

On était mardi, ce qui me laissait quelques jours pour m'organiser.

Il y eut un silence.

— Tu veux dire à la boutique de tricot ?

Non, au MI-5.

— Oui, à la boutique de tricot. *Tricotti Tricotta.*

— Et pourquoi est-ce que je ferais ça ? demanda-t-elle avec la même attitude.

— J'ai vraiment besoin de votre aide. Je sais que ce sera difficile sans Mamie, mais elle voulait que la boutique continue son activité.

— Où est Agnès ?

Rosemary avait-elle bu ?

— Elle est morte. Elle nous a quittés depuis trois semaines. Vous ne le saviez pas ?

La femme émit un grognement, une sorte de rire qui ressemblait plus à de l'hystérie qu'à de l'amusement.

— Morte... Depuis trois semaines...

On entendit un autre son, comme un gloussement étouffé à la hâte. Puis elle répondit :

— Oui, bien sûr que je le savais.

Il y eut un autre silence sur la ligne. Lorsqu'elle reprit la parole, elle semblait s'être contrôlée et ses mots étaient plus appropriés.

— Je suis vraiment désolée. Ce doit être un moment terrible pour toi. Je ne me sens pas bien depuis le décès de ta grand-mère. Le docteur dit que c'est le deuil. Je suis si sensible, tu vois, les choses me touchent toujours plus que les autres.

— Bien sûr.

Je levai les yeux au ciel. *Merci d'avoir fait comme si la mort de Mamie ne concernait que toi.*

— Je peux venir dès que tu auras besoin de moi. Veux-tu que je vienne demain à mon horaire habituel ?

J'eus le sentiment soudain que je devais lui dire non, mais cette impression s'en alla si vite que je l'ignorai. J'avais besoin de Rosemary. Je devais mettre mes sentiments personnels de côté et commencer à penser à ce qui était le mieux pour *Tricotti Tricotta* et les clients qui comptaient sur nous pour leurs besoins en tricot, crochets et aiguilles.

— Vendredi c'est bien. J'ai des choses à organiser avant l'ouverture.

— Pour Agnès, je vais faire l'effort. Je serai là à neuf heures.

— Merci.

Après avoir raccroché, je restai un moment à fixer le téléphone. C'était bizarre. Mais depuis mon retour à Oxford, tout m'avait semblé bizarre.

Y compris le prochain élément sur ma liste : Faire une recherche Google sur Rafe Crosyer.

CHAPITRE 4

J'emportai mon ordinateur portable à côté, au salon de thé *Elderflower*. Les sœurs Watt avaient peut-être l'air de sortir d'un roman des sœurs Brontë, mais elles possédaient quelque chose que la famille Brontë n'avait jamais eu : le Wi-Fi haut débit.

Après *Tricotti Tricotta*, le salon de thé *Elderflower* était ma boutique préférée de Harrington Street. Là où la plupart des vitrines étaient plates, les leurs étaient arquées. Comme le salon de thé faisait deux fois la superficie de la plupart des magasins, il y avait deux fenêtres bombées qui ressemblaient à des yeux écarquillés. Les tables situées près des fenêtres étaient les meilleures.

À l'intérieur, on se serait cru dans *Alice au pays des merveilles*. Toutes les tables étaient recouvertes de nappes en dentelle, même si des plateaux ronds en verre les surmontaient pour les maintenir en place. Il y avait des poutres apparentes au plafond, le papier peint était en chintz, et des commodes ainsi que des armoires anciennes abritaient des théières et des tasses assorties, dont beaucoup étaient de vraies antiquités.

Lorsque j'entrai, les deux sœurs étaient à l'intérieur. Elles n'étaient pas jumelles, mais elles avaient travaillé et vécu ensemble si longtemps qu'elles se ressemblaient beaucoup. Elles avaient les mêmes cheveux, portaient des tabliers de chintz sur des vêtements fonctionnels, et leurs deux visages ridés affichaient la même gentillesse.

En me voyant, Florence essuya ses mains farineuses sur son tablier et s'approcha de moi, les bras tendus. Ses mains étaient aussi douces et chaudes qu'une pâtisserie sortant du four lorsque je les lui serrai.

— Je suis vraiment désolée. Agnès était la plus merveilleuse des femmes, et une bonne amie. Je n'arrive toujours pas à croire qu'elle soit partie.

— Merci, Miss Watt. Je ne réalise pas non plus.

— Quel choc ça doit être pour toi ! Nous voulions te le dire, mais personne ne savait où vous étiez, toi et tes parents. Nous avons laissé un message sur leur téléphone. C'était le mieux que nous puissions faire.

Elle leva les mains comme pour dire que l'appel longue distance n'était qu'un gaspillage d'argent, puis elle reprit :

— Laisse-moi t'apporter du thé.

L'une des choses que j'aimais chez Mamie et ses amies, c'était qu'elles offraient du thé comme s'il pouvait tout guérir, depuis les chagrins d'amour jusqu'au stress. Ce n'était peut-être pas un remède, mais je savais que je me sentirais mieux grâce au thé et à la bienveillance qui l'accompagnait.

Florence me conduisit à une table dans un coin tranquille. Les deux tables de la fenêtre étaient prises, l'une par des touristes consultant un guide en buvant leur thé, l'autre

44

par des étudiants étrangers qui s'appliquaient à parler anglais. Je me connectai au Wi-Fi et consultai mes e-mails. Bien sûr, il n'y avait aucune réponse de ma mère pour le moment, c'était trop tôt. Mais j'avais reçu un mail de mon amie Jennifer, qui me racontait tous les potins de chez nous.

Jenn rédigeait toujours ses e-mails comme si elle avait une vraie conversation.

Devine quoi ? avait-elle tapé avant de laisser un espace vide, probablement pour que je puisse faire quelques suppositions ou donner ma langue au chat avant de continuer. *Le crapaud est à nouveau célibataire !!!!*

Jenn aimait aussi les points d'exclamation, de la même façon que certaines personnes raffolaient des margaritas ou du chocolat.

Il paraît que Monica l'a largué !!! Tu te rends compte ?!??!!

Il y avait un autre espace pour me laisser le soin de répondre. Bon sang, oui, je me rendais compte ! N'importe quelle femme avec quelques neurones fonctionnels aurait pu voir clair dans le jeu de Todd le Crapaud.

Ce qui n'était pas mon cas, visiblement. J'étais restée avec lui pendant deux ans.

Mais j'étais libre à présent. Libre. Jennifer suggérait qu'on fasse une « *virée entre filles célibataires !!!! À New York !!!!* » lorsque je serais de retour à la maison. Je me demandais quand je rentrerais, maintenant que j'avais une boutique de tricot sur les bras.

Florence Watt m'apporta mon thé elle-même et je commandai un sandwich au fromage et aux cornichons en guise de dîner de bonne heure. Elle ne s'attarda pas à ma table, car il y avait du monde dans le salon de thé, ce qui me convenait parfaitement. J'étais heureuse d'être entourée, mais aussi qu'on me laisse tranquille pendant que je me renseignais sur mon visiteur nocturne. Il avait dit qu'il vivait dans le coin. Je me demandais si Florence et Mary le connaissaient. Il fallait que je le leur demande lorsqu'elles auraient une seconde.

Même si j'avais l'adresse de son site web, je fis d'abord une recherche sur son nom. Il apparut tout de suite sur le site de la Bodleian Library. Il n'y avait pas de photo, mais je le reconnus grâce à un dessin – cool, comme s'il s'agissait d'un personnage de roman. Il donnait une conférence sur la restauration des livres. Selon l'introduction de sa conférence, il était expert en restauration et marchand de livres rares et de manuscrits.

Son site web m'apprit très peu de choses que je ne savais pas déjà. Il n'avait pas de magasin, mais c'était un homme de confiance pour qui voulait faire évaluer une première édition de Dickens retrouvée derrière une cheminée, si l'on cherchait une pièce en particulier ou encore si l'on souhaitait faire restaurer un livre ancien ou un manuscrit.

Le site web contenait des liens vers quelques articles scientifiques, des informations techniques sur la restauration d'ouvrages, quelques anecdotes sur tel ou tel livre rare qu'il avait déniché pour un client, et une autre à propos du don d'un rare manuscrit médiéval enluminé qu'il avait fait à la Bodleian Library. Il donnait aussi de temps en temps des conférences au King's College.

Des références impressionnantes. La seule chose qui manquait à son site, et à tout ce contenu biographique, c'était la moindre allusion à… sa biographie. Aucune date de naissance, aucune mention de sa femme ou de ses enfants. Bien sûr, je ne me souciais pas de son âge, ni de savoir s'il était marié ou s'il avait une famille, mais il me semblait étrange qu'il n'y ait pas la moindre information personnelle.

Même s'il s'agissait d'un expert en livres anciens qui donnait des conférences dans des universités prestigieuses, j'allais m'assurer que toutes les lumières soient bien allumées dans le magasin ce soir, et j'essaierais d'abréger la conversation.

Je fus soulagée de constater que Florence et Mary connaissaient Rafe Crosyer, et elles me confirmèrent qu'il était bien un ami de Mamie.

De retour à la boutique, je me remis au travail, rangeant et réorganisant tout en poursuivant l'inventaire. C'était un travail fastidieux et délicat. J'avais chaud et je me sentais épuisée lorsque Rafe Crosyer frappa enfin à la porte.

Lui, en revanche, avait l'air aussi reposé que s'il avait passé la journée à dormir paisiblement, comme s'il venait tout juste de se réveiller, ce qui me mit d'humeur grincheuse.

Rafe me regarda attentivement avec ses yeux bleus perçants.

— Je suis vraiment désolé pour votre grand-mère. Je viens seulement d'apprendre aujourd'hui qu'elle nous avait quittés. C'était une bonne amie à moi. Et quelle tragédie pour vous ! Vous avez l'air fatigué.

J'avais souvent lutté contre les larmes depuis que j'avais appris la mort de Mamie, mais il avait l'air si sincère que je sentis mes yeux s'embuer.

— C'était un choc, admis-je.

Puis j'ajoutai à voix basse, car c'était tout ce dont j'étais capable :

— Elle va me manquer.

— À moi aussi.

— Au fait, si vous avez une clé du magasin, j'apprécierais que vous me la donniez. Maintenant que Mamie est partie, j'ai besoin de récupérer toutes les clés. Son notaire me l'a suggéré.

Le notaire n'avait rien suggéré de tel, mais c'était pratique de rendre l'infortuné M. Tate responsable du fait que je demande sa clé à l'intimidant Rafe Crosyer.

Il haussa juste les sourcils.

— Je n'ai pas de clé. Je vous l'ai dit. Hier soir, quand je suis arrivé, la porte n'était pas verrouillée.

Je n'allais pas me disputer avec lui. À quoi bon ? Au lieu de ça, je décidai de faire changer les serrures.

Il jeta un coup d'œil à la boutique et son regard se posa sur la porte qui menait à l'étage. Si c'était une allusion pour que je l'invite à monter, je choisis de l'ignorer. Il n'y avait qu'une seule chaise pour les visiteurs dans la boutique et je ne voulais pas l'emmener dans l'arrière-salle, où Mamie donnait ses cours de tricot. Nous restâmes donc là, à nous regarder.

— J'aurais aimé être là, dit-il. J'aurais aimé assister aux obsèques. Si ce n'est pas trop douloureux pour vous, pouvez-vous me dire ce qui s'est passé ?

Bien sûr, c'était douloureux, mais j'étais quand même heureuse de parler à quelqu'un qui avait connu ma grand-mère.

— J'aurais aimé le savoir. Quand je suis arrivée hier, il y avait un avis sur la porte stipulant que le magasin était fermé jusqu'à nouvel ordre. C'est Miss Watt du salon de thé qui m'a dit que Mamie était décédée, qu'elle était morte depuis trois semaines.

Je ravalai la boule que j'avais dans la gorge avant d'ajouter :

— Je n'ai jamais eu la nouvelle. J'arrive directement d'un chantier archéologique en Égypte, où mes parents travaillent. Ma mère n'est toujours pas au courant. Ça a été un tel choc.

Je secouai la tête.

— Pour moi aussi, dit-il. Elle semblait en parfaite santé la dernière fois que je l'ai vue.

Il termina la phrase avec une intonation de voix plus aiguë, comme s'il s'agissait d'une question.

— Je pensais également qu'elle était en bonne santé. Il semble qu'elle soit morte dans son sommeil. J'ai aussi manqué ses funérailles.

Je clignai rapidement des paupières en détournant la tête, déterminée à cacher mes larmes.

Il se détourna, sans doute mal à l'aise à l'idée qu'une femme puisse pleurer devant lui.

— Nous ne pouvons pas parler ici. Et si vous me laissiez vous offrir un verre ?

J'étais sur le point de refuser, mais je préférais m'éloigner de la boutique la nuit. Elle me donnait la chair de poule, surtout depuis que j'avais retrouvé les lunettes cassées, les taches de sang et la laine en désordre.

S'il était vraiment un ami de Mamie, je voulais lui faire confiance.

J'avais passé trop de temps dans ma tête aujourd'hui. Ce serait bien de se mêler aux gens. Nous pourrions échanger des souvenirs de Mamie, lui rendre hommage, tourner la page en quelque sorte.

— On a tous les deux manqué ses funérailles, me dit-il

comme s'il avait lu dans mes pensées. Nous n'avons qu'à considérer que c'est une veillée funèbre.

— Très bien.

Il attendit pendant que je prenais soin de fermer la boutique, vérifiant que la porte était verrouillée. Il était un peu plus de sept heures du soir et la nuit tombait lorsque nous traversâmes Cornmarket avant de remonter Ship Street jusqu'à Turl. Il me demanda poliment si j'avais apprécié mon séjour en Égypte, alors que nous nous dirigions vers certaines des plus anciennes facultés d'Oxford. En tournant à gauche sur Turl, nous dépassâmes Exeter College, puis nous arrivâmes sur Broad Street, où Trinity et Balliol se dressaient, majestueux et indifférents, derrière des grilles et des murs, alors que les voitures, les camionnettes de livraison et les touristes du monde entier se pressaient dans la rue devant.

J'aimais cette partie d'Oxford. J'aimais l'idée que ces universités en activité permettent aux visiteurs de se promener dans leurs magnifiques jardins, de voir les monuments anciens et d'entendre parler de leur histoire, pendant que des gamins brillants et boutonneux suivaient des cours dans les mêmes bâtiments où Sir Walter Raleigh, Oscar Wilde et Helen Fielding les avaient précédés.

Je lui parlai de la chaleur de l'Égypte, et un peu du travail de mes parents. Ses questions intelligentes témoignaient qu'il en savait plus que moi sur l'archéologie égyptienne.

Nous passâmes devant le théâtre rond Sheldonian, conçu par Christopher Wren dans les années 1600 et tellement bombardé par les gaz d'échappement des voitures et la pollution que sa pierre dorée d'origine avait maintenant l'aspect d'une vieille photographie sépia. Le Bodleian était à côté et je me rappelai que mon compagnon y avait donné des conférences.

— Vous avez étudié à Oxford ? lui demandai-je.

— Non. À Cambridge. Mais c'était il y a longtemps.

Ensuite, il m'interrogea sur Boston, changeant de sujet avant que je puisse en savoir plus.

En passant sous le pont des Soupirs et en entrant dans une ruelle étroite et sinueuse, je compris que nous nous dirigions vers *The Turf*, un pub qui servait de la bière à Oxford depuis le Moyen Âge. Le pub était lumineux, bruyant et très fréquenté, par des étudiants, des touristes et des habitants du coin, tous mélangés. Je le suivis. Il passa directement devant le premier bar et la foule qui l'entourait pour pénétrer dans une salle plus calme. Nous trouvâmes une petite table nichée dans une alcôve contre un mur, parfaite pour une conversation privée.

— Que puis-je vous offrir ? demanda-t-il.

— Qu'aurait pris Mamie ?

C'était un test. S'il la connaissait bien, il devait connaître sa boisson préférée.

— Harvey's Bristol Cream, répondit-il sans hésiter.

Je hochai la tête. Il avait réussi le test.

— C'est ce que je vais prendre.

En revenant, il tenait deux verres de sherry ambré et m'en passa un.

— À Agnès, déclara-t-il ensuite.

Je m'attendais à plus, peut-être à un petit discours sur ma grand-mère. Mais après avoir marqué une pause, comme s'il n'était pas sûr de ce qu'il devait dire, Rafe Crosyer se contenta de lever son verre et de boire une gorgée. Je fis de même. La Harvey's Bristol Cream était un sherry très doux. Alors que la douceur intense emplissait ma bouche, je vis Rafe sursauter légèrement, une expression de dégoût sur son beau visage.

— Vous n'aimez pas le sherry ? demandai-je.

D'après mon expérience, seules les vieilles dames en buvaient.

— Je préférerais quelque chose de plus fort, admit-il. Mais je voulais honorer votre grand-mère.

— Je n'arrive pas à croire qu'elle soit partie.

À vrai dire, où que je porte le regard, j'avais l'impression de la voir. Elle avait toujours été là, quelqu'un à qui parler quand mes parents étaient trop occupés. La grand-mère adorée, qui avait essayé sans relâche de m'apprendre à tricoter.

Je bus un peu plus de sherry.

— J'ai cru apercevoir Mamie en arrivant ici. Elle marchait dans la rue, et j'étais si excitée de la voir que j'ai couru après elle, mais elle a pris une rue transversale et quand je suis arrivée, elle n'était plus là.

Il me regarda avec compassion.

— Le chagrin frappe souvent de façon surprenante. Nier que l'être aimé est parti est la première étape.

— Mais je n'étais pas en deuil à ce moment-là. Je ne savais même pas qu'elle était morte.

Il se déplaça sur son siège et ses jambes frôlèrent les miennes sous la table.

— À un certain niveau, c'était peut-être le cas.

Même s'il avait probablement dit cela comme une banalité, ses mots me firent tressaillir.

— Vous voulez dire que je serais médium ? Ou alors c'était son fantôme qui venait me rendre visite ?

Je n'aimais aucune des deux possibilités.

Il se pencha vers moi et récita :

— « Il y a plus de choses dans le ciel et sur la terre, Horatio, que n'en rêve votre philosophie. »

C'était le problème avec Oxford. On allait boire un verre dans un pub avec un mec et il vous citait Hamlet.

J'avais été élevée par deux scientifiques terre-à-terre qui désapprouvaient tout ce qui sentait le surnaturel.

— Ma philosophie est plutôt de l'ordre de « tu es né poussière et tu redeviendras poussière », rétorquai-je.

Il sembla vouloir dire quelque chose, puis se ravisa.

— Quels sont vos projets maintenant ?

Je n'avais pas l'intention de discuter du testament de Mamie, ni avec lui ni avec personne, avant d'en avoir parlé à mes parents. Mais il avait une façon si compréhensive de me regarder que je me surpris à lui raconter que Mamie voulait que je garde la boutique et que je la gère.

Il hocha la tête, visiblement compatissant, comme s'il avait deviné mon ambivalence. Je n'avais jamais vu un homme m'écouter avec autant d'attention. Son regard bleu était déterminé et il ne se détourna jamais du mien, même lorsqu'un étudiant ivre se heurta au dossier de sa chaise et marmonna un « désolé, mon pote » hâtif.

Une fois que j'eus fini, il me demanda :

— Et vous allez le faire ? Vous allez rester ?

C'était la question qui me taraudait depuis que j'avais quitté le bureau de M. Tate. Je portai une main à ma bouche et rongeai l'ongle de mon pouce, une habitude que j'avais lorsque j'étais perturbée. Il m'observa jusqu'à ce que je me reprenne et remette précipitamment ma main sur mon genou.

— Je ne sais pas. Je veux respecter les dernières volontés

de Mamie, évidemment, mais j'ai vingt-sept ans. Ça me semble un peu jeune pour tenir une boutique de tricot, vous ne croyez pas ?

Il haussa ses larges épaules, comme s'il n'avait jamais réfléchi à l'âge que pouvaient avoir les propriétaires de magasins de tricot.

— De toute façon, je ne sais même pas tricoter.

— Vraiment ? Votre grand-mère ne vous a jamais appris ?

Je bus une autre gorgée de sherry.

— Elle a essayé. Mais je n'ai absolument aucun talent.

— Peut-être que vous avez simplement besoin de vous entraîner.

— C'est ce que Mamie disait toujours. Je suis trop impatiente. Si vous aviez déjà essayé de tricoter, vous comprendriez.

— Je sais tricoter, répliqua-t-il.

Cela me surprit tellement que je faillis avaler de travers.

— Sérieusement ?

C'était comme entendre que le passe-temps favori d'un champion de boxe était de cultiver des orchidées. C'était probablement déjà arrivé, mais cela me semblait incongru. L'idée que cet inconnu ténébreux et viril – qui me rappelait un héros des Brontë – puisse tricoter... On n'aurait jamais pensé à Heathcliff ou à M. Rochester faisant une maille coulée !

— Je crois avoir déjà mentionné mes insomnies, dit-il en levant les mains, paumes vers le haut. Le tricot me détend.

Je me dis qu'avec ses mains froides et sa mauvaise circulation, il devait sûrement porter beaucoup de pulls et d'écharpes.

— Eh bien, je ne trouve pas que s'emmêler dans la laine

soit relaxant, et je ne suis pas sûre de vouloir rester à Oxford et tenir une boutique de tricot.

Je soupirai et mon pouce s'approcha à nouveau de ma bouche.

— Même si je n'ai pas beaucoup d'autres idées pour mon avenir, ajoutai-je.

— Vous n'avez pas de travail chez vous ? Ou un petit ami ?

J'eus l'impression qu'il semblait plus intéressé par la seconde question que par la première. Mais pourquoi cet homme incroyablement sexy et sophistiqué s'intéresserait-il à moi ? J'étais plutôt du genre « fille d'à côté », une étudiante sérieuse, alors qu'il se classait dans la catégorie « universitaire sexy », qui sortait probablement avec de brillantes mannequins.

— Non. Mon travail chez moi a été considérablement réduit et j'ai récemment mis fin à une relation.

J'en restai là, le laissant croire que j'avais rompu avec un homme merveilleux, au lieu d'avoir été trompée par le Crapaud.

— Et vous ? Est-ce que vous avez, hmm, un métier ?

À la seconde où les mots furent prononcés, je réalisai à quel point j'avais l'air stupide. Bien sûr qu'il avait un métier, j'avais regardé son site web. Ce que je voulais vraiment savoir, c'était le truc de la petite amie ou de la femme, mais je ne voulais pas paraître aussi intéressée que je l'étais. J'ajoutai rapidement :

— Enfin, je le sais, j'ai regardé votre site web aujourd'hui. Votre travail semble passionnant.

Oh, super, maintenant j'étais bavarde comme une pie. Et niaise comme pas possible.

— Évaluer des livres anciens, c'est fascinant. J'ai travaillé avec des manuscrits enluminés de l'époque romaine, des rouleaux de papyrus, des lettres et des journaux intimes de personnes célèbres, voire tristement célèbres. La réparation et la restauration peuvent être aussi fastidieuses que le tricot, ajouta-t-il d'un air taquin.

Son regard bleu ciel se réchauffa.

— En fait, c'est pour ça que je voulais voir votre grand-mère, poursuivit-il. C'est à propos d'un vieux livre.

Il me regarda attentivement. C'était toujours le même regard, mais peut-être y avait-il quelque chose d'encore plus perçant, comme si je pouvais savoir ce dont il parlait. Bien sûr, je n'en savais rien.

— Quel livre ?

— Elle l'a décrit comme assez ancien. Apparemment, il a besoin d'une restauration pour le préserver. Je crois que c'est une sorte de recueil familial.

Je sus immédiatement de quoi il parlait.

— Vous voulez dire le vieux journal de famille ?

C'était celui que Mamie avait mentionné dans sa lettre.

— Un journal ?

— C'est comme ça qu'elle l'appelait. Un terme étrange, puisqu'un journal intime appartient généralement à une seule personne, mais Mamie disait que c'était ce qui rendait ce livre si spécial. Différentes personnes y ont ajouté leurs histoires depuis longtemps. Elle me l'a montré une fois, mais je ne l'ai pas compris. Une partie était en latin et l'écriture était si démodée et délavée par endroits que je n'y comprenais rien. Cela dit, il y avait de très beaux dessins. On avait des artistes talentueux dans la famille.

Cela me revenait à présent, comme si le livre était ouvert devant moi. Il avait une reliure de cuir craquelée par endroits.

Ma grand-mère voulait sûrement le faire restaurer pour s'assurer que rien de l'histoire de notre famille ne soit perdu.

— Elle le gardait dans une bibliothèque vitrée, dans l'appartement. Je peux vous le montrer, si vous voulez.

— J'aimerais beaucoup. Je serais heureux de le restaurer, en l'honneur de votre grand-mère. Je ne vous facturerai pas mes services.

— C'est très généreux de votre part.

Cependant, je savais que je ne lui donnerais pas le livre le soir même. Maintenant qu'on l'avait rappelé à ma mémoire, je me demandais si Mamie y avait ajouté quelque chose. Je voulais consulter à nouveau l'histoire de ma famille, tenir dans mes mains le livre avec lequel je l'avais vue si souvent. Je prendrais des photos de toutes les pages avec mon téléphone, histoire d'en garder une trace, avant de lui céder un morceau de l'histoire familiale.

— Voulez-vous un autre verre ? demanda-t-il poliment.

Je connaissais suffisamment la culture des pubs britanniques pour savoir que c'était à moi de payer ma tournée.

— Et vous ? demandai-je en retour.

Lorsqu'il sourit, ses yeux pétillèrent avec un charme fou.

— Vous avez bâillé deux fois ces cinq dernières minutes. Si vous prenez un autre verre, vous allez vous endormir à cette table.

Je mis une main devant ma bouche pour étouffer un autre bâillement.

— Je n'ai pas beaucoup dormi la nuit dernière.

C'était en partie à cause de sa visite à la boutique au petit matin. Je m'étais ensuite réveillée deux fois en imaginant que ma grand-mère était debout au pied de mon lit.

— Ça a été un tel choc, ajoutai-je.

— Alors, venez. Je vais vous raccompagner chez vous.

Tandis que nous nous levions pour partir, j'aperçus la fille gothique que j'avais croisée la veille en arrivant à Oxford. Je ne l'aurais probablement pas remarquée si elle ne nous avait pas vus, elle aussi, avant d'essayer de se cacher derrière le jeune homme qui l'accompagnait. Malheureusement, elle heurta un serveur qui portait un plateau chargé et envoya une assiette de fish and chips s'écraser sur le sol.

La jeune fille tout en noir s'éloigna comme si l'accident ne la concernait pas, mais Rafe se mit en travers de son chemin.

— Tu n'as pas l'âge de boire, dit-il sur un ton réprobateur.

Elle le regarda fixement.

— Si, seulement je ne fais pas mon âge.

Elle avait la voix d'une adolescente pleurnicharde, et elle en avait vraiment l'attitude. J'étais prête à parier qu'elle mentait éhontément.

— Rentre chez toi avant d'avoir des ennuis, ajouta Rafe.

Il était assez vieux pour être son père, mais je ne l'imaginais pas avoir des enfants. Ils se dévisagèrent avec animosité. Un regard bleu et glacial contre un regard brun et brûlant. Il n'y eut aucune compétition. En dix secondes, elle baissa le regard et se retourna. Je n'entendis pas ce qu'elle dit à son compagnon, mais il la suivit vers la sortie.

Je ne posai aucune question, mais ma curiosité était si forte que Rafe avait dû s'en rendre compte.

— C'est la fille d'un de mes amis, me dit-il. Elle est à un âge difficile.

Je fus prise d'un élan de sympathie pour la fille.

— À cet âge, on a l'impression que l'on n'aura jamais

accès à tous les privilèges des adultes et que l'adolescence durera une éternité.

— Pour Hester, ça se pourrait bien.

Je ris.

— Avez-vous des enfants vous-même ?

Il baissa la tête vers moi.

— Pas à ma connaissance.

Voilà bien des paroles de libertin.

Nous quittâmes le pub. Après le tapage et l'agitation, les rues semblaient totalement silencieuses et désertes. Je n'avais jamais cru au voyage dans le temps, mais quand vous vous promeniez à Oxford tard le soir, vous parcouriez l'Histoire. À l'exception bien sûr des voitures garées sur le bord de la route et d'un fourgon à kebabs devant le Sheldonian.

L'air était vif, la nuit claire, et le seul bruit en dehors de nos pas provenait d'une chouette qui poussait des hulule-ments entêtants tout en décrivant des cercles, sans doute à la recherche d'une souris malchanceuse.

Lorsque nous arrivâmes à *Tricotti Tricotta*, je vis quelque chose bouger dans l'ombre. Je sursautai, puis l'ombre prit la forme d'un chat noir. Non, pas un chat. Un chaton, avec un corps maigre. Le pauvre ne devait pas avoir de maison. Ses yeux verts brillaient au clair de lune et il fit un pas timide vers moi. Je voulus vérifier s'il avait un collier et m'assurer que le pauvre petit être n'était pas sans abri, mais lorsque Rafe s'ap-procha de moi, le chat se fondit dans l'obscurité.

Avant d'ouvrir la porte, je me tournai vers Rafe.

— Merci pour le verre. Je vais me coucher maintenant. Voulez-vous revenir demain pour voir le livre ?

Je crus qu'il allait essayer de négocier, puis, voyant manifestement que je n'avais pas l'intention de le laisser entrer, il répondit :

— Bien sûr. Demain soir, peut-être ?

— Ce serait bien.

Il baissa les yeux vers moi, et pendant un moment de folie, je crus qu'il allait m'embrasser. Le moment s'étira.

— J'espère que vous déciderez de rester, dit-il finalement.

CHAPITRE 5

*A*vant que je puisse décider quoi répondre, ou même comprendre ce qu'il voulait dire par cette phrase énigmatique, il se retourna et s'éloigna dans la rue.

Je rentrai, et pendant une seconde, je regrettai de ne pas avoir invité Rafe à me suivre. Je me demandai combien de temps il allait me falloir pour que l'envie d'appeler ma grand-mère disparaisse, et si j'allais rester ici assez longtemps pour le découvrir.

Après m'être assurée que la porte était bien fermée derrière moi, je montai à l'appartement. J'étais contente que Rafe m'ait rappelé notre journal de famille. Aussi fatiguée que je sois, je savais que je ne dormirais pas avant de l'avoir feuilleté, pour voir si Mamie avait ajouté son propre chapitre à notre histoire. Sachant combien elle aimait l'Histoire, je la soupçonnais de l'avoir fait. Je me rendis directement dans le salon, allumai les lampes et m'agenouillai devant la biblio-thèque en verre où elle conservait ses livres les plus précieux. À ma connaissance, le journal de famille était là depuis toujours. Du moins, depuis que je venais ici. Mamie aimait les livres et sa maison en était remplie, de toutes sortes, depuis les classiques jusqu'aux manuels sur le tricot en passant par les livres de poche populaires. Mais les plus précieux étaient dans ce meuble.

Il y avait la bible familiale, une ancienne collection illustrée des œuvres complètes de Dickens, des livres obscurs de tailles et d'époques diverses, et quelques vieux tomes sur le folklore et les herbes aromatiques. Je ne m'étais jamais vraiment intéressée à ces livres. Ils avaient simplement toujours fait partie du décor, dans ce meuble. Si elle n'avait pas tenu à me montrer le journal de famille, je n'aurais probablement pas su qu'il était là. La clé était dans la serrure, comme toujours. Je la tournai avec précaution, puis j'ouvris les portes vitrées. Le volume n'était pas à l'emplacement dont je me souvenais, la rangée du haut vers la droite.

Je regardai attentivement les titres un par un. Le journal n'y figurait pas. Je vérifiai à nouveau, plus lentement cette fois, en tirant tous les livres qui ressemblaient de près ou de loin à celui de mes souvenirs, sans succès. Je finis par fermer le meuble, perplexe. Mamie n'était pas du genre à laisser un livre à la fois précieux et fragile n'importe où. Si elle l'avait consulté, elle aurait utilisé un marque-page et remis le livre à sa place. Elle l'avait sans doute rangé à un autre endroit, et je devais le trouver.

Je bâillai si fort que ma mâchoire craqua. La nuit blanche et ce verre de sherry me rattrapaient. Je prendrais le temps de chercher minutieusement le livre le lendemain matin, à tête reposée.

J'étais à peine installée dans mon lit, flottant dans ce crépuscule entre l'état de veille et le sommeil complet, lorsque j'entendis quelque chose à ma fenêtre. C'était sans doute le vent ou la vieille maison qui prenait ses quartiers de nuit. Je l'ignorai et me tournai sur le côté, face au mur.

Le bruit revint, comme si l'on tapait sur la vitre. Un frisson de peur parcourut la surface de ma peau et mes yeux s'ouvrirent en grand. Je maudis instantanément tous les films d'horreur que j'avais vus, ainsi que toute l'œuvre de Stephen King, puis j'allumai ma lampe de chevet. Je saisis mon téléphone portable, mais je me sentais un peu bête d'appeler la police pour signaler de petits coups non identifiés sur la vitre. Je devais mener ma propre enquête.

Le sol était froid sous mes pieds nus. Je m'approchai de la fenêtre en serrant mon téléphone dans ma main, prête à appeler à l'aide. Lorsque j'entendis un miaulement pathétique et plaintif, la peur fut immédiatement balayée par le soulagement. Je reconnus le chat noir. C'était celui qui traînait devant la porte d'entrée de la boutique. Il me regarda à travers la vitre sombre et se remit à miauler. J'ouvris le vantail et le chat fit un pas sur le rebord, à l'intérieur.

— Oh là là, regarde dans quel état tu es, dis-je en tendant la main pour caresser sa fourrure soyeuse.

Le chat voûta son dos contre ma paume et se mit à ronronner immédiatement. Pour être honnête, j'étais ravie d'avoir un autre être vivant dans la maison.

— Tu es si maigre. Personne ne te nourrit ?

En guise de réponse, le chat miaula de nouveau, sauta sur le sol et tourna en rond, son corps poilu frôlant mes jambes. Je me penchai pour vérifier, mais il n'y avait pas de collier.

— Tu sais, en Égypte, ils vénèrent les chats. Tu devrais y aller, tu aurais une meilleure existence.

Ayant passé plus de temps sur des fouilles en Égypte et au

Soudan qu'en colonie de vacances, j'avais plein d'anecdotes étranges sur le passé.

— Bastet, c'est le nom de la déesse des chats, lui dis-je. Bastet. C'est ton nom ?

Il faut rappeler que j'étais en manque de sommeil, alors pardonnez-moi pour cette conversation inepte avec un chaton. Croyais-je vraiment qu'il allait me répondre ? Il me lança un regard, comme s'il pensait avoir choisi la mauvaise fenêtre.

Je ne connaissais pas grand-chose sur les chats, mais j'avais l'impression que celui-ci avait faim. Bien sûr, je lui demandai s'il avait faim et s'il voulait du lait, et le chat miaula. Je le pris dans mes bras et son petit corps chaud se blottit confortablement contre ma poitrine pendant que nous descendions les escaliers pour aller dans la cuisine. Je versai du lait dans l'un des bols en porcelaine à fleurs et le posai sur le sol. Comme je ne voulais pas penser à la petite créature comme à une chose, je me mis à lui chercher un nom.

Le chaton s'assit, enroula sa queue autour de lui et commença à laper le lait. Je n'étais pas complètement sûre que c'était une femelle et je ne voulais pas être indiscrète. Mais selon moi, c'était bien le cas.

En regardant sa fourrure noire et brillante, et en pensant à sa présence dans la nuit, je me remémorai l'histoire de Nyx, la fille du Chaos et déesse de la nuit.

— Nyx, dis-je à voix haute.

J'aurais juré que le chaton avait fait un signe de tête en guise d'approbation. Nyx, c'était toujours plus original que Félix.

Je n'avais pas fait beaucoup de courses et je ne trouvai rien dans le frigo susceptible de plaire à un chat. En fouillant dans le placard à provisions, je trouvai une boîte de pâté de homard. Je l'ouvris et déversai son contenu sur une assiette. La chatte ne fit qu'une bouchée du pâté, puis elle termina le lait et me regarda comme si elle attendait le point suivant à l'ordre du jour.

Il était trop tard pour rechercher le propriétaire et je ne voulais pas renvoyer la petite créature dans la nuit. En me rappelant cette chouette qui tournait, visiblement en chasse, je décidai d'inviter ma nouvelle amie pour la nuit, si elle le voulait. Je retournai dans la chambre et Nyx me suivit.

J'ouvris la fenêtre, suffisamment pour qu'elle puisse partir si elle en avait envie, puis je me remis au lit. Elle me regarda fixement, cligna des yeux et sauta à mes côtés. Là, elle se pelotonna près de moi et s'endormit immédiatement. J'éteignis la lumière et m'installai à mon tour. C'était agréable de l'avoir, blottie contre moi bien au chaud, ronronnant doucement. J'avais l'impression qu'aucune de nous deux ne voulait être seule ce soir. Ce fut ma dernière pensée avant de sombrer dans un profond sommeil.

Je me réveillai brusquement sans savoir pourquoi. Était-ce à cause d'un rêve ? J'avais une impression d'obscurité, quelqu'un avait crié, mais je n'arrivais pas à saisir précisément la teneur du rêve. Ou était-ce un bruit qui m'avait réveillée ? Je clignai des paupières dans la pénombre. J'avais lu à plusieurs reprises que si l'on se réveillait dans la nuit et que l'on voulait se rendormir, il était préférable de ne pas regarder l'heure. Bien sûr, je regardai quand même. Il était trois heures du matin. Je calculai que j'avais dormi environ quatre heures. J'essayai de bien m'installer à nouveau pour me rendormir, mais une petite tête poilue se cogna contre mon épaule. Je tendis le bras pour caresser la petite chatte, mais elle évita ma main et continua à frotter son front contre moi. Peut-être voulait-elle sortir. Je ne connaissais pas grand-chose aux chats, mais j'avais laissé la fenêtre ouverte en supposant que si un chaton pouvait grimper depuis la rue et taper à la vitre, alors il pourrait aussi ressortir. Mais il semblait qu'elle avait d'autres idées en tête.

— Très bien, dis-je finalement en tendant la main pour allumer la lampe.

La chatte me conduisit directement à la cuisine, et une fois que je lui eus servi du lait dans une soucoupe, elle y donna de petits coups de langue avides.

— J'espère que tu es une bonne chasseuse de souris. Et pour que nous partions du bon pied, ne te sens pas obligée de me laisser des rongeurs morts en guise de cadeau pour me remercier. Je me contenterai de tes ronronnements.

Elle leva la tête et me regarda en lâchant un petit rot.

CHAPITRE 6

*E*n me réveillant le lendemain matin, je me sentais beaucoup mieux. Le lourd poids du chagrin pesait encore sur ma poitrine, mais une bonne nuit de sommeil n'avait pas son pareil pour vous aider à changer de perspective. La petite chatte était toujours sur mon lit et roula en jouant quand je lui caressais le ventre. Je savais que j'allais devoir commencer à chercher son vrai propriétaire, mais à en juger par sa maigreur, je n'étais pas très pressée. Ce matin, j'allais devoir trouver ce fameux livre, essayer de joindre mes parents par téléphone et prendre des décisions définitives sur ce que j'allais faire de la boutique et de mon avenir.

J'enfilai une paire de chaussettes violettes et vertes tricotées à la main, que j'avais trouvées dans le tiroir supérieur de mon bureau, puis je m'enveloppai dans ma robe de chambre avant de descendre à la cuisine. Je me préparai du café et des toasts, et Nyx dégusta un plat de crabe à la diable qui était resté caché au fond du placard. Avec le pâté de homard, cette conserve faisait probablement partie d'un panier gourmand.

Mais comme il n'y avait aucune autre boîte susceptible de tenter Nyx, je décidai de me rendre au *Terminus*.

Après m'être douchée et avoir enfilé mon jean préféré ainsi qu'un pull noir, je rédigeai une note indiquant que si quelqu'un avait perdu un petit chaton noir, il fallait m'appeler sur mon portable. Au *Terminus*, il y avait un tableau d'affichage communautaire sur lequel je pouvais épingler mon annonce. Nul doute que les sœurs Watt accepteraient aussi de l'afficher dans leur salon de thé.

Cela me rappela que je n'étais pas encore passée à un forfait britannique pour mon téléphone. Ce fut ma première tâche de la journée. J'hésitai un instant sur la formule à prendre. D'habitude, j'optais pour un forfait d'un mois, mais si je décidais de m'attarder en Angleterre, je devais en choisir un meilleur. Allais-je rester ? J'étais encore loin d'en être certaine. Je me contentai donc de mon forfait temporaire habituel, ajoutant le numéro sur mon affiche pour le chaton perdu.

Le petit animal me regardait, la tête penchée sur le côté, comme s'il se demandait s'il voulait rester avec moi ou non. C'était si adorable que sa réaction me fit rire. Je crus voir une lueur dans ses yeux vert et or, comme si je l'avais mis en colère. Je secouai la tête. Mon comportement face à un chaton pouvait être tellement stupide !

Il y avait de fortes chances que quelqu'un dans le voisinage puisse le reconnaître. Je décidai donc de l'emmener avec moi. Nyx semblait tout à fait favorable à cette idée, et lorsque je pris l'un des paniers en osier que nous utilisions pour stocker la laine, déposant une serviette pliée au fond, elle y sauta avec plaisir.

Nous fîmes la courte promenade jusqu'à l'épicerie. La

caisse était tenue par un homme âgé. Je formulai poliment ma demande, et même s'il paraissait un peu méfiant à l'idée de laisser entrer un chat dans son magasin d'alimentation, il était trop poli pour nous mettre dehors. Je trouvais les gens beaucoup plus tolérants au Royaume-Uni concernant les animaux dans les commerces que ce dont j'avais l'habitude aux États-Unis.

Sur le tableau d'affichage communautaire, on pouvait lire des annonces savoureuses, telles que des propositions de cours particuliers de latin, une offre d'emploi pour sonneur de cloches dans l'une des églises (une expérience préalable était préférable) et la vente d'un pianoforte. Qui aurait cru que les pianofortes étaient si chers ? Quelqu'un cherchait un logement, et quelqu'un d'autre proposait une chambre dans une maison. Apparemment, ces deux-là avaient des choses à se dire.

Cependant, il n'y avait pas d'annonce sur la perte d'un petit chat noir. J'accrochai ma propre affichette bien en vue, puis je commençai mes emplettes.

Il n'y avait pas beaucoup de choix au rayon de la nourriture pour chats. Lorsque je tendis le panier pour les montrer à Nyx, elle se retourna, comme si elle ne voulait pas s'abaisser à regarder des boîtes de pâtée. J'aurais pensé qu'il s'agissait d'une coïncidence, mais je remarquai que sa petite patte était tendue dans la direction opposée, et en me retournant, je découvris une sélection de conserves de poisson.

Sûrement pas. Un chaton ne pouvait tout de même pas reconnaître des fruits de mer en conserve, si ? Je me rapprochai et levai le panier. Nyx tendit la patte, la posant sur les boîtes de thon. J'en mis trois dans le panier puis, pensant qu'un régime uniquement à base de thon pouvait être lassant, je lui proposai d'autres options comme le saumon sockeye ou rose, le maquereau, les huîtres et les sardines. Sa patte resta dans le panier.

— Bon, d'accord. Va pour le thon.

Pour ma part, je pris des œufs, un bloc de fromage, une miche de pain frais et un paquet de thé. J'étais sur le point d'attraper une bouteille de lait quand je faillis entrer en collision avec un homme occupé à la même tâche.

— Après vous, dit-il en se retirant, me laissant faire mon choix en premier.

Si j'avais été une chatte, j'aurais ronronné. Il avait des cheveux clairs et ondulés, des yeux verts pétillants d'humour et ce genre de peau qui devient mouchetée au soleil. Il n'était pas beaucoup plus grand que moi, mais il avait l'air de faire de la musculation. Il portait un pantalon noir, une chemise blanche et une cravate desserrée au niveau du cou.

Pendant un instant, j'eus le sentiment qu'il avait vu et fait des choses qu'il aurait préféré ne pas voir ou ne pas faire. Comme je n'avais pas envie de rester plantée au milieu de la supérette à le dévisager, même s'il méritait vraiment le coup d'œil, je le remerciai en attrapant une brique de lait demi-écrémé, puis je me dirigeai vers la caisse pour payer.

Pendant que le vieux monsieur enregistrait mes achats, je lui demandai :

— Est-ce que vous reconnaissez cette chatte ? Apparemment elle est égarée.

Il ne semblait pas être un amoureux des chats. Il jeta un bref coup d'œil dans le panier et secoua la tête d'un air qui me parut désapprobateur.

— Non. Je ne l'ai jamais vue avant.

Le mec canon qui avait failli me heurter au rayon des

produits laitiers s'aligna derrière moi. En plus de son lait, il tenait une barre de chocolat et un sandwich tout fait. Le caissier pointa le menton dans sa direction.

— Vous feriez mieux de lui demander. C'est un policier. Ils s'y connaissent en personnes disparues.

L'homme haussa les sourcils.

— Des personnes disparues ?

— Il plaisante. Cette chatte semble avoir perdu son propriétaire.

Son regard oscilla entre l'animal et moi.

— Ou bien, elle en a trouvé une nouvelle.

— Je ne suis pas sûre de vouloir un chat. Je ne suis même pas sûre de rester dans le coin.

— Vous êtes américaine, remarqua-t-il. Vous fréquentez l'une de ces universités ?

Je secouai la tête.

— Je suis loin d'être assez intelligente pour intégrer l'une des facultés d'Oxford. Vous étudiez ici ?

— M. Teasdale a dit vrai. Je suis un agent de la police locale.

Je hochai la tête.

— Je pensais plutôt au collège militaire.

Après avoir payé mes courses, je quittai le magasin en le saluant d'un signe de tête. Je n'étais pas très loin lorsque le policier me rattrapa. Je fus d'abord flattée, avant de réaliser qu'il était sur le point de me dépasser et qu'il marchait simplement plus vite que moi. Je l'interpellai avant qu'il ait plus d'une longueur d'avance.

— Je peux vous demander quelque chose ?

Il se retourna.

— Bien sûr.

Je n'arrêtais pas de penser aux lunettes cassées de mamie, aux quelques taches de ce que je prenais pour du sang sur le sol, et à ce qui me laissait penser que sa boutique avait été rangée à la hâte par quelqu'un qui ne connaissait pas l'emplacement habituel des articles. Il y avait tant de détails que je ne comprenais pas.

— Ma grand-mère est morte il y a quelques semaines.

— Je suis vraiment navré de l'apprendre.

— Merci. Le fait est que je n'étais pas là. Tout ce que je sais, c'est qu'apparemment elle est morte dans son sommeil. Je ne sais même pas ce qu'elle avait. Y aurait-il une sorte de rapport d'autopsie ?

Il me regarda avec curiosité.

— Vous devriez demander au médecin de votre grand-mère. Cela ne ressemble pas à une affaire policière.

Il soutint mon regard et j'eus l'impression qu'il pouvait lire dans mes pensées les inquiétudes que j'avais à propos des lunettes cassées.

Je m'efforçais de paraître impénétrable, mais je ne pensais pas avoir réussi.

— Croyez-vous que la mort de votre grand-mère pourrait nécessiter une enquête plus approfondie ?

Honnêtement, je n'en avais aucune idée. Mamie aurait très bien pu avoir cassé ses lunettes et s'en être racheté de nouvelles. Mais dans ce cas, où étaient les nouvelles ? Je n'avais rien de plus qu'une intuition, celle que la mort de Mamie n'était pas aussi simple qu'on me l'avait dit.

— Je me sentirai mieux quand j'aurai parlé à son médecin.

Bien sûr, comme c'était une femme qui s'enorgueillissait de ne jamais être malade, Mamie n'avait pas de médecin traitant. Je ne savais même pas qui avait signé son certificat de décès.

Il hocha la tête, puis il sortit une carte de visite de sa poche.

— Si vous voulez parler de quoi que ce soit, passez-moi un coup de fil.

Je lus sa carte de visite à voix haute :

— Détective-inspecteur Ian Chisholm.

Maintenant je comprenais pourquoi il n'était pas en uniforme.

— Merci, j'apprécie beaucoup.

— Ça fait partie du service.

Je découvris que son sourire était ce qu'il avait de plus agréable lorsqu'il m'en fit profiter. Chaleureux, intime et séduisant. Est-ce qu'il cherchait à flirter ? Après Todd, je faisais si peu confiance aux hommes ou à moi-même que je ne pouvais pas croire qu'un homme normal et charmant puisse s'intéresser à moi.

— Et vous êtes ? demanda-t-il.

Je gloussai bêtement.

— Je m'appelle Lucy. Ma grand-mère tenait la boutique *Tricotti Tricotta* en bas de la rue.

Il ralentit le pas et nous marchâmes ensemble vers la boutique de tricot, Nyx nous observant depuis son panier.

— J'ai déjà rencontré votre grand-mère. Je suis allé chez *Tricotti Tricotta* pour acheter un cadeau à ma tante. C'est une championne du tricot. Votre grand-mère m'a aidé à choisir un modèle et de la laine. D'après ce que j'ai pu voir, ma tante était contente de mon cadeau. Elle est en train de tricoter un pull.

— C'est gentil. Mamie était bien connue et elle faisait du bon travail avec la boutique.

— Ce serait dommage que cet endroit disparaisse. Lorsqu'on vit dans un lieu comme Oxford, on pense que rien ne change jamais, mais bien sûr, c'est une erreur...

— Mamie voulait que je reprenne le magasin.

Je ne savais pas ce qui m'avait poussée à laisser échapper ça. Peut-être était-ce parce que je n'avais personne à qui parler de mon dilemme.

Il eut l'air surpris.

— Vous n'êtes pas un peu jeune pour tenir une boutique de tricot ?

J'étais heureuse qu'il le pense.

— Pire : je ne sais même pas tricoter. Mais j'aimais ma grand-mère, et la boutique représentait tout pour elle. Je suis vraiment partagée.

— Eh bien, ne faites rien précipitamment.

Nous arrivâmes au niveau d'une Mini Cooper un peu vieille et cabossée.

— C'est la mienne. Comme je l'ai dit, n'hésitez pas à m'appeler. Quand vous voulez.

Puis, tout en m'adressant un dernier signe de tête, il ouvrit la portière et monta dans la voiture. Je poursuivis ma route en me disant qu'au cours des deux derniers jours, j'avais rencontré deux hommes infiniment plus intéressants que tous ceux que j'avais connus ces dernières années.

J'ouvris la porte et entrai dans la boutique. Si je n'avais pas pensé à ma récente rencontre avec le détective, j'aurais peut-être été un peu plus attentive aux indices m'indiquant que quelque chose d'étrange se passait sous mon nez.

Je refermai la porte derrière moi en la verrouillant

soigneusement, puis je posai le panier sur le sol pour que la chatte puisse en sortir. J'étais sur le point de monter à l'étage quand je remarquai une femme, debout, qui regardait les paniers de laine.

Elle me tournait le dos. C'était une femme âgée, aux cheveux d'un blanc pur, avec une jupe à fleurs, un cardigan noir tricoté à la main et de délicates chaussures noires. Je ressentis une pointe de tristesse, car elle ressemblait beaucoup à ma grand-mère de dos.

Mais que faisait-elle ici ? Comment était-elle entrée ? Je m'apprêtais à l'interroger lorsque, comme si elle avait senti ma présence, la femme se retourna.

Si j'avais encore porté le panier, je l'aurais laissé tomber, la chatte et les provisions avec. Au lieu de quoi, ma main se plaqua sur ma bouche. Je reculai et me heurtai à la porte, le regard fixe.

La femme dans la boutique *était* ma grand-mère. Pas quelqu'un qui lui ressemblait, c'était vraiment elle.

— Mamie ? fis-je d'une voix chevrotante en la regardant avec un mélange de peur et d'espoir.

Elle tendit la main vers moi et son magnifique sourire illumina son visage.

— Lucy. Ma chérie, j'ai cru que je ne te reverrais jamais !

Je me précipitai vers elle en sentant les larmes me monter aux yeux. Quand je saisis ses mains, elles étaient glacées !

— Mamie. Où étais-tu passée ? Que s'est-il passé ? Je ne comprends pas.

Elle me regarda et la perplexité envahit ses traits.

— Je ne comprends pas non plus, mais je me sens très bizarre.

Elle jeta un coup d'œil autour d'elle avant d'ajouter :

— Et pourquoi la boutique est-elle si mal rangée ?

Je lui frictionnai les bras pour essayer de la réchauffer. Son visage était pâle et son regard éperdu.

— Mamie, tu n'as pas tes lunettes. Tu n'y vois rien sans elles.

Elle porta une main à son visage et cligna des paupières, comme si elle s'apercevait seulement à cet instant qu'elle ne portait pas ses lunettes.

— C'est drôle, non ? Je te vois parfaitement bien.

— Je suis perdue... Miss Watt a dit que tu étais...

Je ne parvins pas à terminer ma phrase. Je n'arrivais pas à dire le mot « mort », alors je le remplaçai par « partie ».

— Partie ? Où serais-je allée ? J'attendais ta visite avec impatience !

Même si j'étais heureuse de la voir, quelque chose n'allait pas du tout.

— Tu as eu une sorte d'accident ? J'ai trouvé tes lunettes, elles étaient cassées, et je crois qu'il y avait du sang sur le sol.

Elle jeta un œil circulaire.

— Je ne me souviens pas. C'est tellement flou. La dernière chose que je me rappelle, c'est que j'étais ici et que je travaillais, comme d'habitude. Quelqu'un est entré...

Elle observa à nouveau la boutique, comme si elle pouvait retrouver la mémoire en visualisant la scène.

— Que fait le Cachemire Tweed à la place du Cachemire Coton ? demanda-t-elle, son regard balayant les étagères.

J'étais sur le point de suggérer que nous montions à l'étage pour avoir une vraie discussion lorsque j'entendis des bruits provenant de l'arrière-boutique, là où Mamie donnait des cours de tricot. Derrière le rideau, une femme jeta un coup d'œil prudent, puis elle se retira en nous apercevant toutes les deux. Je la reconnus immédiatement. C'était la femme que j'avais vue avec Mamie, le jour de mon arrivée.

Elle ressemblait à Helen Mirren, très élégante, avec un style qui mettait en valeur ses vieux jours. Ses cheveux argentés étaient impeccables, son maquillage parfait, et elle portait une robe du plus bel effet, tricotée à la main, avec un motif complexe. C'était de l'art vestimentaire, le tout dans un vert tendre assorti à la couleur mousse un peu fanée de ses yeux. Elle aussi avait l'air embêtée. Ses lèvres étaient pincées.

— Agnès ! Que fais-tu ici ? lança-t-elle assez sèchement.

Ma grand-mère se retourna pour la regarder.

— Qu'y a-t-il, Sylvia ? Tu es en avance pour la réunion ?

Le regard de la femme glissa vers moi et elle sourit. Un sourire glacial.

— La boutique est fermée jusqu'à nouvel ordre, j'en ai bien peur. Vous connaissez le chemin pour sortir, peut-être ?

Évidemment, je restai où j'étais.

— Je suis la petite-fille d'Agnès, Lucy, rétorquai-je.

J'avais l'esprit embrouillé, submergé de questions. Bizarrement, celle qui revenait au premier plan concernait la présence d'une autre personne étrange dans la boutique. Cette femme était sortie de l'arrière-salle, sans un bruit.

— Comment êtes-vous entrée ici ?

Ses lèvres se pincèrent encore plus.

— Oh là là, on est dans le pétrin, dit-elle, parlant presque toute seule. Il faut que je voie ça avec Rafe. Il saura quoi faire.

Elle agissait comme si c'était elle, la responsable, alors que la boutique appartenait à Mamie. Je me demandais combien d'hommes à Oxford s'appelaient Rafe.

— Vous voulez dire Rafe Crosyer ?

Elle ouvrit de grands yeux ronds.

— Vous connaissez Rafe ?

— Pas très bien. Mais nous nous sommes rencontrés.

— Est-ce qu'il vous a expliqué pour votre grand-mère ?

— M'expliquer quoi ?

Si mes souvenirs étaient exacts, il m'avait demandé des informations à propos de sa mort. Mais il y avait ces indices étranges, qui me permettaient de déduire que Mamie n'avait pas toute sa tête, dernièrement. Avait-elle été placée dans un foyer, ou quelque chose comme ça ? Si c'était le cas, pourquoi me dire qu'elle était morte ?

Elle ignora ma question et secoua la tête.

— Il ne sait peut-être pas qu'Agnès est morte. Il a dû s'absenter.

Aussitôt, elle poussa un petit cri et dirigea à nouveau son regard vers moi. J'eus envie de lui dire : « Oui, vous avez parlé à haute voix. » Mais je n'en fis rien. J'étais trop abasourdie. Comment ça, ma grand-mère était morte ? Elle se tenait juste en face de nous, l'air aussi perplexe que moi.

Cette vieille dame chic était-elle folle ? Avait-elle pris ma grand-mère en otage ? S'étaient-elles échappées toutes les deux d'une maison de retraite ? Mon esprit était tellement en ébullition que je me demandais si je ne m'étais pas endormie sans m'en rendre compte. Finalement, après que nous nous fûmes regardées fixement pendant une bonne vingtaine de secondes, la dénommée Sylvia reprit :

— Agnès et moi allons rester dans l'arrière-boutique pendant un petit moment. Rafe saura quoi faire.

Je secouai la tête. Je n'étais pas très courageuse, mais ma grand-mère avait l'air fragile et déboussolée, et je l'aimais plus que quiconque au monde. Hors de question que je la perde de vue.

— Attendez. Je l'appelle tout de suite.

— Rafe ? Vous ne pouvez pas l'appeler maintenant.

Nous étions en plein après-midi, un mercredi. Je ne voyais pas pourquoi je ne pouvais pas l'appeler. Je précisai au très autoritaire sosie d'Helen Mirren qu'il m'avait dit que je pouvais l'appeler nuit et jour.

Je pris mon portefeuille. Au lieu de sortir la carte de visite de Rafe, je choisis celle de l'inspecteur Ian Chisholm. Cette femme croirait que j'appelais Rafe et elle se calmerait pendant qu'en réalité, je contacterais la police. Alors que je récupérais mon portable dans mon sac, Mamie et Sylvia parlaient doucement dans le coin. J'avais une ouïe particulièrement fine, mais Mamie avait visiblement oublié ce détail. Sa voix était parfaitement audible lorsqu'elle soupira en disant :

— C'est tellement agréable de revoir Lucy. Elle m'a tant manqué.

— Tu ne peux pas te montrer aux vivants, lui rétorqua Sylvia. Je sais que c'est nouveau pour toi, mais il y a des règles. Il nous arrivera de très mauvaises choses si nous enfreignons ces règles.

Les règles ? Est-ce que cette folle avait attiré ma grand-mère dans une sorte de secte ? Les doigts tremblants, je saisis le numéro de l'inspecteur. Je ne voulais pas alerter cette foldingue qui semblait exercer une emprise sur ma grand-mère. Heureusement, il répondit tout de suite.

— Ian Chisholm.

— C'est Lucy Swift. Nous nous sommes rencontrés plus tôt dans la journée.

Sa voix se réchauffa immédiatement.

— Je suis ravi d'avoir de vos nouvelles. Comment ça se passe, à *Tricotti Tricotta* ?

— C'est pour ça que je vous appelle. Il se passe quelque chose ici et ça me préoccupe.

— Qu'y a-t-il ?

La fébrilité de mon intonation avait dû lui faire comprendre que je n'appelais pas pour flirter ou lui proposer un rendez-vous. J'étais complètement terrifiée et je n'avais aucune idée de ce que je devais faire.

Je m'humectai les lèvres.

— Je me demandais si vous pouviez passer au magasin ?

— J'arrive.

Je me retournai ensuite vers les deux femmes, qui chuchotaient encore dans le coin. J'espérais que le détective arriverait rapidement. J'ignorais si Sylvia pouvait être dangereuse. Quelque chose chez cette femme m'emplissait de crainte.

— C'était Rafe ? demanda-t-elle.

J'allais répondre lorsqu'une voix grave et masculine intervint :

— Vous vouliez me voir ?

Au même instant, Rafe entra par l'arrière de la boutique. Je clignai des yeux en me demandant à nouveau si je rêvais, mais mon téléphone portable était toujours dans ma main et je ressentis une douleur bien réelle en me pinçant le bras.

Il comprit tout de suite la scène.

— Ah, fit-il.

Sylvia se tourna vers lui, l'air embarrassé.

— C'est le mieux que tu puisses dire ? Rafe, c'est un désastre. Je ne peux pas gérer Agnès. Elle était insomniaque dans la vie et elle semble l'être aussi dans la mort. J'arrive à peine à fermer l'œil. J'ai trop peur qu'elle sorte du lit pour aller se promener. Hier, elle est sortie à la lumière du jour.

Il ignora Sylvia pour me regarder, ainsi que le téléphone dans ma main.

— À qui as-tu téléphoné ? demanda-t-il.

Son ton était assez doux, mais autoritaire. C'était un homme habitué à ce que l'on réponde rapidement à ses questions, et sans doute à ce que l'on obéisse à ses ordres. Je levai le menton.

— J'ai appelé la police. Je ne comprends pas ce qui se passe ici, mais je pense que ma grand-mère est en danger.

Sylvia se récria :

— La police ? Non. Rafe. Arrête-la.

Une fois de plus, il ne lui prêta pas attention. Il s'approcha de moi en me fixant du regard. Il semblait très sérieux, et surtout sincère.

— Je sais que ça va être très difficile pour toi de comprendre, et nous n'avons pas beaucoup de temps. Pour le bien de tous, j'ai besoin que tu dises à la police que tu as fait une erreur. Nous t'expliquerons tout, mais si tu fais appel à des personnes extérieures, tu nous mettras tous en danger.

— En danger de quoi ? Je ne comprends pas. D'abord, tout le monde disait que ma grand-mère était morte, et maintenant la voilà, plus vraie que nature, mais elle ne se souvient de rien. Il se passe quelque chose de sinistre.

Il laissa échapper un lourd soupir.

— Il est arrivé malheur. Regarde ta grand-mère. Regarde-la attentivement.

Quelque chose dans ses paroles me donna le frisson. Mais plus je serais proche de ma grand-mère, plus je pourrais la protéger. Je suivis ses instructions. Une fois que je fus tout près d'elle, il tendit la main et souleva son menton.

— Regarde bien. Qu'est-ce que tu vois ? Sur son cou ?

Il y avait deux plaies, des perforations très nettes dans le cou de Mamie.

— On dirait des marques de morsure.

Je la regardai dans les yeux.

— Est-ce qu'un chien t'a mordu ?

Ce fut Rafe qui me répondit :

— Pas un chien.

Alors que Sylvia intervenait en essayant de l'arrêter, il parla par-dessus sa voix :

— Votre grand-mère a été mordue par un vampire.

CHAPITRE 7

on premier réflexe fut de rire. D'ailleurs, ce fut exactement ce que je fis. J'éclatai de rire. Pas le *hahaha* humoristique de quelqu'un qui a entendu une bonne blague, mais les hoquets hystériques du genre qui conduit tout droit dans une chambre aux murs capitonnés.

Personne ne riait avec moi, et bientôt mes gloussements cessèrent. Les yeux de Rafe n'avaient pas quitté les miens.

— Je suis désolé. Il aurait été bien mieux que tu ne le découvres jamais. Et bien sûr, tu ne dois le dire à personne.

— Tu es sérieux ?

Je les regardai tous les trois. Ma grand-mère ne semblait pas du tout convaincue, mais les deux autres hochèrent la tête, extrêmement sérieux. Je me rappelai alors que Rafe avait toujours les mains froides et qu'il n'était pas disponible pour des rendez-vous pendant la journée.

— Es-tu...

Je ne pus pas finir ma phrase. C'était trop absurde. Mais ils savaient manifestement où je voulais en venir et ils acquiescèrent lentement.

— Nous ne voulons pas faire de mal, me dit Rafe. Nous nous réunissons régulièrement dans ta boutique. Ta grand-mère a toujours été très gentille avec nous. Et maintenant, elle est l'une des nôtres.

— Vous vous retrouvez à la boutique ? Mais qu'est-ce que vous faites ici ?

Ils me regardèrent comme si j'avais dit quelque chose de très stupide. Rafe et Sylvia répondirent en chœur :

— On tricote.

J'avais entendu dire qu'entre autres pouvoirs, les vampires pouvaient vous regarder d'une certaine façon et vous faire faire ce qu'ils voulaient. Mais ce ne fut pas pour cela que j'acceptai de garder leur secret. Je ne croyais pas une seconde que ma grand-mère soit un vampire. De toute manière, je ne croyais pas aux vampires. C'étaient des créatures de fiction, pas de vraies personnes qui tricotaient des chaussettes et se faufilaient dans les rues obscures d'Oxford. Mais d'un autre côté, son avertissement m'avait paru sérieux. Si je faisais venir la police, il y aurait une enquête. Je ne savais pas ce qu'ils trouveraient, mais compte tenu de la possibilité complètement insensée que toute cette histoire soit vraie et que ma grand-mère soit une morte-vivante, je devais la protéger.

Même en acceptant le plan de Rafe, je me demandais si j'étais aussi folle que les autres. Je n'en avais aucune idée. Parfois, on suit juste son instinct.

Rafe leva la tête. J'avais l'ouïe fine, mais pas autant que la sienne.

— Il arrive. Sylvia, Agnès, nous devons y aller.

— Mamie !

Je n'aimais pas qu'elle les suive docilement à l'arrière de

la boutique. Elle se retourna et m'adressa son gentil sourire habituel.

— Tout va bien, Lucy, me dit-elle. Tout va s'arranger.

Puis ils se dirigèrent vers l'arrière-boutique.

— Vous avez intérêt à revenir dès qu'il sera parti, leur lançai-je. Je veux une explication complète.

Rafe s'arrêta dans l'embrasure de la porte. Il tourna la tête et me regarda.

— Ne t'inquiète pas, nous serons de retour ce soir. Notre club de tricot se réunit ici tous les mercredis à vingt-deux heures.

Il fallait que je me retrouve dans la seule boutique au monde qui animait un club de vampires tricoteurs.

ILS AVAIENT à peine quitté le magasin que l'on frappait à la porte. J'essayai de me ressaisir et de repousser ces dernières minutes hallucinantes au fond de mon esprit. Affichant tant bien que mal un agréable sourire, j'ouvris la porte. Ian Chisholm se tenait là. Tous les signes de l'homme enjoué et légèrement dragueur avaient disparu.

— Lucy ? Est-ce que tout va bien ? Que se passe-t-il ?

Je lui fis un signe de tête en gardant le sourire, même si j'avais envie de tout lui raconter. Il était si manifestement vivant, humain et chaleureux. Mais j'avais fait une promesse, et tant que je n'en saurais pas plus, je ne pouvais pas parler à la police de cette histoire absurde de vampire.

— Je suis désolée. J'ai été trop bête. Je vous en prie, entrez.

Il entra et jeta un rapide coup d'œil dans la boutique

avant de refermer la porte derrière lui. Il ne me connaissait pas très bien. Je ne voulais pas qu'il pense que j'étais le genre d'écervelée qui appelait la police sans raison, mais c'était le seul plan que j'avais : le laisser croire que j'étais exactement ce genre de personne.

— J'ai entendu des bruits bizarres dans la boutique et j'ai pensé à un cambriolage, mais c'était vraiment idiot, dis-je avec un rire légèrement crispé. C'était le chat. Je ne suis pas habituée à avoir un chat. En fait, je n'en ai pas, comme vous le savez. Celui-ci est sans doute un chat errant. Bref, ça m'était sorti de la tête, puis j'ai entendu tous ces grattements et j'ai paniqué. Je croyais qu'on me cambriolait.

Docilement, Nyx sortit sa tête d'un panier de laine sur l'un des présentoirs.

Comme si je lui avais donné des instructions, elle sauta vers une étagère plus haute. Ce faisant, ses pattes arrière firent tomber la corbeille et son contenu dégringola sur le sol, heurtant au passage des aiguilles à tricoter qui atterrirent avec fracas sur le plancher.

Je me précipitai pour commencer à ramasser les aiguilles et à les remettre dans le panier.

— Vous voyez ce que je veux dire ? J'étais à l'étage et j'ai entendu tout ce raffut. Je savais que j'avais fermé la boutique à clé en revenant de l'épicerie, et j'étais convaincue que quelqu'un était entré par effraction. Je suis vraiment désolée de vous avoir dérangé.

— Aucun problème. Vous pouvez me remercier pour le déplacement en me préparant une tasse de thé, puisque j'ai dû écourter mon déjeuner.

Je ne pouvais pas prétendre que je n'avais pas de thé, car il m'avait vu en acheter avec le lait à l'épicerie. Ne trouvant pas de bonne raison pour me débarrasser de lui, je décidai que le plus simple était encore de lui servir son thé et de le renvoyer.

— Bien sûr. La cuisine est dans l'appartement du dessus.

Je pris mes sacs de courses, puis j'ouvris la porte et le fis entrer.

Il était tout à fait charmant, mais je sentais bien qu'il était en service. Il se comportait exactement comme un détective, le regard fouineur et le cerveau alerte.

J'étais encore sous le choc et loin d'être une bonne actrice, mais je fis de mon mieux pour agir normalement. Je préparai du thé et l'apportai dans le salon. Nous nous assîmes côte à côte sur deux chaises au revêtement de chintz, puis il me dit :

— J'ai trouvé le nom du médecin de votre grand-mère, celui qui a signé le certificat de décès.

Il avait dû le faire juste après m'avoir quittée, pendant sa pause déjeuner. Si je n'avais pas été aussi abasourdie, j'aurais été très flattée.

Il sortit un carnet de sa poche et l'ouvrit.

— C'est le Dr Weaver. Christopher Weaver. Son cabinet est sur Walton Street.

— C'est si gentil de votre part. Merci.

— Comme je l'ai dit plus tôt, j'ai rencontré votre grand-mère. C'était une gentille dame, dit-il en souriant. Si j'avais découvert à mon arrivée que ma grand-mère était décédée, je me serais aussi posé des questions.

Oh, il n'avait pas idée.

— J'ai encore du mal à accepter qu'elle soit partie.

Il hocha la tête.

— Le deuil est une chose étrange. Bien sûr, on passe par les étapes de l'incompréhension, du déni, de la négociation et enfin de l'acceptation. Mais ce n'est pas un chemin facile.

Il ne savait pas à quel point il avait raison. Je semblais être coincée dans le déni. Moi, ou peut-être Mamie.

Il jeta un œil autour de lui.

— Cette pièce lui ressemble beaucoup.

— Oui.

Tout, depuis les gravures botaniques encadrées jusqu'à sa collection de poupées victoriennes aux visages de porcelaine, en passant par ses meubles en chintz, les livres et autres magazines de tricot sur les étagères, indiquait qu'il s'agissait de sa maison.

— Dans mon travail, je rencontre un certain nombre de personnes endeuillées. Ce sont celles qui continuent à avancer dans leur propre vie qui s'en sortent le mieux. Le chagrin et la douleur ne disparaissent pas, mais ceux qui se remettent le plus vite ont autre chose pour occuper leur esprit.

Je hochai la tête.

— Eh bien, j'ai pris une décision aujourd'hui. Quand je suis arrivée, j'avais prévu de rester un mois ou deux. Je prenais des vacances tout en venant aider ma grand-mère au magasin. Aujourd'hui, j'ai décidé de rouvrir et de gérer *Tricotti Tricotta* pendant au moins un mois ou deux, le temps de prendre une décision sur mon avenir.

J'avais caressé cette idée, mais le fait de revoir ma grand-mère, ou ce qu'il en restait, avait achevé de me décider. Je n'irais nulle part avant d'en savoir plus.

Il sembla satisfait de mon annonce.

— Excellente idée.

— Ça fait du bien de prendre une décision.

Je regardai l'horloge murale et ajoutai :

— Si j'appelle le Dr Weaver tout de suite, il pourra peut-être me recevoir aujourd'hui.

Il comprit l'allusion et se leva. Je fis de même pour le voir sortir, et il darda ses yeux sur moi. Il avait un regard interrogateur qui m'inonda instantanément de chaleur, comme s'il pouvait voir tous les secrets que j'essayais de cacher.

— Est-ce que quelque chose vous tracasse ? Je peux être une oreille attentive, vous savez...

Une fois de plus, j'eus envie de me jeter sur son large torse pour tout lui dire. Il avait un visage digne de confiance et de beaux yeux. J'étais au bord du gouffre. Nyx choisit ce moment pour sauter du canapé et s'en prendre à mes orteils.

— Aïe ! criai-je en riant avant de l'attraper. Elle s'entraîne à chasser des souris, je crois.

Mon envie de m'épancher était passée.

— Non, repris-je. Il n'y a rien qui me perturbe particulièrement. Je suis triste pour Mamie, c'est tout.

Il tendit la main et caressa Nyx, qui flirta avec lui sans vergogne, roulant la tête pour qu'il puisse la gratter sous le menton, ronronnant d'extase.

— Je vais y aller. Mais on reste en contact.

Je hochai la tête. Deux heures auparavant, j'aurais été ravie à l'idée que cet homme veuille rester en contact avec moi. Maintenant que je cachais déjà des secrets à son regard trop perspicace, je n'en étais plus si sûre.

Dès qu'il fut parti, j'appelai le bureau du Dr Weaver. Si quelqu'un pouvait m'aider à comprendre ce qui se passait avec Mamie, qu'elle soit vivante, morte, ou les deux, c'était sans doute le médecin qui l'avait examinée en dernier.

Je tombai sur un message enregistré m'informant que le cabinet était ouvert ce soir-là de sept heures à huit heures. Je me dis que si les horaires d'ouverture étaient annoncés dans le message, les patients devaient pouvoir passer. Je décidai donc d'y aller le soir même à sept heures.

Je soupçonnais mon cerveau d'être perturbé par le chagrin, mais s'il y avait une infime éventualité que des vampires utilisent vraiment la boutique comme salle de réunion, je devais me protéger du mieux possible. Je n'avais pas de pieu sous la main, mais il y avait des aiguilles à tricoter en bois dans la boutique. Sous le regard intrigué de Nyx, je pris un couteau et en aiguisai quelques-unes.

Pour m'exercer, je fis semblant de poignarder en plein cœur les jolies poupées victoriennes qui m'accusaient de leurs yeux ronds peints en bleu.

— Quoi d'autre ? demandai-je à la chatte en me disant que les aiguilles à tricoter n'étaient pas très solides.

Je serais peut-être capable de poignarder une poupée, mais pour quelqu'un de la taille de Rafe Crosyer, par exemple, il fallait un pieu beaucoup plus solide.

Je ne voulais pas tuer de vampires, mais seulement être en mesure de les éloigner. Je me remémorai tout ce que j'avais appris sur les vampires dans les films ou dans les livres, dressant une liste des choses dont j'avais besoin, puis je fouillai dans les placards de ma grand-mère jusqu'à dénicher un pot de confiture vide avec un couvercle.

Je mis mon manteau et retournai à l'épicerie, où j'achetai deux filets remplis d'ail. J'aurais bien acheté des cordes d'ail, mais l'épicier n'avait que de petits sacs contenant chacun trois grosses têtes. Je pouvais peut-être les attacher ensemble avec de la laine et les suspendre à mon cou.

En haut de Harrington, à l'intersection de New Inn Street, se trouvait l'église St John. Elle était construite en pierre grise. Sur le côté s'étendait un cimetière dont les tombes étaient si vieilles et abîmées par le temps qu'il ne restait aucune information sur les personnes qui reposaient en dessous. Les stèles délabrées me firent penser à des doigts jaillissant du sol pour me mettre en garde alors que je pénétrais l'air frais de l'église avec le pot de confiture vide. Une affichette énumérait les hymnes qui seraient chantés à la messe de six heures. Une autre rappelait aux visiteurs que les décalquages par frottements n'étaient pas autorisés.

Par chance, l'église était déserte à cette heure de la journée. On aurait dit que de petits cailloux tombaient sur le sol lorsque mes pas résonnèrent sur les dalles de pierre. Je me rendais vers les fonts baptismaux. En y plongeant mon pot de confiture, j'eus l'impression que les personnages des vitraux me regardaient d'un air dissuasif. Heureusement que rien n'interdisait de récupérer de l'eau bénite.

Je déposai deux livres sterling dans la boîte de dons pour soulager ma conscience, puis je ressortis en longeant les bancs de bois vides et silencieux.

Un groupe de touristes passait par là et j'eus envie de monter dans l'un des énormes bus qui attendaient dans les rues annexes afin d'embarquer leurs clients et de les conduire au prochain arrêt, Stratford-upon-Avon, Blenheim Palace ou Bicester Village pour le shopping.

Comme je ne venais pas d'une famille catholique, je

n'avais aucun crucifix ni objet en argent, le peu de bijoux que je possédais étant plutôt de type fantaisie. Empruntant Harrington Street une fois de plus, je fis un saut à *Pennyfarthing Antiques*. Une cloche sonna lorsque j'entrai dans la boutique sombre si encombrée de meubles, de chandeliers, de lampes sur pied, de chaises, de repose-pied, de tableaux et de porcelaine que je restai immobile, laissant le temps à mes yeux de s'accoutumer. J'étais déjà venue ici, mais M. et Mme Wright, les propriétaires de *Pennyfarthing*, semblaient plus intéressés par l'achat de nouveaux stocks que par la vente de ce qu'ils avaient déjà. À chacune de mes visites, la boutique était plus bondée que la précédente.

Je me frayai un chemin autour d'un meuble en arc de cercle chargé de porcelaine. On y trouvait de tout : des figurines Royal Doulton de dames en robes démodées, des salières et poivrières en forme de cochons, toutes les races possibles de chiens et de chevaux en porcelaine, et même un blaireau. Je repérai un chat noir aux yeux verts qui ressemblait à Nyx.

Après avoir enjambé un repose-pied élégant en point de croix, j'imaginai combien Mamie aurait aimé cette poupée de porcelaine assise sur une chaise chippendale. Puis je me faufilai entre une armoire et une bibliothèque remplie de livres en tous genres, des recueils pour enfants aux abécédaires en latin reliés de cuir, et je débouchai finalement sur les vitrines proches du comptoir, au fond de la boutique.

À l'intérieur, il y avait des plateaux de bijoux, de montres, de médailles militaires, de broches, d'outils d'artisanat assortis et de petits objets précieux et faciles à voler.

M. Wright me tournait le dos et polissait quelque chose tout en sifflant.

— M. Wright ?

Je ne voulais pas l'effrayer en prononçant son nom trop fort.

Il se retourna et je poussai un cri lorsque l'épée ostensiblement dangereuse qu'il tenait dans sa main pivota dans ma direction, la lumière se reflétant sur sa lame tranchante comme un rasoir. On entendit un bruit d'ongle coupé quand l'épée entailla le bouton de mon manteau.

M. Wright me dévisagea.

— Mais c'est la petite-fille d'Agnès ! lança-t-il comme s'il n'avait pas failli me transpercer la seconde précédente. Quel plaisir de te voir !

Enfin, se souvenant manifestement de la tragédie, il ajouta :

— Nous sommes désolés d'avoir perdu ta grand-mère. C'était une femme merveilleuse. Une excellente voisine.

Je le remerciai tout en lui confirmant qu'elle était une femme admirable et une grand-mère très aimée. Il semblait avoir oublié qu'il tenait une arme potentiellement mortelle. Je fis un pas prudent en arrière, échappant au péril immédiat.

— C'est une belle épée.

Et éloignez-la de mon visage.

Il ne comprit pas l'allusion et au lieu de l'abaisser, il la souleva pour que nous puissions tous deux l'admirer.

— Un bel exemplaire d'une épée de campagne prussienne des années 1790.

La lame était étroite et mesurait environ soixante centimètres de long.

— Regarde ça, poursuivit-il en montrant une rainure au centre de la lame. Tu vois ce sillon ? C'est pour que le sang de la victime s'écoule plus vite.

— Comme c'est intéressant, fis-je d'une voix faiblarde.

— Nous venons de recevoir une nouvelle collection. Une vente de succession. Viens voir.

Il m'invita à passer derrière le comptoir, à la table où il travaillait. Il y avait plusieurs autres épées et des dagues alignées qui attendaient d'être polies.

— Tu vas aimer celle-ci, elle est américaine. Une épée de cavalerie de 1864.

— La sculpture est jolie.

— Et voilà la plus ancienne, poursuivit-il en désignant une arme beaucoup plus courte, un coutelas plus qu'une épée. Je pense que c'est une dague à double lame du XVIe siècle. Belle pièce. Regarde la courbe de la garde transversale.

Je supposai qu'il faisait référence au truc incurvé au bout du manche. L'assaillant devait sans doute reposer son poing dessus et appuyer fort en poussant la dague dans le corps de son ennemi. À l'extrémité de la courbe, il y avait des boucles rondes en acier, sûrement décoratives. Le manche était recouvert d'une épaisseur de cuir qui avait noirci, probablement à cause de la sueur et de l'huile sur les mains de ceux qui l'avaient manié.

— Il a l'air terriblement pointu !

— Oh oui, ma chère, ils sont magnifiquement aiguisés. Le collectionneur les a gardés en parfait état.

Aussi aiguisées que les crocs d'un vampire. Ce qui me rappela pourquoi j'étais venue.

— Je cherche une croix en argent massif sur une chaîne en argent, si vous avez ça. Une belle grande croix.

— Oui, bien sûr. Elles sont toutes là-dedans. Laisse-moi juste prendre la clé.

Il avait une collection de clés accrochées à une boucle de

ceinture. Tout en fouillant, il garda son épée prussienne à la main.

— Papa, qu'est-ce que tu fais ? Tu effraies les clients pour les faire fuir ? fit soudain une voix masculine.

Je me retournai pour découvrir Peter, le fils des Wright, qui émergeait de derrière une étagère de vêtements anciens. L'agencement de leur boutique était similaire à celle de Mamie. Peter venait manifestement de leur appartement. J'aurais aimé qu'il arrive cinq minutes plus tôt, au moment où son père m'avait vraiment fichu la frousse.

Il y eut comme un bruit de couverts qui dégringolent, puis M. Wright se baissa pour ramasser son trousseau de clés. Peter s'approcha et lui prit l'épée en me regardant d'un air amusé, feignant la stupeur.

— Je vais m'en occuper, papa. Tu peux monter aider maman.

Puis il se tourna vers moi.

— Comment puis-je vous aider ?

Peter avait une quarantaine d'années et il était dans l'armée. Ses parents étaient très fiers de lui. Ses années passées dans le désert lui avaient laissé un teint mat permanent. Il avait les cheveux courts, et sa chemise ainsi que son pantalon étaient repassés aussi soigneusement qu'un uniforme. Il avait deux enfants et je croyais me souvenir qu'il y avait des problèmes dans son mariage. Ou peut-être était-il divorcé. Mamie me l'avait dit, mais j'avais oublié.

Son père acquiesça, puis tandis que son fils prenait place devant la vitrine, il dit :

— Tu te souviens de Lucy, la voisine ?

— Je ne suis pas vraiment d'ici, précisai-je. Agnès Bartlett était ma grand-mère. Je suis en visite.

Peter m'observa attentivement pendant quelques secondes.

— J'aurais eu du mal à te reconnaître, dit-il finalement. Tu as bien grandi.

Il regarda son père et ajouta :

— N'est-elle pas superbe ?

— Assurément !

— Oh, arrêtez, vous deux, fis-je en riant.

Mais j'étais soulagée que Peter ait reposé l'épée sur la table et qu'il ait pris le relais de son père, qui se dirigea vers l'étagère de vêtements anciens, puis vers la porte de leur appartement.

— J'ai été navré d'apprendre ce qui est arrivé à ta grand-mère, dit Peter en essayant plusieurs clés pour ouvrir l'armoire, jusqu'à trouver la bonne.

— Merci. Je n'arrive toujours pas à y croire.

— C'est toujours comme ça avec la mort. Même dans une zone de guerre, on ne s'y attend jamais.

— Tu vas y retourner ?

— Oh, non. Mes parents ont besoin de moi. Leur santé s'est un peu dégradée depuis la dernière fois que je suis venu.

Il secoua la tête avant d'ajouter :

— La boutique, c'est trop pour eux à présent. Ce dont ce magasin a besoin, ce dont tout le monde a besoin, c'est de sang neuf.

Ne trouvant pas de réponse appropriée, j'émis l'un de ces sons qui pouvaient signifier n'importe quoi. Puis j'appuyai sur le bouton pour faire tourner les plateaux. Je passai en revue les bacs contenant de vieilles bagues et des broches, des bracelets à breloques, des tabatières, des piluliers, des montres, des colliers, ainsi que des boucles d'oreilles à profusion. Parmi les articles, il y avait quelques petites croix en argent pour jeunes filles sur de jolies chaînes, mais ce n'était pas ce que je voulais. Je lui expliquai que je cherchais quelque chose de plus volumineux.

— Attends une minute, je crois qu'il y en a de plus grandes par ici. Un instant.

Lorsqu'il eut disparu, je me penchai sur une autre vitrine qui contenait un large choix de montres, allant de la montre à gousset en or jusqu'aux contrefaçons bon marché. En relevant la tête, je remarquai une carte de visite posée sur le meuble. Sidney Lafontaine.

La même Sidney Lafontaine qui avait un client intéressé par l'achat de *Tricotti Tricotta*.

Était-elle également venue chez *Pennyfarthing* ? Je m'étais dit que son acheteur était intéressé par une boutique de tricot, mais peut-être que n'importe quel magasin de la rue ferait l'affaire.

Peter revint avec trois épaisses chaînes en argent de différentes longueurs et deux croix. L'une d'elles mesurait environ deux centimètres et demi de haut, et l'autre le double. Je choisis la plus grande croix et la chaîne la plus épaisse.

Après avoir inspecté la marque Sterling sur les deux articles, j'attachai la croix à la chaîne. Elle était assez grande pour que je puisse y glisser ma tête. J'appréciais le poids de l'objet. Elle coûtait deux cents livres, une somme considérable, mais le sang contenu dans mon corps avait aussi une grande valeur à mes yeux. J'avais bien l'intention de le protéger.

— Laisse-moi juste la polir pour toi, dit-il. Pour la faire briller un peu.

Pendant qu'il prenait le chiffon de polissage et commençait à frotter mon nouveau déflecteur de vampires, je posai la carte de Sidney Lafontaine devant lui en demandant s'il la connaissait. Il releva la tête.

— Tu parles de l'agent immobilier ? Oui. Une gentille dame. Elle a un client qui paierait une fortune pour la série de boutiques sur Harrington. Mes parents sont tous les deux favorables. Ils sont prêts à prendre leur retraite et l'offre est généreuse. Ta grand-mère avait l'intention de vendre aussi. C'est logique, les commerçants de la rue ne sont plus de première jeunesse.

Il leva les yeux vers moi.

— Sans vouloir t'offenser, ajouta-t-il.

Une fois de plus, il y avait ce décalage entre ce que Mamie avait déclaré dans son testament et dans la lettre qu'elle m'avait adressée, et ce que disaient les personnes qui l'avaient vue récemment. Quelle était la vérité ?

Avant que Peter enregistre mon achat, je lui demandai s'ils avaient des crucifix à vendre. Il me lança un regard curieux, mais il était trop poli ou trop britannique pour se montrer indiscret. Peut-être pensait-il que j'étais catholique, même non pratiquante, et que le chagrin provoqué par la mort de ma grand-mère m'avait poussée à renouer avec la foi. Je le laissai penser ce qu'il voulait et je sortis de la boutique en possession d'un solide crucifix en bois foncé d'environ 15 cm de haut. Peter avait suggéré qu'il était sans doute espagnol ou portugais. Peu m'importait d'où il provenait, du moment qu'il faisait l'affaire.

De retour à l'appartement, je rassemblai mon kit anti-vampires dans l'un des paniers de Mamie : de l'ail, un pot d'eau bénite, le crucifix, et les aiguilles à tricoter en bois aux pointes bien taillées. Ça ressemblait à un mystérieux pique-nique.

J'avais aussi prévu de porter la croix en argent tous les jours. Je me sentirais plus en sécurité. S'il y avait des vampires dans la boutique de tricot, il pouvait y en avoir n'importe où à Oxford.

CHAPITRE 8

$\mathscr{L}$e cabinet du Dr Weaver était situé dans une maison victorienne, près de l'ancien cimetière du choléra sur Walton Street. Je sonnai pour qu'on me laisse entrer et j'empruntai un court couloir jusqu'au fond du bâtiment. Il y avait une porte avec une petite plaque en laiton sur laquelle était simplement écrit : *Dr. Christopher Weaver, GP.*

À l'intérieur, il y avait plusieurs fauteuils inclinables disposés en cercle, beaucoup plus luxueux que ceux que l'on trouvait habituellement dans la salle d'attente d'un médecin. Les lieux étaient déserts. Lorsque la porte se referma derrière moi, un homme sortit d'une pièce adjacente et se présenta comme étant le Dr Weaver.

Apparemment, nous étions les deux seules personnes dans la salle d'attente. Il n'y avait pas de réceptionniste et je ne voyais aucun patient. J'avais déjà eu une journée très troublante et peut-être réagissais-je de manière excessive, mais j'eus très envie de faire demi-tour et de fuir. Cependant, j'étais venue ici pour obtenir des réponses sur la mort de ma grand-mère et j'étais déterminée à ne pas laisser une simple trouille m'arrêter dans ma quête.

— Je suis Lucy Swift. Agnès Bartlett était ma grand-mère. Je crois que vous avez signé son certificat de décès.

— Ah, Lucy. Je suis vraiment désolé pour votre grand-mère.

C'était un petit homme, moins grand que mon propre mètre soixante, et très pimpant. Il avait une barbe blanche taillée de près, un nez proéminent avec tant de vaisseaux sanguins éclatés que je le soupçonnais d'avoir bu, et des yeux bruns si sombres qu'on aurait dit qu'ils n'avaient qu'une énorme pupille. Il portait une blouse blanche, sous laquelle j'aperçus un gilet rouge et bleu marine.

— Je vous en prie, venez dans mon bureau.

Je me retournai vers la porte par laquelle j'étais entrée, mais j'étais ridicule. Il n'avait ni patient ni personnel à ce moment-là, et alors ? Cela ne le rendait pas sinistre pour autant.

Son cabinet était ultra-moderne, avec un ordinateur haut de gamme posé sur un bureau blanc. Deux fauteuils en cuir, blancs également, étaient disposés devant le bureau. Il s'installa derrière en m'indiquant que je pouvais prendre place dans l'un des fauteuils destinés aux patients.

— Je crois savoir que c'est vous qui avez soigné ma grand-mère à la fin, commençai-je.

Il avait signé son certificat de décès, mais d'une certaine manière, comme je venais de voir ma grand-mère et de lui parler, le mot « décès » semblait inapproprié.

Il acquiesça et appuya sur son clavier d'ordinateur.

— Je peux vous envoyer par e-mail une copie du MCCD,

le certificat médical de la cause du décès, ou vous en imprimer une copie si vous le souhaitez.

— Merci. Je voudrais bien une copie imprimée. J'ai quelques questions, cependant.

— Bien sûr.

— La dernière fois que j'ai vu ma grand-mère, il y a environ six mois, elle était en parfaite santé. Et chaque fois que nous avons échangé des e-mails ou que nous nous sommes téléphoné, elle allait bien. J'ai été très surprise d'arriver à Oxford et de découvrir qu'elle n'était plus des nôtres.

Il hocha la tête, la mine grave, puis il répondit avec un regard chaleureux et une voix douce :

— Même quand nous y sommes préparés, perdre un être cher est un choc terrible. La vérité est que votre grand-mère n'allait pas bien, et ce depuis un certain temps. Insuffisance cardiaque congestive. Je l'avais vue seulement une semaine avant sa mort, et je l'avais encouragée à être franche avec sa famille sur son état. Je ne pensais pas qu'elle partirait si tôt, mais je l'ai prévenue qu'il ne lui restait plus beaucoup de temps. Elle attendait avec impatience votre visite. Je suis vraiment désolé qu'elle n'ait pas pu vous voir avant de mourir.

Disait-il la vérité ? Comment pouvais-je le savoir ?

— Insuffisance cardiaque congestive, répétai-je. Vous êtes certain que c'est de ça qu'elle est morte...

— Bien sûr.

Pourtant, en disant cela, il baissa les yeux sur ses mains jointes.

— Avez-vous vu des signes de lutte ou d'attaque d'animal sur le corps de ma grand-mère ?

Il me regarda bizarrement.

— Une attaque d'animal ? À Oxford ?

— Je pensais qu'un chien pouvait l'avoir mordue.

Il me regardait comme si j'avais besoin d'un traitement médical d'urgence, alors je m'empressai de préciser :

— Ma grand-mère avait peur des chiens. Elle avait été mordue lorsqu'elle était jeune. Je me suis juste demandé si elle avait pu avoir affaire à un chien. Ça l'aurait terrifiée.

— Oui, je vois. Un tel choc aurait pu précipiter sa dernière crise cardiaque. Mais non. Je ne suis pas au courant d'une quelconque attaque.

Il se pencha en avant, les coudes sur le bureau, et poursuivit :

— Votre grand-mère a vécu une bonne et longue vie, elle a dirigé une petite entreprise prospère et elle était très fière de sa famille. Elle avait de grands amis et elle était un pilier de notre communauté. Elle est morte paisiblement dans son sommeil, comme nous l'aimerions tous.

Était-ce vraiment le cas ? Si oui, pourquoi errait-elle dans sa boutique avec des marques de morsure sur le cou ?

— Je regrette de ne pas avoir été présente.

J'aurais tant aimé venir directement à Oxford au lieu de rendre visite à mes parents d'abord.

Il hocha la tête à nouveau.

— Bien sûr que vous regrettez. Mais nous devons tous partir un jour, ma chère, et la vérité est qu'il n'y a jamais de moment opportun.

Il appuya sur le clavier et une copie du MCCD sortit de son imprimante.

Il récupéra le document et me le remit. Il ne se rassit pas, comme pour m'inviter à prendre congé. Je me levai, mais avant de partir, je lui dis :

— J'ai une autre question. Qui était le parent le plus proche ?

J'avais fait quelques recherches sur Google et découvert qu'au Royaume-Uni, le MCCD était remis au parent le plus proche, qui apportait ensuite le formulaire au bureau d'état civil. Sans cette démarche, ma grand-mère n'aurait pas pu être inhumée. Or ma mère et moi étions toutes deux injoignables.

Alors, qui avait pris les dispositions pour les funérailles ?

— Laissez-moi consulter mes notes.

Il retourna derrière son bureau et tapa rapidement sur son clavier.

— Ah, oui. Comme vous et votre mère étiez toutes deux à l'étranger et ne pouviez être jointes, la nièce d'Agnès – votre cousine éloignée, je suppose – s'est occupée des détails.

La nièce d'Agnès ? Pour autant que je sache, ma grand-mère n'avait pas de frères et sœurs, alors comment pouvait-elle avoir une nièce ?

— Avez-vous ses coordonnées ? J'aimerais la contacter.

Il parut surpris que je ne sache pas comment joindre ma propre cousine.

— Oui, j'ai son adresse quelque part ici.

Cette fois, il ne toucha pas à l'ordinateur, mais il ouvrit l'un des tiroirs du bureau et sortit un carnet dont il feuilleta quelques pages.

— Nous y sommes. Violet Weeks. Je vais vous noter ses coordonnées, d'accord ?

— Oui, s'il vous plaît.

Il écrit soigneusement sur un carnet d'ordonnances, puis me tendit le papier.

— Merci.

Violet Weeks vivait dans un endroit appelé Moreton-Under-Wychwood. En temps normal, j'aurais été charmé par le nom du village, mais à ce moment-là, je me sentais tout bonnement engourdie.

Plus j'enquêtais sur la mort de ma grand-mère, plus les choses devenaient étranges. Non seulement ma grand-mère décédée avait réapparu, mais des parents dont je n'avais jamais entendu parler semblaient surgir de nulle part, eux aussi. Je pris la feuille de papier et m'apprêtai à partir, mais je me retournai et lui posai ma dernière question :

— Ma grand-mère a-t-elle été incinérée ou enterrée ?

Il parut réfléchir un bref instant.

— Enterrée, je pense.

— Avez-vous une idée de l'endroit ?

— Je suis désolé. Je ne peux pas vous aider davantage. Votre cousine pourra sûrement vous donner cette information.

— Je l'espère. Je ne trouve rien sur internet. Aucun avis de décès n'a été publié dans le journal local et il n'y a aucune trace de ses funérailles. Je trouve cela très étrange.

— Je crois que c'était une petite cérémonie privée, avec seulement quelques personnes. Comme votre mère et vous n'étiez pas présentes, peut-être que votre cousine a estimé qu'il serait inapproprié de publier des détails sur le décès de votre grand-mère.

Peut-être bien, mais pour moi, c'était tout de même bizarre, comme l'ensemble de cette situation d'ailleurs.

Je le remerciai. Tandis que je partais, trois étudiants avec des formulaires imprimés firent irruption dans la salle d'attente.

— Nous sommes là pour l'annonce, dirent-ils en me voyant.

L'un d'eux brandit une feuille devant moi.

— Pour le don de sang, ajouta-t-il.

— Je ne travaille pas ici, répondis-je.

Le Dr Weaver intervint derrière moi.

— Oui, c'est ici. Entrez et installez-vous.

Pendant qu'ils prenaient place confortablement sur les grands fauteuils, il ajouta :

— Qui connaît son groupe sanguin ?

Je repartis avec plus de questions que lorsque j'étais arrivée. Si ma grand-mère avait souffert d'une insuffisance cardiaque congestive, pourquoi n'en avait-elle jamais parlé à personne ? Et comment se faisait-il que j'aie des cousins dont j'ignorais l'existence ?

Plus précisément, si ma grand-mère était morte d'une insuffisance cardiaque congestive, comme le médecin l'avait écrit sur le formulaire que je tenais dans ma main, comment pouvait-elle errer dans la boutique de tricot en plein milieu de la journée ? Et cette histoire de vampires, qu'est-ce que ça voulait dire exactement ? Je ne savais qu'une seule chose, c'était qu'à vingt-deux heures ce soir, je serais à la boutique.

Tricotti Tricotta était un endroit accueillant. C'était un tout petit coin du monde aussi intemporel que le tricot lui-même. L'atmosphère y était habituellement joyeuse, confortable et accueillante. Cependant, quelques minutes avant vingt-deux heures, ce soir-là, lorsque je descendis les escaliers en me demandant ce que je ferais si je trouvais la boutique pleine de vampires, *Tricotti Tricotta* n'était rien de tout cela. Et très franchement, j'étais terrifiée.

Pendant tous mes préparatifs, Nyx m'avait regardée de ses grands yeux vert et or, sa queue noire frétillante. Comme je ne voulais pas donner l'impression d'être agressive ou conflictuelle en tombant sur un nid de vampires, je glissai le collier en argent sous le col de mon T-shirt et enfilai un cardigan pour dissimuler la grande croix en argent. C'était un objet facile à cacher.

Pour le crucifix, l'ail et l'eau bénite, en revanche, c'était un peu plus délicat. J'essayai de mettre le crucifix dans une poche et l'ail dans l'autre, mais cela formait deux bosses très nettes sous le cardigan. Il était évident que je portais de lourds objets dans chaque poche.

Je finis par les mettre dans mon sac à main en espérant pouvoir les atteindre rapidement en cas d'urgence. Mais j'espérais surtout ne pas en avoir besoin. J'arriverais en bas, je trouverais la boutique sombre et silencieuse, et je réaliserais que j'avais eu une sorte d'hallucination.

La seule chose que je portais dans mes mains était une pelote de laine rose vif, dans laquelle j'avais enfoncé les aiguilles à tricoter en bois bien aiguisées. Pour qui ne les observerait pas attentivement, elles semblaient inoffensives, et c'était plutôt normal qu'une personne qui venait d'hériter d'une boutique de tricot se promène la nuit avec une pelote de laine et des aiguilles.

J'avais beau vouloir que Nyx vienne avec moi pour me tenir compagnie, j'ignorais si les vampires pouvaient manger des chatons. Était-ce le cas ? On ne voyait jamais cela dans les films d'horreur. Je décidai de la laisser, mais Nyx avait pris sa propre décision et me suivit. Je la remontai et l'enfermai dans l'appartement, où elle se mit à miauler piteusement.

Un peu irritée, j'y retournai en soupirant. Cette fois, je la fis sortir par la fenêtre et refermai derrière elle. Elle me lança un regard furieux à travers la vitre, puis, me tournant le dos, elle longea le rebord et sauta dans l'arbre voisin.

Encore une fois, je descendis à la boutique.

— Eh bien, dis-je à haute voix en arrivant à la porte. Nous y voilà.

Enfin, j'entrai. Tout était calme et immobile. Je pouvais à peine distinguer les formes des paniers disposés sur les étagères. Il n'y avait aucun bruit, aucun signe de vampires ; juste une odeur subtile de laine de mouton et le parfum que j'avais toujours associé à ma grand-mère. Je vérifiai l'heure sur mon portable. Oui, j'avais apporté mon téléphone en pensant que je pourrais toujours appeler la police si nécessaire.

J'entendis gratter à la porte de la boutique. J'ouvris, le cœur battant et une main dans mon sac. C'était Nyx, qui entra en courant.

Après avoir poussé un soupir de soulagement en voyant que ce n'était pas un vampire assoiffé de sang, je pris la chatte dans mes bras. Elle voulait manifestement être avec moi et son petit corps chaud me réconforta. Je décidai qu'elle pouvait rester.

De toute façon, il n'y avait personne. Je ne pouvais tout de même pas faire demi-tour et retourner au lit avant d'avoir vérifié l'arrière-salle, où Mamie donnait ses cours en temps normal. Je me dirigeai vers le rideau opaque qui y menait et m'arrêtai net en sentant un frisson me parcourir les bras. Les oreilles de Nyx se dressèrent.

Il n'y avait aucune raison valable de rester ici. J'écartai le rideau noir. Le spectacle qui s'offrit alors à mes yeux fut si extraordinaire que je faillis m'évanouir.

Il y avait environ une douzaine de tricoteurs affairés et silencieux. Je remarquai directement qu'ils n'avaient pas de crocs pointus tachés de sang ni de cheveux noirs coiffés en forme de couronne. Ils ressemblaient à des gens normaux, même s'ils étaient tous plutôt pâlichons. Ils étaient assis en cercle et tricotaient avec concentration. Tous, sauf un.

Ma grand-mère était assise au milieu, l'air déterminé, les doigts occupés, ses aiguilles faisant passer une boucle de l'une à l'autre de manière si douloureusement familière que mon cœur se serra. La femme qui ressemblait à une star de cinéma, Sylvia, était assise à côté d'elle. Elle tricotait des jambières noires ou un pull pour quelqu'un avec des bras extrêmement longs. Rafe, quant à lui, était debout et ne tricotait pas. Il se tenait à l'écart, comme s'il guettait mon arrivée.

Il sembla presque en colère de me voir.

— La voilà.

Pas de salutation, pas d'explication. Ma grand-mère leva les yeux et son beau sourire illumina son visage, comme c'était toujours le cas lorsqu'elle me voyait.

— Lucy. Je suis si heureuse de te revoir !

— Je suis heureuse de te voir aussi.

Même si, honnêtement, j'aurais préféré qu'elle ne soit pas morte.

Nyx se débattit, et comme aucun des vampires ne semblait s'intéresser à elle, je la posai à terre. Elle avança d'un pas léger sur ses maigres pattes noires jusqu'à la chaise de ma grand-mère, puis elle sauta sur ses genoux d'un bond. Mamie jeta un coup d'œil au chat, puis me regarda.

— D'où est-ce qu'elle sort ?

De tous les sujets dont j'avais le sentiment que nous devrions parler, un chat errant ne semblait pas le plus important.

— Je ne sais pas. On dirait qu'elle n'a pas de maison. Je la garde jusqu'à ce que je puisse trouver son propriétaire. Tu sais à qui elle appartient ?

Mamie caressait sous le menton la chatte qui remua sa petite tête en ronronnant bruyamment.

— Oh oui. Elle est à toi.

Ma grand-mère m'aurait offert un chat et serait morte avant de pouvoir me le dire ? Si c'était le cas, pas étonnant que la pauvre bête soit si maigre. Cela signifiait qu'elle n'avait pas été nourrie depuis plus de trois semaines. Nyx n'avait pas l'air du genre à mourir de faim sans rien faire. Elle était capable de trouver un autre humain prêt à lui acheter du pâté de homard et du thon de luxe.

— Je ne suis pas sûre de comprendre, dis-je.

Elle paraissait à la fois fière et excitée.

— Nyx est ton esprit familier.

Ils hochèrent tous la tête comme s'ils savaient de quoi elle parlait.

Mon familier ? Seules les sorcières avaient des familiers.

— Oui. Nyx est le tien.

S'il y avait une logique ici, je ne la saisissais pas.

— Je ne suis pas une sorcière.

Et ma grand-mère n'était pas une vampire. Rien de tout cela n'avait de sens.

Dans la salle, les vampires tricotaient assidûment, mais écoutaient clairement chaque mot.

— Il est temps, déclara Mamie.

— Il est temps pour quoi ?

— Tes pouvoirs, ma chérie, tu commences à les sentir, n'est-ce pas ? fit-elle en gloussant. Tu es une sorcière, issue d'une longue lignée de sorcières. Nyx est ton esprit familier. Elle t'aidera.

Elle avait l'air de penser que c'était une bonne nouvelle, alors que je ressentais une horreur insidieuse.

— Attendez, j'ai vingt-sept ans. Si j'étais une sorcière, je ne serais pas censée être au courant ?

— Tu n'es pas précoce. Tu ne l'as jamais été.

Elle avait raison. J'avais été la dernière de ma classe à savoir lire. Je n'avais pas su déchiffrer l'heure avant mes huit ans. J'avais toujours des problèmes avec la gauche et la droite, et à l'époque où toutes les autres filles du lycée faisaient du shopping à *Victoria's Secret*, je portais encore une brassière de sport. Il semblait bien que je sois la dernière élève de Poudlard à avoir ma baguette.

CHAPITRE 9

J'étais tellement concentrée sur Mamie, à essayer d'absorber le dernier choc d'une journée bien pleine que je n'avais pas remarqué la présence d'un autre tricoteur dans la pièce, jusqu'à ce que Sylvia intervienne avec une mine affectée :

— Bonsoir Docteur, dit-elle.

Je me retournai pour découvrir le Dr Weaver debout au fond de la pièce. Je n'avais aucune idée de la façon dont il était entré, car la porte de la boutique était verrouillée, mais je ne me posais plus ce genre de questions sommaires. Il avait enlevé sa blouse de laboratoire et je pouvais voir, à présent, que son gilet coloré était tricoté main, avec des points si minuscules qu'il semblait avoir fallu des années pour le confectionner. Il avait un sac à tricot vert et bleu à la main.

— Dr Weaver ! m'exclamai-je, interloquée.

Il avait l'air un peu penaud.

— Ah, Lucy. Je n'étais pas sûr de ce que vous saviez. Je suis vraiment désolé de vous avoir induite en erreur tout à l'heure, mais nous devons faire très attention à ce que nous disons aux diurnes.

— Venez vous asseoir ici, Christopher, dit Sylvia en désignant d'un geste une chaise en bois à côté de la sienne.

Il acquiesça, mais prit le temps de se promener parmi les tricoteurs.

— Le fil d'argent sur cette housse de coussin est très inspiré, Mabel, dit-il à une femme au regard doux qui semblait sortie tout droit du plateau de tournage d'un film sur la Seconde Guerre mondiale.

Elle avait des cheveux bruns un peu ternes coiffés en boucles et portait un ensemble vert clair. Tricoté main, bien sûr. Elle aurait sûrement rougi si elle en avait encore eu la capacité.

— Merci docteur, répondit-elle d'une voix douce.

L'un des vampires éternua, une explosion dans le calme du cercle de tricot. Puis il renifla, son nez aussi long que le bec d'un oiseau.

— Ça sent l'ail, dit-il en éternuant à nouveau. Je ne supporte pas ce truc, je suis allergique.

— Ne sois pas ridicule, Alfred, répondit Sylvia. Crois-tu que l'un d'entre nous mange encore de l'ail ? J'en rêve, ajouta-t-elle d'un air songeur. Sauté avec du beurre et du vin blanc et servi sur des coquilles Saint-Jacques. Avec un steak. Un bon steak bien juteux.

Un gémissement s'éleva, qui semblait provenir de tout le monde à la fois.

— Stop ! C'est moi, avouai-je, un peu gênée. J'ai de l'ail dans mon sac.

Le vampire allergique prit un air perplexe tout en sortant

un mouchoir en tissu soigneusement repassé pour se moucher.

— Pourquoi apporter de l'ail à une réunion de tricot ?

Sylvia gloussa.

— Je la soupçonne d'avoir cru que ça la protégerait, dit-elle en secouant la tête. C'est une légende de bonnes femmes.

Elle balaya l'assemblée des yeux.

— Comment les humains peuvent-ils croire toutes ces sornettes ? Les vampires français ont lancé cette rumeur pour que leurs victimes soient déjà assaisonnées en arrivant.

Je me sentais stupide.

— Je vais aller poser tout ça dans l'autre pièce.

Alfred, le vampire allergique, éternua une nouvelle fois.

— Oui, si vous le voulez bien, lança-t-il sur un ton un peu rude.

Je me dis que s'ils avaient voulu m'attaquer et sucer tout le sang de mon corps, ils l'auraient déjà fait. Six gousses d'ail ne pouvaient pas me sauver contre une dizaine de vampires affamés. De toute façon, ils semblaient plus intéressés par leur tricot que par le contenu de mes veines et de mes artères. Je laissai quand même le crucifix et l'eau bénite dans le sac et la chaîne en argent autour de mon cou, sans compter que j'avais toujours avec moi la laine et les aiguilles à tricoter aiguisées.

Lorsque je revins dans la pièce, ma grand-mère remarqua mes aiguilles.

— Vas-tu te joindre à nous, ma chérie ? demanda-t-elle. Tu t'es entraînée au tricot ?

— Non. Je ne suis pas venue ici pour tricoter ! Je suis venue pour savoir ce qui se passe.

La scène semblait surréaliste. Je venais de découvrir que

ma grand-mère était une vampire, et voilà qu'elle était assise dans un club de tricot comme si c'était la chose la plus ordinaire du monde, avec le chat lové sur ses genoux en train de ronronner. J'étais entourée de monstres issus du royaume le plus sombre et mystérieux de l'histoire et de la mythologie, et pourtant, là dans cette pièce, j'avais l'impression d'être l'intruse, tandis qu'ils tricotaient joyeusement.

— Laisse-moi faire les présentations, reprit grand-mère, passant soudain en mode hôtesse.

Elle jeta un coup d'œil autour d'elle.

— Voyons voir. Rafe que tu connais, bien sûr, et Sylvia.

Elle continua à nommer chaque vampire, et chacun me salua alors que je m'évertuais à retenir leurs noms.

L'une d'entre elles, une femme replète plutôt âgée prénommée Clara, les joues rondes comme des pommes et une expression avenante, prit la parole :

— Je vais vous tricoter un pull, ma chère. Quelles sont vos couleurs préférées ?

— Non, attends. Je veux lui tricoter un pull.

C'était la fille gothique qui venait de parler, avec un air irascible. C'était un vampire, naturellement. Elle avait parlé d'une voix geignarde.

— Oh, grandis un peu, Hester, lui dit Sylvia.

L'adolescente lui lança un regard noir.

— J'ai 400 ans.

Sylvia laissa échapper un long soupir agacé.

— Alors, essaye d'avoir un comportement mature.

La fille l'imita en répétant ses mots. On aurait dit qu'elle avait dix ans plutôt que seize. Ou quatre cent seize, en l'occurrence.

— Et voici Hester, dit Mamie.

— Nous pouvons tous tricoter un pull à Lucy, proposa Clara, la gentille dame âgée. Il peut faire très froid ici l'hiver, c'est toujours mieux d'en avoir un peu plus. Vous aimez le bleu ?

Sur ce, elle se pencha en avant, fixant mon ventre du regard avant d'ajouter :

— J'imagine que vous n'êtes pas enceinte ? J'adore tricoter des vêtements pour bébé. Ces petits chaussons sont si mignons. Et ces petits pulls roses et bleus. Je n'ai pas fait de layette depuis des années.

— Sérieusement ? Vous ne voulez pas me dévorer, vous voulez me tricoter des pulls ?

J'étais face aux plus ridicules des vampires.

Une fois de plus, Rafe se lança dans des explications :

— Contrairement aux mortels, nous avons beaucoup de temps pour travailler sur un projet. Nous avons trouvé un moyen d'obtenir le sang dont nous avons besoin sans tuer personne.

— Si ça a un rapport avec la boucherie, je ne veux pas en entendre parler.

Sylvia plissa le nez.

— Ah non, pas du sang animal !

Elle jeta un coup d'œil au Dr Weaver, puis retourna à son tricot.

— Nous avons d'autres sources, ajouta-t-elle.

— Attendez une minute, fis-je en me rappelant les étudiants assis sur les fauteuils du cabinet du Dr Weaver pour donner leur sang.

Je me tournai vers le médecin, qui était installé à côté de Sylvia et s'affairait avec des aiguilles aussi fines que des vermicelles, se confectionnant un autre gilet. Rouge et noir, cette fois.

— Vous ne dirigez pas du tout une banque de sang. Vous volez le sang des étudiants de premier cycle.

— Nous ne le volons pas. Nous le payons. Et ce n'est qu'une petite tromperie. Ils reçoivent de l'argent de poche supplémentaire et aident ainsi à protéger les rues d'Oxford. Un vampire bien nourri est un vampire comblé, ajouta-t-il avec un léger sourire.

Ça me semblait toujours aussi étrange et j'étais sur le point de le dire lorsque Rafe intervint :

— Nous avons aussi un marché avec l'hôpital. Le sang qui n'est pas bon pour les transfusions, parce qu'il est périmé ou infecté, ne finit pas à l'incinérateur. Il nous revient.

— Vous buvez du sang contaminé ?

Il haussa les épaules.

— Qu'est-ce que ça peut nous faire ? Nous tuer ?

Il avait sans doute raison.

— Le jeune sang frais du Dr Weaver est tellement plus agréable, dit Alfred. Avez-vous le nouveau stock avec vous ? Il y a beaucoup de A positif ? J'ai un faible pour le A positif. J'aimerais qu'il n'y ait pas autant de diurnes de type O. Ça ne me convient pas. Ça me donne des maux de ventre.

Rafe ne s'était toujours pas assis, et s'il avait un projet de tricot, je n'en voyais aucun signe.

— On s'éloigne du sujet. Lucy veut savoir pourquoi sa grand-mère est une vampire.

— Ouaip, c'est à peu près ça.

Il y avait aussi la mystérieuse cousine, Violet Weeks, mais avec toutes les révélations de ces dernières heures, je pouvais bien élucider cette question plus tard. Quand je serais seule avec Mamie, de préférence.

Sylvia soupira, posa son ouvrage – un châle exquis dans les tons bleus et violets – et ramena ses cheveux argentés derrière ses oreilles. C'était décidément la femme la plus élégante.

— C'est ma faute. J'ai transformé votre grand-mère.

Et c'était elle qui avait froncé le nez à l'évocation du sang d'animal ? Je laissai des notes sarcastiques s'infiltrer dans mon intonation lorsque je répondis :

— Et par « transformé », je suppose que vous voulez dire que vous avez mordu ma grand-mère au cou et aspiré tout le sang de son corps ?

Elle me lança un regard assassin et se leva de sa chaise avec une fureur glaciale, si rapidement que je regrettai d'avoir laissé l'ail dans l'autre pièce. Je cherchai le crucifix dans mon sac quand Rafe s'interposa entre nous.

— Sylvia ! Tu t'oublies.

Elle continua à me fixer avec un regard noir pendant une seconde, puis elle se replia avec grâce et regagna son siège.

— Je n'ai certainement pas tué votre grand-mère. Elle est l'une de mes amies les plus chères. C'était le seul moyen auquel j'ai pensé pour la sauver.

Mamie la regardait avec affection. Il était clair qu'elle ne nourrissait aucun ressentiment envers la femme qui l'avait tuée.

Je lui posai alors la question évidente :

— La sauver de quoi ?

La chose la plus dangereuse dans la région devait être ce nid de vampires. À ma grande surprise, Sylvia prit la main de ma grand-mère et s'adressa à elle, pas à moi.

— Je suis désolée de te faire subir ça à nouveau. Je sais que ce sera douloureux à entendre.

Mamie hocha la tête et je pus voir ses doigts se replier et serrer la main de l'autre femme.

— Ce n'est pas grave. Lucy doit comprendre.

Sylvia fit une pause avant de parler, et je sentis qu'elle rassemblait ses pensées. Encore une fois, j'avais l'impression d'être en présence d'une actrice. Pendant un moment théâtral, elle s'assura d'avoir l'attention de tous. À part le cliquetis calme et rythmé des aiguilles à tricoter, il n'y avait aucun son. La scène lui appartenait totalement.

— J'étais là seulement par hasard. Je m'étais réveillée tôt en pensant finir l'ourlet de la robe sur laquelle je travaillais. Je n'avais plus de laine bleue filée à la main, alors je suis montée.

Elle marqua une autre pause, serrant les lèvres l'une contre l'autre comme si le souvenir était douloureux.

— Il devait être environ vingt heures, la boutique était fermée...

— En haut ? Comment ça ? Il n'y a rien au sous-sol.

Je n'insistai pas, mais je n'arrivais pas à me faire à l'idée qu'elle vivait en bas.

Rafe reprit la parole un peu sèchement :

— Comme je crois l'avoir mentionné, nous avons eu beaucoup de temps pour travailler sur nos projets, comme celui de notre maison. Il y a des quartiers d'habitation souterrains sous la boutique.

Appelaient-ils cela un « nid », aussi ? J'imaginai des rangées de cercueils bien alignées, mais j'étais trop pressée d'entendre la suite de l'histoire pour m'attarder sur ce point.

Puisque je semblais satisfaite de sa réponse, Sylvia reprit :

— Je me suis arrêtée de ce côté du rideau, comme je le fais toujours, pour m'assurer que la boutique était vide. J'ai entendu un fracas et un cri de douleur. J'ai cru reconnaître la voix d'Agnès. Je n'ai pas réfléchi, j'ai couru dans la boutique en criant son nom. Son agresseur s'est enfui. Un humain.

— Tu m'as sauvé la vie, dit Mamie.

Je me demandais bien comment elle en était arrivée à cette conclusion, mais je gardai les lèvres closes.

— Je regrette seulement de ne pas avoir réussi, poursuivit Sylvia en me regardant. Votre grand-mère était par terre, elle gémissait. Au début, j'ai pensé qu'elle avait surpris un cambrioleur qui avait paniqué et l'avait frappée. La boutique était en désordre, des paniers de laine jonchaient le sol, des armoires avaient été renversées. Je me suis précipitée auprès d'Agnès dans l'espoir de la ranimer et de l'emmener chez un médecin. Puis j'ai vu le sang.

Elle marqua une nouvelle pause, et je ne savais pas si c'était pour l'effet dramatique ou parce que le souvenir était trop douloureux.

— Elle avait été poignardée.

Je n'arrivais pas à croire ce que j'entendais.

— Poignardée ? Vous voulez dire avec un couteau ?

— Oui. Je me suis agenouillée à ses côtés et j'ai commencé à attraper des pelotes de laine, tout ce que je pouvais trouver, mais je n'ai pas pu arrêter l'hémorragie. Elle était proche de la mort et s'affaiblissait rapidement. « Dis-le à Lucy. Il faut prévenir Lucy », m'a-t-elle dit. Je sentais que son esprit était sur le point de quitter son corps et j'ai agi instinc-tivement. J'ai transformé votre grand-mère en vampire. C'était le seul moyen de la sauver.

Je portai mes mains à mes tempes. La laine rose était

chaude et écrasée dans ma main. Il y avait tant de nouvelles informations dans mon cerveau que j'avais peur que ma tête éclate si je ne la retenais pas.

— Vous dites que vous avez transformé ma grand-mère en vampire juste avant qu'elle ne meure de coups de couteau ?

— Oui. Il était trop tard pour lui sauver la vie. Tout ce que je pouvais faire, c'était la rendre immortelle, en faire l'une des nôtres.

— Je ne veux pas être impolie, mais comment savoir si c'est la vérité ? Peut-être que vous aviez simplement faim.

Je fis un pas en arrière, derrière Rafe, en attendant que cette furie glacée s'abatte sur moi. Elle me lança effectivement un regard noir, les yeux comme deux pointes de glace brûlantes, mais cette fois, elle se contrôla.

— Docteur ?

— C'est vrai, confirma le Dr Weaver. Sylvia m'a appelé et j'ai examiné le corps de votre grand-mère. Elle a été poignardée. Rien n'aurait pu la sauver.

— Mais si c'est vrai, alors vous dites que ma gentille grand-mère bien aimée, qui tient un magasin de tricot, a été... a été...

Rafe prononça le mot que je n'arrivais pas à dire.

— Assassinée. Ta grand-mère a été assassinée.

CHAPITRE 10

J'eus l'impression que mon corps s'était vidé de tout son oxygène, comme si un éléphant avait marché sur ma poitrine et aplati mes poumons. Je ne m'étais jamais évanouie de ma vie et je croyais que c'était sur le point d'arriver, mais soudain Rafe fut à mes côtés. Son bras autour de moi, il me conduisit vers l'une des chaises vides. Je m'assis, puis il poussa doucement mais fermement ma tête vers le bas, jusqu'à mes genoux. J'inspirai dans cette position jusqu'à ce que les points noirs tourbillonnants devant mes yeux disparaissent et que ma vision s'éclaircisse.

— Je ne comprends pas, dis-je enfin en relevant lentement la tête.

J'avais déjà prononcé ces mots auparavant, et je sentais que j'allais encore les dire très souvent.

— Qui voudrait t'assassiner, Mamie ?

Elle secoua la tête, l'air aussi désorienté que moi.

— Aucune idée. Je n'en sais fichtre rien.

Je me levai et me dirigeai vers la chaise de ma grand-mère, puis je m'accroupis devant elle. La chatte me regarda sans cesser de ronronner. Mamie avait l'air troublé.

— J'aurais préféré que tu ne viennes pas. Je n'aime pas te savoir en danger.

Je ris de façon un peu hystérique.

— Sauf à me retrouver au milieu d'un nid de vampires, pour quelle raison serais-je en danger ?

— Ne sois pas bête, ma chérie. Les membres du club de tricot sont nos amis. Mais quelqu'un a voulu me faire du mal et je ne peux pas me défaire du sentiment que le danger est peut-être passé près de toi.

— Pourquoi ? Mamie, qui t'a poignardée ?

— Je ne m'en souviens pas.

— Très bien. Je veux que tu me dises tout ce que tu as fait ce jour-là.

Elle secoua la tête, à regret.

— C'est ça le problème. Je ne me souviens pas du tout de ce jour-là.

Le Dr Weaver tira une chaise face à moi. Il avait la même expression que la fois précédente, quand je lui avais rendu visite dans son bureau. Ce devait être la tête qu'il réservait à ses patients.

— Je crois que l'attaque a causé une sorte d'amnésie. Entre le coup à la tête, la perte de sang et la transformation, il n'est pas surprenant que la mémoire de votre grand-mère soit altérée.

Je mis une main sur mon front.

— Mais vous avez menti sur un formulaire officiel du gouvernement en disant que ma grand-mère était morte paisiblement dans son lit. Il y a un meurtrier qui se promène en liberté à cause de vous.

Rafe intervint, froid et autoritaire.

— Qu'aurait-il pu dire ? Que ta grand-mère avait été poignardée puis mordue dans le cou par un vampire ? Nous vivons paisiblement ici parce que nous avons une maison sûre et une réserve de nourriture, mais ne te méprends pas, si jamais nous sommes attaqués, nous ferons le nécessaire pour nous protéger.

En entendant ses paroles, un frisson m'enveloppa. Je ne pouvais pas imaginer les dégâts qu'une dizaine ou une vingtaine d'entre eux pouvaient faire s'ils étaient affamés et enragés. Ils donnaient un tout nouveau sens au qualificatif « mort de faim ».

Je regardai Sylvia.

— Vous avez dit que les derniers mots de ma grand-mère étaient à propos de moi ?

— Oui. Elle a dit : « Dis-le à Lucy. Il faut prévenir Lucy. »

Je fus soulagée qu'elle ait répété les mots exactement de la même façon que la première fois, ce qui suggérait que c'était bien ce qu'elle avait entendu. Je me tournai vers Mamie.

— Qu'est-ce que tu voulais dire, à ton avis ?

— Oh, comme j'aimerais le savoir... Je me suis creusé la tête pour me souvenir de quelque chose, n'importe quoi.

Je m'adressai de nouveau à Sylvia :

— Et l'agresseur ? La personne que vous avez vu s'enfuir de la boutique, pouvez-vous la décrire ?

— Tout s'est passé si vite. J'étais plutôt inquiète pour votre grand-mère. La personne était seule et je ne l'ai vue que brièvement de dos. Je crois qu'elle portait des bottes noires.

Dans une ville universitaire comme Oxford, cela réduisait les possibilités.

— Homme ou femme ? demandai-je.

— J'aurais dit que c'était un homme, mais à présent, je ne sais pas.

— Grand ? Ou petit ? Gros ou mince ?

Elle ferma les yeux. Je pouvais voir l'effort qu'elle produisait pour s'en souvenir.

— Les bottes étaient brillantes. Je pense qu'elles étaient neuves.

— Vous seriez surprise de voir combien de nouveaux étudiants viennent à la fac avec des chaussures neuves, objecta le docteur Weaver.

— Vous pensez que c'est un étudiant qui a fait le coup ?

Il haussa les épaules. Il ne savait pas. Aucun d'entre eux ne savait.

Et dire qu'il y avait un meurtrier en liberté.

J'observai le cercle des vampires tricoteurs. Si ce n'est qu'ils étaient plutôt pâles, ils semblaient former un groupe tout ce qu'il y avait de plus banal. Quoique, pas tout à fait, pensai-je en regardant plus attentivement. Ils tricotaient à une vitesse étonnante. Les doigts d'une des femmes bougeaient si vite qu'ils me brouillaient la vue. Elle portait ses cheveux en chignon lâche sur le dessus de sa tête et une robe terne avec des manches longues et un col montant. Sa jupe tombait jusqu'au sol. Elle avait des bottes en cuir boutonnées aux pieds et elle était assise si droite sur sa chaise qu'on aurait dit qu'elle portait un corset. Peut-être était-ce le cas. Elle bavardait à voix basse avec sa voisine, mais j'entendis des bribes de conversation.

— Le docteur a toujours été très bon. Il pense que ce sont mes rhumatismes qui me font souffrir.

Je me tournai vers Rafe, qui se tenait à mes côtés.

— Des rhumatismes ?

— C'est Silence Buggins.

Je levai les sourcils.

— Silence ?

— C'était courant à l'époque victorienne de donner à ses enfants des noms de vertu. Pour le coup, cette femme n'a pas hérité de la vertu dont elle tient le nom.

En effet, Silence semblait être un moulin à paroles. Et hypocondriaque aussi. À présent, elle se plaignait de son estomac. Je n'étais pas très au fait du folklore des vampires, et de toute façon, comme pour la légende de l'ail, une partie de mes connaissances devait être fausse. Mais avaient-ils vraiment les maux et les douleurs des humains ?

— Des rhumatismes ? répétai-je.

Il me jeta un regard.

— Elle aime attirer l'attention. Le Dr Weaver la voit régulièrement et lui donne toujours une potion qui la requinque.

Il se pencha vers moi en ajoutant :

— Effet placebo.

J'imaginais ce qu'il y avait dans cette potion.

— Eh bien, cette soirée a été mouvementée, commenta Clara, la vampire plus âgée. J'ai à peine réussi deux rangées.

Elle plia son tricot et le mit dans un grand sac tapisserie.

— Si ça ne vous dérange pas, ma chère, je vais aller choisir de la laine. J'ai une idée en tête pour ce pull, avec vos cheveux blonds et vos jolis yeux bleus.

Je n'avais aucune idée de leur manière de fonctionner. Est-ce que Mamie laissait les vampires se servir dans son stock ? C'était une curieuse manière de gérer une entreprise.

Clara me sourit, comme si elle avait lu dans mes pensées.

— Nous avons un système très simple. Nous gardons une

trace de ce que nous prenons, et une fois par mois, nous faisons les comptes.

— Comment payez-vous ?

Je les imaginai remettre des doublons ou des pièces d'or repêchées dans de vieilles bourses en cuir.

— Le plus simple, c'est le débit direct. Mais dernièrement, j'ai expérimenté le bitcoin.

Je remarquai que tous les vampires rassemblaient leurs tricots et rangeaient leurs ouvrages.

— Vous partez tous ?

— Normalement, à ce stade de la séance, nous faisons une petite démonstration, dit Alfred, le vampire au nez pointu allergique à l'ail. Nous discutons de nos travaux et de nos projets. Mais nous avons dépassé le temps imparti.

Je regardai Rafe comme s'il pouvait expliquer ce comportement étrange. Ces tricoteurs étaient des morts-vivants et des immortels. Qu'avaient-ils de si urgent à faire ?

— N'oublie pas que nous sommes enfermés toute la journée. Il n'y a que quelques heures d'obscurité totale, et c'est à ce moment-là que nous sortons pour faire de l'exercice ou pour les visites.

— Les visites. Bien sûr.

Je me figurais les femmes vampires assises autour d'une théière, à discuter des mérites du type A et du type O comme s'il s'agissait d'Earl Grey et de Darjeeling. Sans doute buvaient-elles leur type de sang préféré dans des tasses en porcelaine.

Mamie, en tant que nouvelle vampire, ne semblait pas très sûre de ce qu'elle était censée faire. J'allais lui demander de venir à l'étage avec moi, imaginant que nous pourrions discuter et rattraper le temps perdu, mais Sylvia la prit par le bras et l'aida à se lever.

— Viens, Agnès, lui dit-elle. Une bonne marche rapide te fera du bien. Et puis, il y a cette nouvelle exposition à l'Ashmolean que nous voulions voir.

Mamie se tourna vers moi.

— Essaie de dormir, à présent, ma chérie. Je te verrai demain.

Je ne voulais pas la laisser partir.

— Promis ? demandai-je.

— Oui, bien sûr.

— Il est important pour elle de développer des habitudes et de savoir comment elle va se débrouiller dans sa nouvelle vie, dit Rafe à mi-voix. Sylvia s'occupera d'elle.

J'acquiesçai, mais j'eus du mal à voir ma grand-mère s'enfoncer dans la boutique avec les autres membres du club des vampires tricoteurs. L'homme au nez pointu déplaça le vieux tapis et souleva une trappe dont je n'aurais jamais soupçonné l'existence, puis ils disparurent l'un après l'autre sous le plancher. Rafe resta.

— Ça fait beaucoup de choses à assimiler pour toi, dit-il en me regardant.

C'était l'euphémisme du millénaire ! Maintenant que ma grand-mère était partie et ses genoux avec elle, Nyx revint à mes côtés.

— Pourquoi ne pas aller à l'étage, proposa Rafe. Je répondrai à certaines des questions que tu meurs d'envie de poser.

J'aurais préféré que ce soit ma grand-mère qui m'explique la situation, mais j'avais le sentiment qu'elle n'en savait probablement pas beaucoup. C'était un bébé vampire, après tout. Et Rafe, qu'était-il ? Je le regardai.

— Quel âge as-tu ?

Il sourit brièvement.

— Un jour, je te le dirai.

Je ne savais pas que les vampires étaient coquets avec leur âge. En fait, je ne savais pas grand-chose sur les vampires.

— Dans toute cette histoire autour de la mort de ta grand-mère, je pense qu'il y a une information ce soir que tu n'as peut-être pas retenue.

Je me levai en le regardant, les mains sur les hanches.

— Tu parles du moment où ma grand-mère m'a annoncé que j'étais une sorcière ? Non, ça ne m'a pas échappé du tout.

RAFE ET MOI MONTÂMES, accompagnés de Nyx. Il n'y avait aucune raison de rester dans la boutique de tricot en dehors des heures d'ouverture, pas avec cette nouvelle connaissance qui m'enveloppait comme une malédiction. La veille encore, j'aurais pris toutes les précautions s'il s'était agi d'inviter un inconnu sexy dans mon espace de vie. Aujourd'hui, le monde était différent. Ma grand-mère était un vampire, et moi, apparemment, j'étais une sorcière.

Quel genre de sorcière arrivait à l'âge de vingt-sept ans sans avoir la moindre idée de ses pouvoirs ? J'avais l'impression de n'être qu'un échec cuisant.

— Il n'aurait pas dû y avoir des signes ? Des événements mystérieux ? Comme une tornade qui apparaît quand je me mets en colère ? Ou un garçon qui se transforme subitement en crapaud après m'avoir brisé le cœur ? Attends, il y avait bien ce Todd...

— Je doute fort que tu aies transformé quelqu'un en

crapaud, déclenché une tornade ou même le moindre phénomène météorologique. Être une sorcière, ce n'est pas la même
chose qu'être un vampire. On ne se fait pas mordre un jour
pour se retrouver immortel et mort-vivant le jour suivant. Les
sorcières sont déjà spéciales à la naissance, mais les sorts
doivent être appris et pratiqués. Je crois que transformer un
humain en amphibien est l'un des sorts les plus difficiles.

Je levai les yeux au ciel.

— Alors, tu sais tout sur tout ?

— J'ai eu beaucoup d'années pour étudier et beaucoup de
temps pour lire. Je sais beaucoup de choses.

— Savais-tu que j'étais une sorcière quand tu m'as
rencontrée la première fois ?

Il s'assit sur le canapé de ma grand-mère – celui qui était
à l'opposé de la fenêtre, même s'il faisait nuit noire dehors.
Ce devait être par habitude. Je m'installai en face de lui et
Nyx sauta sur mes genoux.

— Quand j'ai vu ce chat rôder devant ta porte, ça m'a mis
la puce à l'oreille.

— Je ne sais absolument rien sur les sorcières. Est-ce que
je vais avoir des verrues sur le nez ? Est-ce que je devrai vivre
dans une maison en pierre quelque part dans les bois ? Les
enfants vont-ils avoir peur en me voyant ?

— Tu as lu trop de contes de fées. Tu apprendras à guérir,
éventuellement à aider les personnes en difficulté, et tu auras
peut-être des aperçus de l'avenir.

— Je pourrais aller en fac de médecine pour la plupart de
ces compétences.

— Tu pourrais.

Il avait l'air de trouver banale l'idée de me voir entrer

soudain en école de médecine, sans prérequis. Là d'où il venait, et de *quand* il venait, devenir médecin devait être beaucoup plus facile. De toute façon, je n'avais aucune aptitude pour les sciences, ni aucune envie de suivre des années de formation.

— Ça a été une sacrée journée. Je crois que j'ai besoin d'un verre.

Je me rendis dans la cuisine et fouillai les placards. Je sortis la Harvey's Bristol Cream, qui semblait être le seul alcool que ma grand-mère gardait en stock. Je tendis la bouteille en verre bleu dans sa direction.

— Un verre de sherry ?

Il fit la grimace.

— Je ne pense pas être capable d'en vider un autre.

— À voir toutes les nouvelles qui continuent de me tomber dessus, je vais devoir investir dans une bouteille de brandy. Peut-être même une caisse.

En attendant, je me versai un grand verre de sherry et me rassis en face de Rafe. Je ressemblais trop à ma grand-mère pour me laisser aller à profiter d'un rafraîchissement alors que mon invité n'avait rien.

— Je peux t'offrir quelque chose ?

— J'ai déjà mangé, répondit-il.

Comme je n'avais pas envie d'enquêter de trop près, je hochai simplement la tête et pris une autre gorgée de mon alcool sucré. Je lui répétai la pensée qui tournait en boucle dans ma tête depuis que Sylvia avait raconté son histoire.

— Qui voudrait faire du mal à ma grand-mère ?

Il secoua la tête.

— J'aurais aimé le savoir. J'aurais dû être présent. J'étais à New York pour évaluer une collection privée et la préparer pour une vente aux enchères. Si j'avais été là, j'aurais peut-être pu empêcher l'agression.

Il avait l'air si triste que je me surpris à le rassurer.

— Comment aurais-tu pu le savoir ? Comment quelqu'un aurait pu savoir qu'elle serait attaquée comme ça, dans sa propre boutique ?

— C'est impensable.

— Il doit y avoir une raison. Il n'y avait pas assez dans la caisse pour que le vol soit le mobile. Et je suis certaine qu'elle n'avait pas d'ennemis.

Je lui lançai un coup d'œil, décidant de tester la seule théorie que j'avais.

— Pouvons-nous être certains que Sylvia dit la vérité ?

Il me regarda avec insistance.

— Qu'est-ce que tu veux dire ?

— Je ne connais pas grand-chose aux vampires, mais je suppose que le sang frais d'une victime mourante est meilleur que tout ce que l'on peut trouver dans une banque de sang. Je me demande si Sylvia n'a pas été vaincue par la faim. Elle aura inventé toute cette histoire pour se couvrir après avoir tué ma grand-mère.

Il secoua la tête.

— Le médecin a examiné le corps. Elle avait clairement été poignardée et il y avait une contusion sur sa tête qui concordait avec le fait qu'elle s'était cognée contre le radiateur en tombant.

— Ça n'a aucun sens.

— Ta grand-mère a raison sur un point. Puisque nous ne savons pas pourquoi elle a été tuée, comment pouvons-nous être certains que tu n'es pas en danger ? Rien ne te retient ici,

Lucy. Si tu décides de retourner en Amérique, personne ne sera surpris. Au moins, tu serais en sécurité.

Pour qui me prenait-il ? Je reposai brutalement le verre, le faisant claquer sur la table basse.

— Il n'est pas question que je rentre chez moi avant d'avoir des réponses. Quelqu'un a pratiquement assassiné ma grand-mère, et j'ai l'intention de découvrir qui.

Je m'étais demandé si je devais rester et gérer la boutique de tricot ou rentrer chez moi et essayer de trouver ce que je voulais faire de ma vie. Au moins, maintenant, j'avais un objectif clair. J'allais rouvrir *Tricotti Tricotta*, garder les yeux et les oreilles bien affûtés, me renseigner dans le quartier et faire mon possible pour savoir qui voulait la mort de ma grand-mère.

JE ME RÉVEILLAI le lendemain matin, pleine de détermination. Personne ne pouvait agresser Mamie et s'en sortir indemne. Pas si j'avais mon mot à dire. Je trouvai un vieux carnet avec des images de fleurs sur la couverture, que j'ouvris sur une page vierge en décidant de dresser une autre liste.

Qu'est-ce que je savais ? À en croire Sylvia et les autres vampires – et rien n'était moins sûr –, Mamie avait été poignardée, presque à mort. Sylvia, vampire au cœur d'or, l'avait transformée pour la sauver, et elle avait vu quelqu'un avec des bottes noires brillantes s'enfuir de la scène du crime. Il n'y avait pas grand-chose à tirer de tout cela.

Je notai les questions qui me traversaient l'esprit, les plus évidentes d'abord.

Un : Qui voudrait tuer ma grand-mère et pourquoi ?

En fait, c'était vraiment la principale question que je me posais. Toutes les autres ramenaient à celle-ci.

Je tapotai le stylo sur la page en commençant à réfléchir. Sylvia ne se souvenait pas de grand-chose, mais si son timing était bon et qu'il était environ huit heures du soir lorsqu'elle avait interrompu l'attaque de ma grand-mère, alors la boutique devait être fermée et la porte verrouillée. Même si les vampires semblaient aller et venir avec un mépris total pour les portes closes, la plupart des humains étaient moins agiles. Le meurtrier devait être un humain. Sinon, pourquoi y aurait-il eu des coups de couteau ?

Maintenant que j'avais un objectif concret, l'épais brouillard de confusion qui m'entourait depuis que j'avais découvert que ma grand-mère était une vampire et qu'elle croyait que j'étais une sorcière commençait à se dissiper.

Je mis de côté toute cette histoire de sorcière. Si c'était vrai, il y aurait sûrement eu des indices au cours des vingt-sept années précédentes. La seule chose qui sortait de l'ordinaire chez moi, c'était que j'étais longue à la détente. Et que je faisais des rêves lucides. Mais beaucoup de gens faisaient des rêves lucides et ne s'avéraient pas pour autant des sorciers ou des sorcières.

Je pouvais peut-être me tester. Je cherchai sur internet, mais tous les sortilèges sur lesquels je tombai semblaient impliquer d'enterrer des objets dans le jardin, de dire quelques rimes, et presto, un mois ou deux après, vos cheveux étaient plus épais, vos problèmes de peau avaient disparu ou alors le mec qui vous faisait craquer vous remarquait subitement. Bien sûr, je savais que les personnes qui publiaient ce genre de choses en ligne n'étaient probablement pas de vrais sorciers ou sorcières, et que tous ces résultats pouvaient être des coïncidences. Je voulais trouver quelque chose à faire immédiatement pour en voir les résultats.

Je jetai un coup d'œil autour de moi et me concentrai sur les gravures botaniques que Mamie avait accrochées dans la salle à manger. Il y avait une pomme, une grenade et un poireau. Les gravures étaient anciennes et colorées à la main. J'avais toujours pensé que trois fruits alignés seraient plus beaux que deux fruits et un légume. Cela semblait être une façon inoffensive de tester mes pouvoirs. Je trouvai une rime simple, quelque chose du même genre que ce que j'avais vu sur internet.

De poireau dans ce cadre il ne devrait y avoir
Je veux un fruit bien rouge, je demande une poire
Et puisque je le dis
Qu'il en soit ainsi

J'entrai dans la salle à manger et prononçai les mots tout en fixant le poireau, son fond bulbeux et sa racine effilochée. Je ne m'attendais pas à un éclair de feu, ni à ce que l'image change, mais je fus tout de même un peu déçue lorsque rien ne se produisit.

Non que mes espoirs aient été démesurés, mais tout compte fait, je ne semblais pas être une sorcière.

Je pouvais passer à autre chose.

Je retournai dans le salon et me réinstallai dans le canapé. Après avoir récupéré mon cahier, je cherchai une bonne position pour réfléchir, mais je n'arrivais pas à me mettre à l'aise. Quelque chose s'enfonçait dans mon dos. Je déplaçai les coussins avant de me lever pour retirer l'assise du canapé en chintz délavé. Derrière, il y avait un rouleau de papier assez vieux et un peu déchiqueté sur les bords. Je le déroulai pour découvrir la gravure botanique d'une poire suspendue au bout d'une branche, avec quelques feuilles au-dessus. Il y avait plusieurs taches brunes, exactement comme la peau d'une vraie poire, et là où le soleil avait brillé, l'artiste l'avait teintée d'une couleur rougeâtre. *Je veux un fruit bien rouge, je demande une poire.*

Mais si j'avais fait apparaître cette gravure par magie, pourquoi n'avait-elle pas surgi devant moi comme je l'avais prévu ? Il ne faisait aucun doute que Mamie l'avait achetée dans l'intention de la faire encadrer pour l'ajouter à sa collection, et c'était exactement à cause de coïncidences de ce genre que les gens crédules croyaient à la magie.

Je posai le rouleau sur la table. Je demanderais à Mamie si elle l'avait achetée, même si, avec sa mauvaise mémoire ces derniers temps, il n'y avait aucune garantie pour qu'elle s'en souvienne.

Je revins à la visite nocturne. Soit l'auteur du crime avait une clé de la porte, soit ma grand-mère s'était sentie suffisamment à l'aise pour lui ouvrir, longtemps après la fermeture du magasin. J'ajoutai une autre question à ma liste. Qui avait les clés de la porte d'entrée ?

Puis j'inscrivis un autre élément à ma liste de choses à faire. *Changer les serrures.* J'avais l'intention de le faire la veille, mais avec tous ces événements, j'avais manqué de temps.

Il existe un merveilleux dicton qui dit de ne pas remettre au lendemain ce que l'on peut faire le jour même. Et le fait qu'un meurtrier potentiel puisse être en possession de la clé de la boutique suffit à me faire sortir mon téléphone portable. J'effectuai une rapide recherche sur les serruriers de la région. Je passai quatre coups de fil avant de trouver un professionnel disponible le jour même. Nous convînmes d'un rendez-vous pour deux heures de l'après-midi, et je me sentis un peu mieux. Voilà au moins quelque chose sur ma liste que je pouvais rayer.

J'étais incapable de chasser l'image qui se formait dans ma tête, celle de ma grand-mère bien-aimée luttant pour sa vie alors qu'une personne malveillante la lui ôtait. J'étais déterminée, comme jamais auparavant, à obtenir justice pour elle. Je me sentis soudain comme Scarlet O'Hara debout dans les ruines de Tara, le poing levé en criant : « Que Dieu m'en soit témoin, je n'aurai plus jamais faim. »

Eh bien, Dieu m'en était témoin, j'allais venger le meurtre de Mamie.

Alors que cet élan de colère m'emplissait, je pris conscience d'une autre sensation, comme des impulsions électriques remontant le long de mon bras et passant par le bout de mes doigts. Je baissai les yeux et sursautai. Des éclairs de lumière blanche et bleue dansaient au bout de mes ongles. Cette fois, je ne pouvais pas mettre ce spectacle de lumière sur le compte de l'électricité statique.

— Non, murmurai-je.

Ce n'était pas possible ! Mamie avait-elle raison ? Venais-je de découvrir, à l'âge avancé de vingt-sept ans, que j'étais une sorcière ?

Je pris une profonde inspiration et frottai mes mains l'une contre l'autre, ce qui interrompit la lumière, mais pas les pensées qui se bousculaient dans ma tête. Bon, je devais me concentrer. Apprendre que j'étais une sorcière était fou, terrifiant, et cela bouleverserait ma vie, mais pour le moment, je devais résoudre le meurtre de ma grand-mère. Je ne pouvais pas me permettre d'être ensorcelée par mes propres pouvoirs.

Je regardai de nouveau mes mains, qui étaient redevenues parfaitement ordinaires, avec des doigts qui auraient bien besoin d'une manucure, mais qui, à part ça, ne semblaient pas hors du commun. Et si ce phénomène lumineux se produisait lorsque je me trouvais quelque part en public ? Je m'imaginai en train de tendre la main pour saisir le fromage d'un marchand, une lumière bleue et blanche jaillissant soudain du bout de mes doigts. Il y avait eu plus d'une sorcière brûlée sur le bûcher à Oxford. Même s'ils ne faisaient plus rôtir les sorcières de mon espèce comme des marshmallows sur un feu de camp, l'idée que quelqu'un puisse découvrir cette étrange et très malvenue particularité ne me réjouissait pas.

Pourquoi mes nouveaux pouvoirs ne pouvaient-ils pas me révéler si ma grand-mère connaissait son meurtrier ? Cela aurait été beaucoup plus utile que des feux d'artifice sur les doigts et des gravures de poires non encadrées. Mamie était si gentille, aurait-elle pu ouvrir la porte à quelqu'un qui prétendait être dans le besoin ? Y avait-il un tueur en série en liberté ?

Au lieu d'ajouter cette question à la liste, je retournai sur internet. Il n'y avait aucun article à propos d'un meurtrier hors de contrôle rôdant dans les parages armé d'un couteau. Ce qui ne voulait pas dire qu'il n'y en avait pas. Cependant, j'avais toujours entendu dire que la grande majorité des meurtres étaient commis par des personnes connues de leurs victimes. Je me dis que j'allais commencer par là.

Mais qui tuerait la propriétaire d'une boutique de tricot ? Je connaissais bien la frustration que pouvait provoquer la laine qui s'emmêlait sur elle-même au lieu de se tricoter correctement, et les patrons clairement conçus par les serviteurs de l'enfer pour mieux vous embrouiller. J'avais peut-être une ou deux fois poignardé une pelote de laine assez sauvagement avec une paire d'aiguilles à tricoter. Mais tuer la propriétaire d'une boutique, cela me semblait un peu extrême. J'allais tout de même garder un œil sur les clients pour voir si quelqu'un semblait dangereux.

Pouvait-il y avoir des ennemis dans son passé que je ne connaissais pas ? Je pris conscience que je savais très peu de choses sur ma grand-mère. Je devais en apprendre au maximum sur son passé et voir si c'était là que résidait le mystère.

Et puis, il y avait Violet Weeks, ma supposée cousine éloignée, la nièce de Mamie. Je me demandais si c'était vrai ou si c'était un mensonge imaginé par le Dr Weaver et ses amis vampires pour que ma grand-mère soit enterrée discrètement et rapidement. J'aurais dû exiger plus de réponses du médecin. Décidément, je n'étais pas un très bon limier.

Au moins, j'avais décidé d'ouvrir la boutique de tricot le lendemain. Cela me donnerait autre chose à faire que de broyer du noir et j'apprendrais à connaître certains de ses clients.

Les vivants.

CHAPITRE 11

e me demandais bien si j'aurais des clients chez *Tricotti Tricotta* vendredi à la réouverture. Pourtant, je devais me lancer. J'avais passé la journée de la veille à mettre à jour le site web et les profils de la boutique sur les réseaux sociaux, ainsi qu'à faire changer les serrures.

J'avais envoyé un message à Rafe pour lui rappeler la réouverture et lui demander de transmettre l'information au reste des tricoteurs morts-vivants, avec une demande spéciale pour que l'on garde un œil sur Mamie afin qu'elle ne sorte pas par inadvertance dans la boutique en pleine journée.

Tant qu'elle ne se serait pas habituée à son nouveau rôle de créature de la nuit, son insomnie pouvait représenter un vrai problème. Il m'avait promis qu'ils se relayeraient pour surveiller Mamie et m'avait souhaité bonne chance pour mon premier jour.

J'enfilai une jupe noire unie par-dessus un legging et des bottines que j'estimais raisonnablement confortables pour rester debout la majeure partie de la journée. Je laissai pendre la chaîne et la croix en argent, mes seuls bijoux, par-dessus mon T-shirt blanc. Je voulais bien croire les vampires du dessous quand ils affirmaient puiser dans la banque de sang du médecin pour se nourrir, mais tant qu'ils ne se seraient pas accoutumés à la présence d'une personne au sang chaud à l'étage, j'aimais mieux jouer la carte de la sécurité.

Je rangeai les articles destinés à repousser les vampires dans un panier, que je laissai au fond de l'arrière-boutique.

Mes cheveux étaient longs et naturellement bouclés, ce qui était bien moins pratique que les personnes aux cheveux raides pouvaient l'imaginer, sans compter que les miens étaient particulièrement indisciplinés. Je regardai mes doigts. Devais-je tenter un bon vieux sortilège de coiffure ? Mais je songeai à l'électricité qui semblait jaillir du bout de mes doigts de façon aléatoire et je m'imaginai avec les cheveux hérissés dans tous les sens, comme le pelage de Nyx quand elle avait peur. Je laissai donc mes cheveux détachés – on pourrait les trouver négligés, mais je préférais qualifier ma coiffure de spontanée. Je terminai par une touche de mascara et de gloss.

J'étais sur le point de descendre au magasin quand Nyx poussa un miaulement pitoyable. Je croyais qu'elle était sortie, mais apparemment, elle était coincée quelque part. Sans surprise, je la découvris enfermée dans la chambre de Mamie. Elle avait dû entrer et la porte s'était refermée derrière elle.

— Qu'est-ce que tu fais ici ? demandai-je.

Le regard qu'elle me lança semblait dire : « Quand vas-tu réaliser que je ne parle pas ? »

— Oh, ça va, rétorquai-je. Je suis seule et sur les nerfs. Lâche-moi un peu.

J'aurais juré qu'elle m'avait adressé un signe de tête. Elle était assise sur la boîte à bijoux en bois de Mamie. C'était une boîte à trésors, pour moi, quand j'étais enfant. On soulevait le couvercle, et tous les colliers fantaisie entortillés et les boucles d'oreilles étincelantes me faisaient l'effet d'un butin de pirate. Nyx sauta lorsque je m'approchai et elle s'éloigna dans le couloir. Je m'apprêtais à la suivre, mais en voyant la boîte à bijoux, je me dis que j'avais très envie de porter quelque chose aujourd'hui qui appartenait à Mamie, en guise de porte-bonheur. Lorsque je soulevai le couvercle, un parfum s'en dégagea qui me rappela toutes les fois où Mamie et moi avions joué à nous déguiser. Sa bague en rubis était posée sur un écrin doublé de velours. Elle était assez simple, une pierre ronde, rouge foncé, sertie sur un filigrane d'or. Elle l'avait toujours portée. Je la passai à mon propre doigt et constatai qu'elle m'allait à merveille, en plus d'être réconfortante. Ainsi, j'emportai une partie d'elle dans sa boutique.

Avec cette bague au doigt, je me sentais plus préparée lorsque je descendis, Nyx à mes côtés.

Lorsque j'ouvris la porte et entrai, mon pied heurta un sac en toile. J'étais certaine qu'il n'était pas là, la nuit passée, quand je m'étais enfermée après le passage du serrurier.

Curieuse, je le ramassai. Après avoir allumé toutes les lampes, je regardai à l'intérieur pour trouver un cardigan bleu tricoté à la main avec un motif exquis sur le devant, des fleurs et des papillons. En sortant le pull du sac, je vis le message. Il était écrit : « Bonne chance pour votre premier jour. Avec toute notre amitié, les membres du club de tricot. »

Il y avait seulement deux jours, Clara m'avait proposé

de me tricoter un pull, et voilà que c'était chose faite. En glissant mes bras dans les manches, je me surpris à penser que ma première journée à *Tricotti Tricotta* commençait bien.

Nyx fit le tour de la salle, fourrant son nez dans les paniers et reniflant dans les coins, vraisemblablement à la recherche de souris. Je me réjouis qu'elle n'en trouve pas. Au bout d'un moment, elle se dirigea vers la vitrine, où elle sauta pour se blottir dans le panier de laines assorties que j'y avais disposé la veille. Après s'être tournée et retournée plusieurs fois, elle enfonça ses pattes dans les pelotes de laine jusqu'à trouver une position satisfaisante, puis elle se recroquevilla et ferma les yeux.

J'hésitais encore entre la houspiller ou la laisser dormir quand j'entendis la sonnette. Il était bientôt neuf heures. J'ouvris la porte pour voir Rosemary, sur le seuil, la mine fermée comme si c'était une grande contrainte de venir travailler. Elle s'était toujours habillée pour le confort plus que pour le style, et ce jour ne faisait pas exception. Elle portait un chemisier à fleurs sur un pantalon élastique marron avec des baskets blanches aux pieds. Elle devait avoir une soixantaine d'années, des cheveux roux permanentés et des joues trop rouges, comme si elle souffrait d'une pression sanguine trop élevée.

Bien décidée à démarrer du bon pied avec ma seule et unique employée, je lui adressai un sourire chaleureux en l'accueillant avec effusion.

Elle cligna des yeux et marmonna :

— Bonjour.

— Vous vous demandez sûrement pourquoi votre clé ne fonctionne pas, mais j'ai fait changer les serrures hier. Ça me rendait nerveuse de ne pas savoir combien de personnes pouvaient avoir la clé de Mamie.

La silhouette imposante de Rosemary s'avança dans la boutique et elle pinça les lèvres.

— Elle m'a forcée à rendre ma clé.

— Je vous demande pardon ?

J'avais dû mal entendre.

— Ma clé. Après le cambriolage, ta grand-mère s'est soudain inquiétée et elle a demandé à récupérer ma clé. Comme si Randolph avait quelque chose à voir là-dedans.

Elle me regardait d'un air agressif, s'attendant à être contredite.

J'étais complètement désorientée. C'était la première fois que j'entendais parler d'un cambriolage.

— Randolph ? Qui est Randolph ?

Son regard devint plus acéré.

— C'est mon fils, et c'est un bon garçon. Depuis qu'il est sorti de prison, il est sage comme une image.

— Votre fils a fait de la prison ?

Pas étonnant que Mamie ait récupéré sa clé. Je ne voulais pas poser la question suivante, mais je savais qu'il le fallait.

— Pourquoi a-t-il fait de la prison ?

— Du vol à l'étalage, rien de bien méchant. Mais depuis qu'il est sorti, il s'est très bien comporté. Il a gardé ce boulot à la friperie et il voit son agent de probation régulièrement.

— Je comprends.

J'avais prévu de confier à Rosemary l'un des nouveaux jeux de clés, mais je décidai de les garder. J'ouvrirais moi-même à mon assistante le matin et je m'assurerais de fermer à double tour le soir après son départ.

— À quand remonte ce cambriolage ?

— Je t'ai dit que mon Randy n'avait rien à voir avec ça.

Je crus qu'elle allait me frapper avec le grand cabas en toile qu'elle tenait bien serré dans ses mains.

— Je n'en doute pas, mais j'ignore tout de ce cambriolage. Quand est-ce arrivé ? On a volé quelque chose ?

Elle parut légèrement apaisée que je n'accuse pas son fils et elle relâcha sa poigne autour de l'anse de son sac.

— Il y a deux mois, environ. La serrure a été forcée.

— Est-ce que Mamie l'a signalé à la police ?

J'étais surprise que Ian Chisholm ne m'en ait pas parlé.

Rosemary secoua la tête.

— Rien n'a disparu. Alors, ta grand-mère n'a pas vu l'intérêt de signaler une porte cassée. C'était le seul dégât.

Elle jeta un coup d'œil dans la boutique. C'était un regard froid, dénué d'affection.

— En même temps, c'est logique. Qui enfoncerait une porte pour voler un paquet de laine ? Il reste trois fois rien dans la caisse, le soir, rien d'intéressant.

— Les voleurs ont essayé d'ouvrir la caisse ?

— Je ne pense pas. Ta grand-mère a dit qu'ils étaient ivres, ou alors ils ont entendu quelqu'un arriver et ils se sont enfuis.

Elle rangea son sac dans le placard, sous la caisse, et soupira.

— J'étais tellement désolée pour ta pauvre vieille grand-mère.

Quelque chose dans la façon dont elle avait prononcé ces mots me fit grincer des dents. Elle avait l'air sarcastique, le contraire de sincère. Ma main se réchauffa subitement, et en baissant les yeux, je constatai que la bague en rubis étincelait, si légèrement que je fus la seule à m'en apercevoir. Mais tout de même. Entre mes doigts qui provoquaient des orages électriques et cette bague qui irradiait toute seule, j'avais l'impression d'être une bête de foire.

Je n'aimais pas Rosemary, et cela ne me plaisait pas du tout d'apprendre que son fils était un voleur. Je devrais demander à Mamie si elle savait quelque chose à son sujet.

Voyant que je ne réagissais pas à sa fausse compassion, elle s'empressa de s'extasier sur mon nouveau pull. Elle identifia chaque pelote de laine utilisée pour sa confection. Nous les avions toutes en stock.

— Mais où l'as-tu trouvé ? Tu ne peux pas savoir tricoter aussi bien.

— Non. Je suis toujours la moins douée du monde.

Je ne pouvais pas lui dire la vérité, évidemment, alors je lui expliquai que j'avais trouvé le pull à l'étage et que j'avais pensé à le porter en hommage à ma grand-mère.

— Si quelqu'un veut le même, on peut proposer un kit. Pensez-vous que ce patron provient de la boutique ?

Elle pencha la tête sur le côté en m'observant attentivement.

— Non. Je dirais que c'est fait sans modèle. Mais je peux trouver quelque chose d'approchant parmi nos patrons.

— Excellent. J'espère seulement que nous aurons des clients aujourd'hui.

Il s'avéra que je n'avais pas à redouter une absence de clients le tout premier jour de la réouverture. À peine avais-je retourné le panneau sur la porte que trois jeunes femmes entrèrent. Deux d'entre elles portaient des sacs à dos et une autre un sac rempli de livres. Cette dernière avait un sweat-shirt au nom de son université. Toutes trois avaient une vingtaine d'années et semblaient sûres d'elles, pétillantes et très à l'aise dans la boutique de ma grand-mère. L'une des jeunes femmes s'avança lorsque je contournai la caisse pour aller les accueillir. Elle me dit :

— On est tellement contentes que vous soyez ouverts aujourd'hui. Ça nous a fait beaucoup de peine d'apprendre ce qui est arrivé à la dame qui tenait la boutique. Elle était si gentille, et toujours prête à aider si on avait un problème avec un patron.

— Oui, c'est vrai. C'était ma grand-mère. Je m'appelle Lucy.

La jeune femme à la personnalité affirmée, qui semblait être leur porte-parole, m'expliqua :

— On étudie le droit, toutes les trois, et certains cours sont à se taper la tête sur les murs. Heureusement que le tricot est là pour nous occuper les mains. Je fais des écharpes pour tous mes amis à Noël et mon père vient de me commander un pull.

J'adorais imaginer ces trois jeunes femmes assises en amphithéâtre, à tricoter tout en écoutant les cours. J'étais heureuse de les entendre parler de ma grand-mère en termes aussi élogieux.

— Vous devez savoir mieux que moi où sont les choses. En tout cas, faites-moi signe si je peux vous aider.

Elles achetèrent toutes trois de la laine et des patrons. Pendant que j'encaissais leurs achats, la plus bavarde demanda :

— Allez-vous proposer à nouveau des cours de tricot ? Ils étaient si bien.

Je ne savais même pas si j'allais garder la boutique ouverte, encore moins prévoir des cours.

— Je mettrai notre programme sur le site dès qu'il sera finalisé.

Alors que je les accompagnais vers la sortie du magasin, deux femmes plus âgées entrèrent. Immédiatement, elles admirèrent mon nouveau pull. Rosemary rassembla les différentes laines et leur montra le patron qu'elle avait déniché et qui se rapprochait le plus du modèle que je portais.

— Ce pull irait très bien à ma petite-fille, décréta la plus âgée. Je vais prendre les laines et le patron.

Je remerciai Clara par la pensée, ma gentille vampire tricoteuse.

Une femme entra peu après. Elle jeta un coup d'œil dans la boutique et demanda :

— Est-ce que vous faites du brioche ?

— Euh... de *la* brioche ?

Ma grand-mère avait toujours eu pour éthique de traiter chaque client avec respect, même s'il entrait dans un magasin de tricot à la recherche de viennoiseries.

— Vous pourriez essayer le salon de thé, à côté.

Ma cliente regarda autour d'elle, visiblement perplexe. En m'entendant, Rosemary éclata de rire, d'une voix aiguë et nasillarde.

— Lucy, elle veut parler du « point brioche ». C'est une technique de tricot très populaire.

Elle me remplaça auprès de la cliente. Cela m'arrangeait, mais je me serais bien passée de son explication condescendante.

— Lucy est nouvelle ici. Elle ne connaît pas grand-chose au tricot.

En attendant, c'est elle qui vous versera votre salaire.

Après cela, la fréquentation de la boutique demeura plutôt régulière. À quelques reprises, il y eut même une file d'attente à la caisse. Je me réjouissais d'avoir une assistante qui sache où se trouvaient la plupart des articles et qui puisse répondre aux questions compliquées. Elle avait tout de suite remarqué que les laines étaient terriblement mal rangées et elle profitait de chaque accalmie pour se retrousser les manches et tout remettre à sa place, exactement comme Mamie l'aurait fait.

Je la laissai partir pour la pause déjeuner, à midi. J'étais seule quand un homme entra, peu après son départ, apportant une vague d'énergie avec lui. Âgé d'une quarantaine d'années, avec une beauté insolente, un bronzage qui suggérait qu'il passait tous ses hivers en Espagne, des dents d'un blanc éblouissant et des yeux foncés, il regarda les étagères avec un œil émerveillé.

— Je n'entre jamais dans cette charmante boutique sans avoir l'impression de faire un pas dans le passé. C'est une parfaite petite tranche d'histoire. Comme tous les magasins de cette rue.

Cet homme tricotait-il ? Il n'en avait pas le profil, mais comme je l'avais récemment découvert, il n'existait pas vraiment de tricoteur stéréotypé. Du moins, pas à Oxford.

— Oui, j'ai toujours aimé cette rue, lui dis-je. Je peux vous aider ?

— J'étais si heureux de voir le magasin ouvert aujourd'hui et de pouvoir venir vous présenter mes condoléances en personne. Quelle terrible nouvelle que le décès de cette chère Agnès.

De nombreuses personnes m'avaient présenté leurs condoléances aujourd'hui, et chaque fois, je ressentais une douleur dans la région du cœur en me rappelant à nouveau que Mamie, du moins la femme mortelle qui avait été ma grand-mère, n'était plus. Je hochai la tête.

— Merci.

— Vous devez être sa magnifique petite-fille. J'ai tant entendu parler de vous par votre grand-mère.

— Vraiment ? Ça me fait plaisir.

Il rit, révélant une fois de plus sa dentition éclatante. J'étais certaine qu'il l'avait fait blanchir.

— Vous vous demandez si je tricote. Je dois admettre que chaque fois que je viens dans la boutique, je suis tenté de m'y mettre. Ma femme serait ravie si je restais assis cinq minutes. Mais j'ai trop d'énergie. Non, j'ai parlé affaires avec votre grand-mère.

Il jeta un coup d'œil derrière lui, mais nous étions seuls.

— Je crois que mon agent immobilier est passée. Mme Lafontaine ? Sidney Lafontaine ?

J'acquiesçai sans chercher à l'encourager. C'était clairement un homme qui ne perdait pas de temps en silence.

— Je sais que votre grand-mère voulait discuter de la proposition avec vous. C'est pour cela que j'en sais autant à votre sujet. Elle vous respectait énormément. Apparemment, vous avez fait des études de commerce.

Oui, enfin, deux ans d'école de commerce parce que je n'arrivais pas à décider ce que je voulais faire de mon avenir.

Il me regarda, dans l'expectative.

— Alors, elle l'a fait ? demanda-t-il.

— Quoi donc ?

— Discuter avec vous de ma proposition ? Je suis Richard Hatfield, ajouta-t-il, comme si j'allais reconnaître immédiatement ce nom. Votre grand-mère vous a sûrement parlé de moi.

Je secouai la tête.

— Je n'ai entendu parler de rien avant l'arrivée de Sidney Lafontaine. Peut-être que Mamie attendait de me voir.

— En tout cas, sachez qu'elle était enthousiasmée par ma proposition. Très.

Il prit une profonde inspiration d'un air un peu théâtral.

— Je n'aime pas me montrer indélicat, mais savez-vous qui hérite de la boutique ? Quand votre grand-mère est décédée, elle n'avait pas encore signé le contrat, mais elle en avait l'intention. Maintenant qu'elle n'est plus là, j'imagine que ma proposition se reporte sur le nouveau propriétaire de *Tricotti Tricotta* et de cet immeuble. Je crois qu'elle a une fille, votre mère. Est-elle l'unique bénéficiaire ?

Comme j'hésitais à dire à cet homme trop insistant qu'il parlait à l'héritière en personne, je lui demandai :

— Et si vous m'expliquiez votre proposition ? Comme vous l'avez dit, ma grand-mère aimait discuter de ses affaires avec moi. Ma mère est difficile à joindre en ce moment.

Il avait l'air de penser que rien ne me ferait plus plaisir.

— Excellente idée.

Le carillon sonna au même instant, indiquant de nouveaux clients. Jetant un œil derrière Richard Hatfield, je vis entrer un couple d'âge moyen.

— Pour l'amour du ciel, ne reste pas ici toute la journée, grommela l'homme sur un ton un peu désespéré, comme s'il savait parfaitement que sa femme ne l'écouterait pas.

Elle lui répondit :

— Va te promener dans la rue si tu veux. Ou va t'installer à côté et prends une tasse de café. Je viendrai te chercher quand j'aurai fini.

Il partit d'un rire moqueur.

— Non, merci. Je vais rester ici et m'assurer que tu ne dépenses pas trop d'argent.

Voyant que Richard Hatfield et moi le regardions, il s'adressa à lui, d'homme à homme :

— Vous savez comment elles sont. Qu'elles puissent dépenser autant pour quelque chose qu'elles doivent fabriquer elles-mêmes, ça me dépasse. Elle pourrait acheter un pull chez Marks & Spencer pour moitié moins que ce qu'elle dépense en laine, aiguilles, boutons et je ne sais quoi encore.

La femme regarda son mari comme si elle avait envie de le piquer avec ses aiguilles à tricoter. Elle lui répondit néanmoins avec douceur :

— Et imagine combien de pulls je pourrais tricoter pour le prix de ton abonnement au golf.

Il maugréa dans sa barbe et se dirigea vers l'unique chaise destinée aux clients. J'avais comme l'impression que cette dispute n'était ni la première ni la dernière.

Richard Hatfield se tourna vers moi.

— Je vois que le moment est mal choisi. Et si je repassais en fin de journée ? Peut-être pourrais-je vous offrir un verre et nous discuterons ? Ou le déjeuner ? Si vous n'avez pas encore mangé...

Je me dis qu'un déjeuner serait moins contraignant qu'un verre après le travail. S'il disait la vérité et que Mamie était bel et bien intéressée, je devais au moins l'écouter.

— Je pourrais vous retrouver à côté, chez *Elderflower*, à 13 heures.

Il consulta sa montre. Elle était grande, ronde et semblait avoir une multitude de fonctions. C'était la montre d'un homme pour qui le temps était précieux.

— Dans une demi-heure environ. Oui, c'est parfait. Je vous retrouve là-bas.

Alors que j'enregistrais les achats de la femme, son mari se leva et s'approcha, la mine renfrognée. Lorsque j'annonçai le total, il leva les mains en l'air.

— Oh, bon Dieu. C'est le montant de la dette nationale.

— Ferme-la, Harry.

CHAPITRE 12

L'*Elderflower* était occupé par la foule classique du déjeuner lorsque j'arrivai. Je pensais devoir attendre, mais Richard Hatfield était déjà assis. Il me fit signe depuis une table qu'il avait réussi à réserver dans le seul coin tranquille. Lorsque j'atteignis la table, il se leva pour m'accueillir.

— Formidable. Vous avez pu vous libérer, dit-il avec son sourire charmeur. Les plats du jour sont quiche aux brocolis avec salade et tourte au poulet. La soupe du jour est aux pommes de terre et aux poireaux. Moi, je vais prendre la quiche.

Cela me convenait aussi. Il appela la serveuse d'un geste. Ce n'était pas l'une des sœurs Watt, mais une jeune femme à l'accent français. Elle prit notre commande et repartit.

— Je ne vais pas tourner autour du pot, dit-il. J'aime ce petit coin d'Oxford. Je viens ici depuis que je suis tout petit.

— Vraiment ?

J'étais surprise. Je n'arrivais pas à percevoir les différents accents britanniques comme eux. Ils étaient capables de déterminer d'où venait une personne et même son rang social dès qu'elle ouvrait la bouche. Mais j'en savais assez pour savoir qu'il n'avait pas l'accent raffiné de la classe supérieure que j'entendais si souvent dans les rues d'Oxford.

— J'ai grandi dans le sud de Londres, m'expliqua-t-il, mais j'avais une tante qui habitait ici et on lui rendait visite en été. Elle m'emmenait chez le petit épicier en haut de la rue et m'achetait des bonbons. On venait prendre le thé dans ce même salon. Elle ne tricotait pas, alors je n'avais jamais mis les pieds dans la boutique de votre grand-mère. Par contre, elle adorait chiner chez *Pennyfarthing Antiques*, même si le nom était différent à l'époque. Elle m'a acheté quelques soldats de plomb là-bas. Je les ai toujours.

Nos plats arrivèrent, et alors que nous commencions, il me dit :

— C'est une vraie promenade dans le passé ici. Je ne veux pas paraître impoli, mais comme les récents événements nous l'ont montré, les propriétaires de ces magasins ne sont pas tout jeunes. Voilà pourquoi je propose d'acheter les quatre boutiques de cette rangée.

— Alors, vous voulez racheter *Tricotti Tricotta* ?

Je tenais à être bien certaine de comprendre où il voulait en venir.

Posant son couteau et sa fourchette, il embrassa la salle d'un grand geste.

— Pas seulement *Tricotti Tricotta*, mais aussi ce salon de thé, l'antiquaire et la boutique de souvenirs.

J'avais entendu dire qu'Oxford arrivait en second, juste après Londres, pour le prix de l'immobilier. Alors, s'il comptait acheter quatre magasins, cela faisait beaucoup d'argent.

— Pourquoi ? Quel intérêt d'acheter autant de magasins ? Ce sont tous des bâtiments classés, vous savez ?

Il me regarda d'un air approbateur.

— Les Américains sont si directs. J'aime ça. La simple vérité, c'est que j'achète ces propriétés en tant qu'investissement. Elles continueront à prendre de la valeur au fil des ans et j'aurai le plaisir de savoir que ces charmantes petites boutiques que j'aime depuis mon enfance resteront en l'état.

Je posai à mon tour mes couverts pour darder sur lui un regard perplexe. J'étais peut-être jeune, mais pas stupide.

— Habituellement, quand les promoteurs achètent plusieurs propriétés d'un coup, ils prévoient de les démolir et de construire autre chose à la place.

— Pas moi. Je veux simplement les préserver.

Je pensai à mes colocataires peu orthodoxes qui vivaient sous le magasin et je sus que je ne pourrais jamais permettre que cette vieille bâtisse soit démolie. De plus, il y avait toutes sortes de lois et de règlements concernant les bâtiments historiques. J'étais certaine que les façades devaient être conservées, mais je n'étais pas sûre de ce qu'il pouvait advenir de l'intérieur. Pourtant, il devait avoir les poches bien remplies pour prévoir de racheter la majeure partie d'un pâté de maisons. Je plissai les yeux.

— Vous êtes sûr que vous n'allez pas les démolir ?

— Non, sauf si leur structure est défectueuse.

— Eh bien, ils sont restés debout pendant des centaines d'années. J'imagine que si leur structure était défectueuse, ils seraient déjà tombés.

— Exactement.

En tant que nouvelle propriétaire de *Tricotti Tricotta* et son immeuble, j'aurais pu prendre cette offre pour la liberté sur un plateau d'argent. Cependant, je connaissais le contenu du testament de ma grand-mère et je savais maintenant pourquoi elle avait stipulé que l'atelier de tricot devait rester sous ma responsabilité.

— Donc vous les préserveriez ? Exactement comme ils sont ?

— C'est ce que je dis.

C'était presque trop beau pour être vrai. Et si je pouvais faire plaisir à ma grand-mère, tout en faisant ce que je voulais ? Bien sûr, je ne savais pas encore ce que je voulais. J'avais espéré que ces quelques mois en compagnie de Mamie m'aideraient à trouver ma voie. Mes parents me considéraient comme une milléniale typique qui ne savait pas se prendre en main. Quand ils avaient mon âge, ils étaient déjà mariés et archéologues. Moi, tout ce que j'avais à mon actif après mes vingt-sept années sur cette terre, c'était le diplôme de commerce d'une fac publique et une série de relations foireuses.

Il mentionna alors un nombre et je le regardai fixement. Il précisa :

— Ce sont des livres sterling, pas des dollars. Le montant sera encore plus élevé une fois converti en dollars américains.

Je plissai les paupières.

— C'est le montant pour les quatre magasins ?

— Non. Juste le bâtiment qui abrite *Tricotti Tricotta* et les logements au-dessus.

Avec une telle somme, je pouvais voyager, acheter un bel appartement à peu près n'importe où dans le monde et faire ce que je voulais sans avoir à me soucier de l'argent pendant un certain temps. Je voulais bien admettre que c'était enivrant.

Mais je ne pouvais pas prendre ce genre de décision à la légère. Et ce qu'il ne savait pas, c'était que je pouvais consulter ma grand-mère. De plus, même si ma mère n'avait pas été désignée comme héritière, je voulais connaître son avis.

— Il faut que je contacte ma mère.

— Bien sûr. J'espère que nous pourrons avancer rapidement.

— Et les autres magasins ?

— Ils sont tous d'accord. Mais je les veux tous ou aucun, j'espère que vous comprenez.

Super. Maintenant, il me mettait la pression, étant donné que j'étais la dernière à résister encore.

Il me tendit une carte de visite.

— Parlez-en avec votre mère et tous ceux que vous voulez. Revenez me voir quand vous aurez pris votre décision. N'attendez pas trop longtemps, je ne suis pas connu pour ma patience.

Je le croyais volontiers. Sa quiche n'avait pas duré, et maintenant, il faisait signe à la serveuse d'apporter l'addition. Mary Watt le vit et la lui apporta elle-même.

— Bonjour, M. Hatfield. Quel plaisir de vous revoir.

— Miss Watt. Tout le plaisir est pour moi. Vous savez que je viens de loin pour votre délicieuse cuisine maison.

Elle gloussa et rougit comme une écolière. Puis elle me dit :

— Je suis contente que tu aies rencontré M. Hatfield.

Il déposa des billets sur la table, puis il se leva en déclarant :

— Je vous laisse discuter, mesdames.

À mon attention, il ajouta :

— Restons en contact.

J'appréciais qu'il nous laisse seules, Miss Watt et moi. J'en profitai pour lui demander :

— Il vous a vraiment parlé d'acheter le salon de thé ?

— Oh, oui. Et à notre âge, combien de temps allons-nous encore travailler si dur ? Bien sûr, nous adorons notre salon de thé et nous ne voudrions jamais le perdre, mais il promet de continuer à le gérer tel quel.

— Ça semble presque trop beau pour être vrai.

Elle se rapprocha.

— Il est prêt à nous faire un très bon prix. Nous pourrions enfin prendre notre retraite et passer du temps dans le sud de la France. J'ai toujours voulu passer l'hiver dans un endroit chaud, mais le salon nous retient. Les propriétaires de la boutique de souvenirs sont enthousiastes. Ils ne l'ont que depuis quelques années et je pense que ça représente plus de travail qu'ils ne le pensaient.

Je savais déjà que les Wright étaient intéressés, car leur fils me l'avait dit.

— Mamie était-elle vraiment prête à vendre ?

Miss Watt jeta un regard autour d'elle, comme pour s'assurer que Richard Hatfield était parti, puis elle dit :

— Honnêtement, je ne suis pas sûre. Elle avait l'air réticente, même si nous avons tous essayé de la convaincre que c'était pour le mieux. Il veut l'ensemble des magasins, tu comprends. C'est tout ou rien.

Elle commença à empiler les assiettes.

— Naturellement, comme nous, elle avait peur qu'il ne respecte pas la tradition alors que ces petits commerces sont là depuis longtemps, mais il va tout entretenir. En fait, nous étions tous d'accord. Sauf ta grand-mère.

— Sauf ma grand-mère ?

Richard Hatfield avait suggéré qu'elle était impatiente de signer le contrat. Maintenant, Miss Watt semblait me dire quelque chose de très différent.

— Je ne dis pas qu'elle était contre, mais disons qu'elle n'était pas folle de joie. Je pense qu'elle avait prévu d'en discuter avec toi.

Si ma grand-mère n'était pas pressée, je ne devais pas l'être, moi non plus. Vivante ou morte-vivante, je voulais quand même son conseil.

JE SORTIS D'*ELDERFLOWER*, et alors que je me retournais pour rentrer dans la boutique de tricot, l'inspecteur Ian Chisholm apparut. J'attendis qu'il me rejoigne sur le trottoir.

— Je suis content de voir le magasin ouvert à nouveau. J'espère que vous avez décidé de rester.

Avec l'offre très généreuse de Richard Hatfield qui me trottait encore dans la tête et la garantie que *Tricotti Tricotta* serait entretenue comme si rien n'avait changé, j'envisageais de quitter Oxford.

— Je vais continuer à gérer la boutique jusqu'à ce que je prenne une décision.

— C'est une bonne idée. En fait, j'allais passer acheter à ma tante un autre écheveau pour le pull qu'elle tricote. Elle est à court de laine.

Cet homme était vraiment d'une beauté troublante, debout là dehors, la brise soulevant ses cheveux comme si elle y passait la main. Il fit un geste vers le magasin, m'invitant à le précéder, mais je l'arrêtai en posant une main sur son bras.

— J'ai entendu dire qu'il y avait eu un cambriolage récemment, sauriez-vous quelque chose à ce sujet ?

Il jeta un coup d'œil vers la vitrine, où Nyx était toujours pelotonnée. Particulièrement adorable, elle nous regardait, les yeux mi-clos. C'était peut-être mon familier, comme Mamie l'avait suggéré, mais cette chatte était paresseuse. Un couple passa, bras dessus bras dessous, et la fille commenta :

— Oh, regarde ce chat. Tu ne le trouves pas mignon ?

Lâchant son compagnon, elle sortit son téléphone et prit une photo. Sous mes yeux, elle saisit quelques mots, postant sans doute la photo sur un réseau social.

Ian aussi le regarda.

— Vous devriez mettre quelque chose avec le nom de votre boutique dessus. Ce chat vous offre l'occasion de faire de la publicité gratuitement.

— C'est une idée géniale.

J'avais fait une école de commerce, mais il fallait que ce soit un policier qui me donne des conseils en marketing !

— Un cambriolage chez *Tricotti Tricotta* ? dit-il alors.

Apparemment, il avait enlevé sa casquette d'expert en marketing pour remettre son képi.

— Oui. C'est ce que mon assistante a dit. Mais Mamie ne l'a jamais mentionné dans nos e-mails. Peut-être qu'elle ne voulait pas m'inquiéter.

— Pourtant, vous êtes inquiète.

— Comme je vis ici, en plus de m'occuper de la boutique, je me sentirais plus à l'aise si je savais que la personne qui est entrée par effraction dans le magasin a été arrêtée, c'est tout.

Je ne suis pas sûre que Mamie l'ait signalé, mais s'il y a eu un cambriolage dans le coin, j'imagine que ce n'était pas le seul.

Il jeta un coup d'œil professionnel aux fenêtres et à la porte.

— C'est assez facile de s'y introduire, mais la question est de savoir pourquoi quelqu'un choisirait cet endroit. On ne peut pas s'attendre à trouver grand-chose dans la caisse et ce n'est pas le genre de marchandise que l'on met sous clés, généralement.

C'était exactement ce que j'avais pensé. Quelle personne sensée mettrait à sac un magasin de tricot ?

— Je ne m'occupe pas des vols et des cambriolages, mais je vais voir ce que je peux trouver pour vous.

— Officieusement ?

Il me regarda, les yeux légèrement plissés.

— Quelle importance ?

J'avais une dizaine de raisons différentes de ne pas vouloir attirer l'attention sur la boutique.

— C'est un peu bête, mais si on apprend que nous avons été cambriolés une fois, peut-être que les voleurs potentiels se diront qu'il y a quelque chose qui vaut la peine dans ce magasin.

— C'est le cas ?

— Non. La plupart de nos clients paient par carte et, à la fin de la journée, on emporte à la banque ce qu'il reste d'argent liquide. On ne garde qu'un petit fonds dans la caisse. Et comme vous l'avez dit vous-même, le contenu de la boutique n'aurait de valeur que pour un tricoteur.

— ... qui ne sont pas les premiers cambrioleurs qui nous viennent à l'esprit, n'est-ce pas ?

Deux vieilles dames au visage avenant entrèrent au même moment dans la boutique.

— Exactement.

— Bon, eh bien, je vais voir ce que je peux trouver pour vous.

Il se pencha vers moi, le regard espiègle.

— Officieusement, ajouta-t-il.

Une fois de plus, j'eus la vague impression qu'il flirtait avec moi. Cela faisait longtemps que je n'avais pas suscité autant d'intérêt chez la gent masculine. L'air d'Oxford devait réussir à mon teint.

Un groupe de quatre autres dames fit son entrée dans la boutique et je lui répondis :

— Je ferais mieux d'y aller. Nous avons une journée très chargée.

Il ne me suivit pas et je n'eus pas le temps de lui accorder plus d'attention, car la petite boutique grouillait de clients. Si certains étaient venus avec des achats bien précis en tête, beaucoup voulaient simplement rendre un dernier hommage à Mamie. J'avais l'impression qu'il y avait une certaine curiosité parmi les tricoteurs qui voulaient savoir si la boutique allait rester ouverte.

Deux agents immobiliers passèrent, visiblement plus intéressés par les dimensions du magasin que par ce qu'il vendait. Tous deux me présentèrent leurs condoléances ainsi que leurs cartes de visite, me faisant savoir qu'ils travaillaient dans le quartier et qu'ils seraient ravis de m'aider si j'envisageais de louer le magasin ou de vendre la propriété. Ma pauvre grand-mère était à peine partie que les vautours venaient déjà se disputer les restes.

Même si je savais qu'ils faisaient seulement leur travail,

j'éprouvais un instinct protecteur pour cette petite boutique et sa clientèle. Les quatre dames étaient venues d'une autre ville après avoir vu sur les réseaux sociaux que le magasin avait rouvert ses portes. Elles faisaient partie d'un club de tricot et faisaient toujours leurs emplettes chez *Tricotti Tricotta*.

— Quelle joie que vous soyez à nouveau ouverts. Il est temps de se mettre aux confections de Noël.

Au cours de la journée, je reçus des cartes de condoléances, des biscuits et des gâteaux, et même un pot de confiture maison. Chaque personne avait une anecdote à raconter sur ma grand-mère – elle avait appris à tricoter à l'un, aidé la mère d'un autre, âgée et arthritique, à trouver un projet qu'elle soit capable d'entreprendre. Elle leur avait donné des conseils sur les couleurs et les motifs, commandé des produits spéciaux et fait des dons à divers organismes caritatifs. Pour moi, ma grand-mère avait toujours été la femme gentille et chaleureuse qui m'accueillait pendant que mes parents étaient à l'étranger, mais à présent, je la voyais comme une femme d'affaires dans une petite communauté, qui avait offert d'innombrables heures de plaisir à ses clients. Sa disparition laisserait un grand vide dans beaucoup de vies.

Les clients qui apportaient des cartes, des friandises et, plus important encore, leurs souvenirs et leurs histoires, voulaient avant tout avoir l'assurance que *Tricotti Tricotta* ne fermerait pas ses portes. Je ne voulais pas mentir à ces gens, mais honnêtement, je ne savais pas ce que j'allais faire. Je leur donnai donc la même réponse toute faite qu'à l'inspecteur. Je m'occupais de la boutique pour l'instant, et je leur ferais savoir quand j'aurais pris une décision pour l'avenir.

L'une des dames, qui était venue m'exprimer sa tristesse,

se retourna en voyant Rosemary. Baissant la voix, même si mon assistante était occupée dans le coin à aider un autre client, elle me dit :

— Alors, vous avez repris Rosemary ?

— Repris ?

L'étonnement avait dû transparaître dans mon intonation, car elle répondit :

— Elle n'était pas là, la dernière fois que je suis venue à la boutique. Votre grand-mère a dit qu'elle ne travaillait plus ici. J'ai eu l'impression qu'elle l'avait renvoyée. Elle est là depuis des années, il a dû se passer quelque chose.

Rosemary ne m'avait pas dit qu'elle ne travaillait plus ici. Cela dit, à présent, je me rappelais qu'elle s'était comportée bizarrement la première fois que je lui avais téléphoné, sans compter qu'elle n'avait pas de clé pour la porte. Hmm.

Malgré cela, j'ignorais ce que j'aurais fait sans elle aujourd'hui. Elle savait où trouver chaque chose, connaissait personnellement la moitié des clients et semblait faire un excellent travail. Je me promis cependant de garder un œil sur elle.

Plus tard, alors que j'aidais deux femmes à choisir les couleurs d'un chandail, l'une d'elles posa la main sur le bras de son amie en désignant la porte du menton.

— Oh là là, il peut me tricoter un gilet quand il veut, celui-là.

Je me retournai pour découvrir Ian Chisholm, qui venait d'entrer dans la boutique. Sa virilité était encore plus frappante, alors qu'il était entouré de paniers de laine et de clientes. J'entendais les murmures de ces dames, à mesure qu'elles remarquaient sa présence.

Je doutais qu'il s'en rende compte, cependant. Il tenait

l'étiquette d'un écheveau de laine et jetait un coup d'œil autour de lui, impuissant. Je m'excusai pour aller le rejoindre.

— C'est la laine de votre tante ?

— Oui. Comment faites-vous pour retenir toutes ces choses-là ?

Il avait l'air décontenancé par le nombre de paniers et d'étagères remplies de laine qui lui faisaient face.

— Il y a un truc pour ça, expliquai-je. Laissez-moi regarder.

Je vérifiai l'étiquette. La laine qu'il cherchait était bleue, la même que la vieille vampire avait utilisée pour tricoter mon pull. D'ailleurs, elle avait utilisé le dernier écheveau de notre inventaire. Je lui dis que je pouvais la commander pour lui et que je l'aurais reçue dans la semaine. Cela lui convenait. Je passai donc derrière la caisse et récupérai le carnet de commandes spéciales.

Je me sentis un peu bête de lui demander son numéro de téléphone. Il hésita, car nous savions tous les deux que j'avais sa carte de visite.

— Je vais vous donner mon numéro de portable personnel.

Mes joues rougirent sans doute alors que je le notais, surtout lorsqu'il dit :

— Ce numéro vous permettra de me joindre jour et nuit.

Après l'heure de la fermeture, ce soir-là, j'ouvris une dernière fois la porte pour faire sortir les clients. De toutes les fois où j'avais aidé ma grand-mère au magasin, je ne me souvenais pas d'une journée plus chargée. Rosemary passa une main dans ses cheveux en soufflant :

— Ouf. J'ai été débordée.

— Je pense que beaucoup de gens sont venus pour présenter leurs condoléances.

— Et ils ont tous dépensé un peu d'argent, me rappela-t-elle.

— En effet. Ça me fait penser que je dois apporter l'argent à la banque. S'il y a eu un cambriolage, alors ça veut dire que des voleurs sont à l'œuvre dans le secteur.

— Je peux le faire pour toi. J'ai toujours effectué le dépôt du soir pour ta grand-mère.

Je ne voulais pas lui confier un sac d'argent. Et puis, il y avait un type louche qui traînait devant le magasin. Il semblait avoir une vingtaine d'années avec, apparemment, un tatouage de pitbull dans le cou. Il fumait une roulée et ne cessait de jeter des coups d'œil à travers la vitrine. Son visage évoquait celui d'un pitbull, même sans le tatouage. Je ne voulais pas que Rosemary passe devant lui avec le dépôt.

— Je vais le faire moi-même, tout à l'heure, lui dis-je. Rentrez chez vous.

Elle haussa les épaules.

— Comme tu voudras. À demain.

Même si ma grand-mère l'avait renvoyée, nous savions toutes les deux que je n'aurais pas pu venir à bout de cette journée sans son aide.

— Oui. À demain.

Elle emporta son cabas et s'en alla. Lorsqu'elle sortit, le type au pitbull s'approcha d'elle. Faisait-il la manche ? Non, il devint rapidement évident qu'ils se connaissaient, car ils partirent ensemble. On aurait dit qu'ils se disputaient. Pas besoin de pouvoirs spéciaux pour comprendre qu'il s'agissait du fameux Randolph.

Retournant derrière ma caisse, je commençai à faire les

comptes, comparant l'argent avec les reçus. C'était une partie du travail que j'avais toujours appréciée. Je n'étais pas douée avec la laine ou le tricot, mais les chiffres, c'était mon rayon. Mamie serait heureuse quand je lui dirais que nous avions fait du bon travail aujourd'hui, et surtout que beaucoup de clients avaient parlé d'elle de manière aussi affectueuse. Si seulement je savais comment la joindre. Rafe avait un portable. Nous pourrions éventuellement en donner un à Mamie aussi.

Après m'être assurée que le pitbull tatoué était parti, je portai le dépôt à la banque et je revins à la boutique sans le moindre incident. Nyx se réveilla de sa dernière sieste en miaulant piteusement. Je me sentais un peu esseulée, moi aussi, après cette journée bien remplie. À présent, la boutique était calme, vide et obscure. J'emmenai Nyx à l'étage, où je lui servis une boîte de thon. J'allais me mettre à la recherche de ma grand-mère. Cela ne devait pas être bien difficile. Après tout, j'avais vu les vampires passer par cette trappe. Je décidai de mener mon enquête.

CHAPITRE 13

*J*e gardai mon pull en espérant pouvoir le montrer à Clara, mais je troquai ma jupe contre un jean et trouvai une lampe de poche. Après avoir fini son thon, Nyx semblait encline à m'accompagner et, à vrai dire, je me réjouissais de sa présence. Je n'avais aucune idée de ce qui se trouvait sous cette trappe, mais je savais qu'il y avait des tunnels souterrains sous la ville d'Oxford, ce qui me faisait immanquablement penser aux rats.

En théorie, les vampires étaient plus dangereux, mais j'éprouvais une franche aversion pour ces rongeurs.

En traversant la boutique pour me rendre dans l'arrière-salle où se trouvait la trappe, j'hésitai. Je n'avais reçu aucune invitation du type « passez quand vous voulez », et pourtant je me comportais comme si j'étais forcément la bienvenue. Je portai ma main à ma bouche et commençai à me ronger l'ongle du pouce. Nyx tapota sa patte sur la porte. Cela me fit sourire. Après tout, s'ils étaient occupés ou encore en train de dormir, je pouvais toujours remonter.

— C'est parti, dis-je avant de tirer sur l'anneau de la trappe.

Je jetai un coup d'œil dans l'obscurité. Si je n'avais pas vu une dizaine de vampires y descendre un par un, j'aurais cru qu'il n'y avait rien, là-dessous. Allumant la lampe de poche, je dirigeai le faisceau vers le trou béant.

Il y avait un escalier, des marches en bois qui semblaient très vieilles. Sans y descendre, je ne voyais pas où elles menaient. Une fois de plus, je me rappelai que les vampires ne m'avaient pas invitée à leur rendre visite, mais ils m'avaient semblé très amicaux au club de tricotage. Mamie avait sûrement envie de savoir comment je m'étais débrouillée pour mon premier jour sans elle.

Me retenant d'une main, je me guidai de l'autre avec la lampe de poche. Lentement, je descendis l'escalier. Lorsque ma tête passa sous le niveau de l'atelier, l'atmosphère changea. L'air me parut plus épais, chargé de moisi et d'humidité. Je n'avais aucune idée de ce que j'allais trouver une fois en bas. Des cercueils empilés ?

J'atteignis enfin le sous-sol. Je me trouvais sur la passerelle d'un tunnel. Jetant un œil par-dessus le rebord, j'aperçus de l'eau qui coulait très lentement, deux mètres en contrebas. Je ne voyais aucune lumière, ni derrière ni devant. Je frissonnai en me demandant si je devais retourner à l'étage, mais Nyx ouvrit la marche en trottinant. Il était hors de question que je sois plus poltronne qu'un chaton.

Les murs de pierre du tunnel étaient secs, les pavés inégaux sous mes pieds. Je pouvais entendre ma propre respiration et le frottement de mes semelles sur le sol. Heureusement, il n'y avait aucun autre bruit de pas.

Si je ne l'avais pas cherchée, j'aurais manqué la vieille porte en bois encastrée dans le mur.

Elle avait l'air ancienne, avec une poignée en métal qui ne semblait pas avoir été touchée par la main de l'homme depuis des siècles. J'aurais pu croire qu'il s'agissait d'une sorte de chambre forte, mais en sachant que mes amis du club de tricot se trouvaient quelque part par-là, je décidai d'y commencer mes recherches. Il était un peu plus de sept heures du soir et j'espérais ne pas les réveiller trop tôt en tapant du poing sur la porte. J'attendis. Rien ne se produisit, aucune réponse.

À côté de moi, Nyx avait le museau en l'air, patiente elle aussi.

J'étais sur le point de faire demi-tour lorsque j'eus l'étrange sentiment d'être observée. L'instant d'après, la porte pivota sans un bruit sur ses charnières bien huilées.

Rafe apparut, les sourcils levés. Il n'avait pas l'air particulièrement content de me voir.

— Lucy, quelle surprise.

Il avait dû élever le sarcasme au rang d'art depuis un demi-millénaire, parce qu'il était très doué à ce petit jeu. Je sentis immédiatement que ma présence était inappropriée et que je me trouvais sur une propriété privée – curieux, étant donné qu'ils habitaient sous la boutique qui m'appartenait désormais. J'étais en quelque sorte leur propriétaire, et à ce titre, j'avais parfaitement le droit de visiter les lieux.

— J'espérais pouvoir parler à ma grand-mère.

Je craignais qu'il ne me renvoie lorsque j'entendis Mamie dire derrière lui :

— C'est Lucy ?

Un moment plus tard, elle était là, derrière son épaule.

— Entre, ma chérie, dit-elle. Raconte-moi ton premier jour. J'avais tellement envie de passer pour voir comment tu allais, mais Sylvia m'a dit que je ne pouvais pas.

Elle pinça les lèvres et j'imaginai les paroles sèches qu'elle avait dû recevoir.

Il n'y avait pas grand-chose que Rafe puisse faire, maintenant que j'avais été conviée à entrer avec tant d'enthousiasme. Il haussa les épaules, recula et ouvrit la porte en grand. J'entrai, m'attendant à voir des cercueils empilés et peut-être de vieux barils et des bobines de corde, de la poussière et de la saleté – et, pour être honnête, des crottes de rat. Devant le spectacle qui s'offrit à mes yeux, je restai bouche bée.

J'avais assisté à la comédie musicale du *Fantôme de l'Opéra*, dans le West End de Londres, avec ma grand-mère, lorsque j'étais adolescente. Je n'aurais pas été étonnée d'apprendre que les vampires avaient fait appel au même décorateur. Leur repaire était somptueux, avec des sofas en velours rouge, des fauteuils moelleux et deux canapés arrondis disposés en cercle. La lumière provenait de lustres en cristal et de lampes finement ouvragées. Sur les murs, il y avait des tapisseries dignes du Louvre.

Pendant que je regardais autour de moi, Sylvia fit son apparition, vêtue d'une robe de chambre en soie noir et or. Elle bâilla en se laissant tomber dans l'un des fauteuils décorés, comme si elle était chez elle.

Et les tableaux ! Je n'étais pas une experte, mais les œuvres d'art richement encadrées avaient l'air originales et hors de prix. Je m'approchai d'un tableau qui me semblait familier.

— C'est un Van Gogh ?

Il représentait un vase de tournesols, même s'il ne s'agissait pas du plus connu.

Rafe arriva derrière moi.

— Oui. Je l'ai acheté à Paris, il y a des années. Son travail n'était pas populaire à l'époque, mais je trouvais qu'il avait un petit quelque chose.

— Tu lui as trouvé un petit quelque chose, répétai-je faiblement.

— Si les impressionnistes t'intéressent, j'ai toute une collection privée chez moi.

Je me tournai vers lui, stupéfaite.

— Chez toi ? Mais tu n'habites pas ici ?

— Non. J'ai une maison près de Woodstock, mais j'ai passé plus de temps ici ces derniers temps.

Sylvia gloussa non loin de là.

— Pour des raisons évidentes, dit-elle.

Je la regardai en attendant la suite, mais Mamie lui répondit :

— Voyons, Sylvia. Laisse-les tranquilles.

Je jetai un rapide coup d'œil à Rafe, qui ne réagit pas. Il me poussa vers le coin salon.

— Viens, ta grand-mère a hâte de t'entendre parler de ton premier jour.

Je me demandai s'ils avaient exercé la force brute pour l'empêcher de débarquer dans la boutique en plein jour. Connaissant Mamie, c'était certainement le cas.

À travers une arche, j'aperçus une série de réfrigérateurs en acier inoxydable d'allure très moderne. J'avais l'impression que leurs réserves de sang étaient conservées ici.

Une télévision grand écran un peu incongrue trônait dans un coin et un ordinateur dernier cri sur un magnifique bureau ancien. Alors que je me dirigeais vers le canapé, mes pieds s'enfoncèrent dans le plus pelucheux des tapis persans. Je ne vis aucune rangée de cercueils, mais plusieurs arches partaient de cette chambre principale et j'imaginais que les chambres à coucher se trouvaient juste derrière.

Nyx frôla mes chevilles et je me penchai pour la prendre. Elle avait sans doute peur. En réalité, peut-être était-ce moi qui avais un peu peur. Je n'avais pas apporté l'ail, l'eau bénite ni le crucifix avec moi. Tout ce que j'avais pour dissuader les vampires, c'était une croix en argent sur une chaîne autour de mon cou. Je me doutais que, contre un nid de vampires affamés, une chaîne en argent et un chaton fougueux ne constitueraient pas une grande protection.

Mais Mamie était là, et elle ressemblait plus à la grand-mère que j'avais toujours connue qu'à un vampire. Elle semblait si heureuse de me voir.

— Viens t'asseoir, me dit-elle.

Elle me conduisit vers un canapé en velours d'un rouge profond. La couleur du sang, me dis-je en m'y enfonçant.

— Rafe ? Avons-nous un rafraîchissement à offrir à Lucy ?

— Bien sûr, répondit-il en retrouvant ses bonnes manières.

Il se dirigea vers un beau meuble au bois sculpté et ouvrit la porte. Il y avait un ensemble de verres en cristal et une unique bouteille de Harvey's Bristol Cream. Mes appréhensions retombèrent lorsque Rafe et moi échangeâmes un regard. Ils avaient son sherry préféré en stock, ce qui laissait supposer que ma grand-mère était déjà venue ici lorsqu'elle était encore humaine.

Il me servit un verre et me l'apporta.

— J'aimerais beaucoup me joindre à vous, dit Mamie,

mais mon estomac n'est pas très bien depuis mon changement.

Elle avait baissé la voix pour prononcer ce dernier mot, et dans un autre contexte, je me serais dit qu'elle faisait référence à la ménopause. En l'occurrence, il s'agissait d'un changement de vie bien plus radical.

Je levai mon verre pour porter un toast silencieux et je bus le liquide épais et sucré. Puis je reposai le verre et me tournai vers elle.

— La journée a été formidable. Beaucoup de clients sont venus et m'ont raconté des anecdotes sur toi, la façon dont tu leur as appris à tricoter ou les commandes spéciales que tu passais pour eux. Il est même arrivé qu'une mère et sa fille viennent ensemble et m'apprennent que tu leur avais appris à tricoter à toutes les deux, à différentes époques. Tes clients t'aimaient.

Je lui remis la liasse de cartes et de messages de condoléances que j'avais apportée. Elle parcourut chacun d'eux avec plaisir, lisant les morceaux choisis à haute voix. Je ne voulais pas gâcher ce moment, mais je devais demander pour Rosemary.

Pendant que je racontais ma conversation avec la cliente qui croyait que Rosemary avait été renvoyée, Mamie secoua la tête, visiblement perplexe.

Sylvia se rendit dans la cuisine. J'entendis un réfrigérateur s'ouvrir, et un instant plus tard, elle revint avec deux tasses dépareillées, le genre que l'on trouve dans la plupart des chaînes de cafés. Elle en tendit une à Mamie et s'assit en face de moi, repliant ses jambes sous ses fesses. C'était étrange de voir ces femmes, qui venaient manifestement de se réveiller, boire ce qui, dans le monde d'en haut, serait l'équivalent du café.

Ma grand-mère sirota le sien avec reconnaissance. Apparemment, elle semblait trouver le goût parfaitement acceptable. Clara arriva à son tour, bâillant elle aussi. Elle portait une épaisse robe de chambre en éponge rose avec le nom d'un hôtel et d'un spa haut de gamme brodé sur le revers. Aux pieds, elle avait de moelleuses pantoufles roses tricotées.

En me voyant, elle poussa un cri de joie.

— Oh, tu portes le chandail. Ma chère, il te va à ravir.

Elle agita les mains de bas en haut, me faisant signe de me lever. Je m'exécutai et tournai sur moi-même pour qu'elle puisse admirer son œuvre. Elle était rayonnante.

— Je n'en reviens pas que le rendu soit aussi réussi.

— Il me plaît beaucoup. Vous ne croiriez pas le nombre de clients aujourd'hui qui sont venus me voir pour m'interroger sur ce pull et qui ont ensuite voulu tricoter exactement le même.

Elle gloussa d'un air légèrement supérieur.

— Eh bien, ils ne pourront pas tricoter le même, parce que je l'ai conçu exprès pour toi.

— Je sais. C'est comme de l'art à porter. Mais on a trouvé un modèle beaucoup plus simple et on en a vendu une demi-douzaine aujourd'hui, en plus de toute la laine.

Je précisai pour Mamie :

— Je vais devoir passer une nouvelle commande ce soir si on veut continuer.

— Quelles sont les recettes du jour ? s'enquit-elle.

Je lui répondis et elle tapa dans ses mains avec plaisir.

— D'habitude, on ne voit de journées comme celle-ci

qu'en novembre et en décembre, quand les tricoteuses se préparent pour Noël.

Nous nous étions éloignées du sujet de l'assistante potentiellement congédiée, mais je remis rapidement la conversation sur les rails.

Mamie avait l'air déboussolée.

— Vraiment ? Cette femme a dit que Rosemary ne travaillait plus là-haut ?

Elle se frotta les tempes comme si elle pouvait masser sa mémoire pour la remettre en place. Clara dit d'une voix douce :

— Tu ne t'en souviens pas, Agnès ? Tu étais bouleversée. Tu nous as dit à l'une des réunions du club de tricot que tu avais dû te séparer de ton assistante.

Elle secoua la tête.

— Non. Je ne m'en souviens pas. Pourquoi aurais-je viré Rosemary ? Elle a travaillé pour moi pendant des années.

— Tu n'as pas donné de détails. Je pense que tu avais encore une certaine loyauté envers elle et que tu refusais de colporter des commérages dans son dos.

Clara avait l'air déçue. Visiblement, elle aurait aimé accompagner son tricot de quelques ragots croustillants.

Quant à moi, j'aurais aimé qu'elle me dise tout, car je voulais savoir si je devais chercher une nouvelle assistante.

— J'ai demandé à Rosemary de revenir. Elle a été très efficace aujourd'hui, et bien sûr, elle connaît la moitié de la clientèle et elle sait où se trouve chaque chose. Mais j'ai porté moi-même l'argent de la journée à la banque et je ne lui donnerai pas la clé de la porte.

Je faisais mon possible pour limiter les dégâts que cette

femme pouvait causer, mais je devais garder un œil attentif sur elle.

Rafe intervint :

— Agnès a viré Rosemary parce qu'elle piquait dans la caisse.

— Vraiment ?

— Pour fournir son fils en drogue. C'est un toxico, mais c'est la seule personne à qui elle tient plus qu'à elle-même.

Mamie soupira.

— Pauvre Rosemary. Ce fils n'a été qu'une source de problèmes pendant des années. Je ne me rappelle pas l'avoir renvoyée, mais si elle volait, c'est bien normal.

— Comment l'as-tu appris ? demanda Clara à Rafe, visiblement vexée que Mamie se soit ouverte à lui et non à elle.

— Tu serais surprise de tous les gens que je connais dans cette ville. Et les gens parlent.

Je bus un peu plus de sherry en me demandant si je ne pouvais pas leur apporter une bouteille d'une boisson que j'appréciais mieux pour nos futures rencontres, à supposer que je sois invitée à revenir. Quand je levai la main, Mamie me dit :

— Oh, c'est bien. Tu as trouvé mon vieux rubis.

Immédiatement, je me sentis coupable.

— J'avais le droit de le mettre ? Il était dans ta boîte à bijoux et je l'ai pris pour me porter chance aujourd'hui. Tu veux le récupérer ?

— Non. Je veux que tu le portes. Il te préviendra quand tu seras en danger. Ne le quitte jamais.

Voilà qui attirait mon attention.

— Comment ça, il me préviendra, Mamie ?

— Il sera chaud sur ta main, et parfois, si tu regardes

attentivement, il y aura une légère lueur que toi seule pourras voir.

Oh, bon sang.

— C'est exactement ce qui s'est passé quand Rosemary est arrivée ce matin.

L'impensable me vint à l'esprit. Rosemary pouvait-elle être si furieuse contre Mamie de l'avoir renvoyée et d'avoir suggéré que son fils était un bon à rien qu'elle l'avait tuée ? Oh non, j'avais laissé cette femme revenir dans la boutique et je la payais ! *Bien joué, Lucy.*

Mamie me dit :

— J'ai toujours fait confiance à Rosemary, mais si elle déclenche la bague, tu dois te méfier.

Mon pouce remonta instinctivement vers ma bouche.

— Dois-je lui dire de ne pas revenir ?

Elle m'avait sauvé la mise aujourd'hui et je redoutais de devoir me débrouiller seule.

Mamie regarda Rafe, qui se dirigeait vers le bureau et l'ordinateur. Je me sentais en colère. Je ne lui avais rien demandé. Pourquoi tout le monde le regardait comme s'il savait tout sur tout ? C'était agaçant. Surtout qu'il avait vraiment l'air de tout savoir. *Je trouvais que Van Gogh avait un petit quelque chose.* Sérieusement ?

Après réflexion, Rafe dit :

— Tant que tu gardes un œil sur elle et que tu n'oublies pas qu'elle n'est pas ton amie, je pense que tout ira bien. Il y a des clients qui entrent et sortent de cette boutique toute la journée. Que peut-elle bien faire ?

J'étais d'accord avec lui. Son conseil était bon, ce qui m'ennuyait, car j'avais prévu de faire tout le contraire de ce qu'il aurait décrété.

— Il y a autre chose dont je veux discuter avec vous, leur dis-je.

Rafe s'était assis, mais en entendant mon intonation grave, il se retourna sur son siège pour me regarder. Mamie, Sylvia et Clara étaient rassemblées tout autour. Nyx aussi vint se pelotonner sur mes genoux.

— Un homme est venu au magasin aujourd'hui. Il s'appelle Richard Hatfield.

Je regardai ma grand-mère pour voir si elle connaissait ce nom, mais elle se contenta de hocher la tête pour m'encourager à poursuivre.

— Il dit qu'il veut acheter ton magasin. En fait, il a l'intention d'acheter toutes les boutiques de notre rue. Il a promis de les conserver en l'état. D'après lui, tu avais déjà accepté de lui vendre la tienne, mais tu n'as pas eu le temps de signer un contrat avant...

Mes mots restèrent suspendus. J'étais incapable de terminer cette phrase.

Mamie regarda les autres avant de demander, perplexe :

— J'avais accepté de vendre la boutique, moi ?

En secouant la tête, elle ajouta :

— Je ne me souviens pas d'avoir accepté une chose pareille. Bien sûr, je ne me rappelle pas grand-chose de la période qui a précédé ma mort, mais je n'aurais jamais vendu cette boutique.

Elle se tourna vers moi et me tendit la main. J'étais certaine qu'un jour, je m'habituerais à ses mains glacées.

— Je voulais qu'elle te revienne.

— Alors, il ment.

— Sois prudente avec lui, Lucy, intervint Rafe. J'ai eu beaucoup de temps pour apprendre à juger les humains, et celui-là est un homme mauvais qui prétend être l'ami de tout le monde. C'est le genre de type qui tuerait pour obtenir ce qu'il veut, tout en te souriant. Le magasin t'appartient, maintenant, c'est à toi de veiller à ce qu'il ne tombe pas dans de mauvaises mains.

Revoilà son caractère autoritaire. Il était grand temps de lui dire que je prenais moi-même mes propres décisions. Je n'étais pas l'un de ses serviteurs vampires.

— C'est un magasin de tricot, pas un arsenal nucléaire. Je pense que je devrais explorer toutes les options.

À Mamie, je posai la question qui me tracassait le plus.

— Pourquoi m'as-tu légué la boutique ? Et pas à maman ?

Elle sourit.

— Ta mère est ma fille, et je l'aime. Mais elle s'intéresse bien plus aux objets historiques qu'elle déterre qu'à la gestion de *Tricotti Tricotta*. Elle ne tiendrait jamais une boutique de tricot, pas plus qu'elle ne volerait jusqu'à la lune. Toi, par contre, j'ai toujours su que ta place était ici.

Elle avait parlé avec une telle conviction que je me sentis pitoyable d'hésiter encore quant à ce que je voulais faire de ma vie. Tenir une boutique de tricot n'avait jamais fait partie de mes projets. Je ne voulais pas la vexer, mais je devais dire quelque chose.

— Mamie, je ne suis pas sûre d'être faite pour diriger l'atelier.

Sa paume froide me tapota la main.

— Ma fille chérie, tu as un destin. Tu viens d'une lignée de sorcières fières et renommées. Tu ne peux pas rejeter ton destin, pas plus que tu ne peux...

— ... voler jusqu'à la lune, terminai-je à sa place.

Elle gloussa.

— Exactement.

— Je ne sais même pas comment être une sorcière.

Cela dit, je n'allais pas prendre la parole d'une vampire fraîchement transformée comme un conseil de carrière en or massif.

— Je ne devrais pas savoir m'y prendre ?

Mamie avait l'air triste.

— Imagine que tu sois née pour chanter, et que chaque fois que tu ouvres la bouche et chantes une note, tu sois critiquée ou grondée. Que se passerait-il ?

Les souvenirs commencèrent à se former en moi, comme la brume sur une prairie au petit matin. Ces moments où j'avais parlé à maman de mes rêves lucides, mais où elle m'avait demandé de sortir la tête des nuages. Quand j'avais ressenti certaines choses et essayé de les expliquer, pour m'entendre dire que j'étais stupide.

— Je chantais tout bas sous la douche.

— Exactement. Et sans pratique, ta voix est restée faible. Tes parents voulaient bien faire, mais ils ont étouffé cette partie de toi, comme s'ils pouvaient empêcher la magie d'apparaître. Maintenant que tu es libre, et avec un peu d'encouragement, tes pouvoirs ont hâte d'être utilisés. Tu ne les sens pas ? En tout cas, Nyx les ressent, elle. En dehors de la bague qui brille, as-tu perçu d'autres signes ?

— J'ai eu de l'électricité qui sortait du bout de mes doigts quand j'étais en colère.

— Excellent. Tout ce dont tu as besoin, c'est un peu d'entraînement. J'ai conservé le grimoire pour toi, le livre de sortilèges de notre famille. Tout ce qu'il te faut savoir se trouve dans ce livre.

— C'est génial, Mamie. Il y a juste un petit problème.

Elle hocha la tête.

— Je sais, il est entouré d'un sort de protection. Tu ne peux pas ouvrir le livre tant que tu n'as pas trouvé comment annuler ce sort.

— Bon, alors je crois qu'il y a deux petits problèmes. Je dois trouver un sort, et le livre a disparu.

HESTER, l'adolescente de quatre cents ans, entra en bâillant. Elle portait un pyjama à carreaux et un sweat à capuche noir en guise de robe de chambre. Je me demandai comment sa vie avait pu être écourtée si jeune. Elle jeta un coup d'œil autour d'elle et sa moue habituelle revint sur son visage.

— Qu'est-ce qui se passe ? J'ai fait la grasse matinée. Quelqu'un aurait dû me réveiller. Pourquoi est-ce que je rate toujours tout ?

Elle posa sur moi un regard suspicieux.

— Qu'est-ce qu'elle fiche ici ?

Je me demandais comment les autres la supportaient, mais Clara se contenta de dire :

— Tu n'as rien raté, ma chérie. De toute manière, Lucy possède la boutique maintenant. Nous allons souvent la voir. Tu devrais peut-être lui tricoter une paire de ces chaussons que tu fais si bien.

La fille leva les yeux au ciel en grommelant :

— Oui, c'est ça. Je m'y mets tout de suite.

— Une période difficile, l'adolescence, commenta Clara en aparté.

Bien sûr, la plupart des adolescents finissaient par sortir

de l'âge ingrat, mais je la soupçonnais d'être coincée dans ces tourments pour l'éternité.

Je me levai, soulevant le chat de mes genoux.

— Je ferais mieux d'y retourner. Je dois passer notre commande si on veut avoir assez de stock pour honorer toutes ces demandes.

Mamie se leva pour me dire au revoir et me serra dans ses bras.

— Merci de m'avoir apporté toutes ces cartes. Elles vont me remonter le moral quand j'aurai le cafard.

Je me demandais bien comment une collection de cartes de condoléances à l'occasion de sa propre mort pouvait la réjouir, mais je me gardai de tout commentaire. Alors que je me dirigeais vers la lourde porte en chêne, Rafe se leva à son tour.

— Je te raccompagne à la boutique.

Je le regardai avec surprise. Le trajet était plutôt court. Quelque chose dans son expression me donnait envie de l'esquiver. Il me contourna et, dans un geste alambiqué, il tourna la poignée et ouvrit la porte tout en douceur.

Nous retournâmes dans le tunnel sous le magasin et nous dirigeâmes vers les escaliers.

— Tu ne devrais pas descendre ici toute seule. Appelle-moi la prochaine fois et je t'escorterai.

J'étais franchement perplexe, et cela dut se voir sur mon visage, car il ajouta :

— Nous ne sommes pas les seules créatures que tu pourrais rencontrer ici. Il vaut mieux que je vienne avec toi.

Si je voulais réussir à fermer l'œil ce soir, je n'avais aucune envie de savoir quelles autres créatures pouvaient se cacher sous les lattes de mon plancher. Je hochai la tête sans rien dire, puis je gravis les marches, consciente qu'il me suivait. J'avais laissé la trappe de l'arrière-boutique ouverte pour pouvoir y retourner facilement. Après m'être hissée par l'ouverture, je me tournai pour le remercier, mais il était déjà à côté de moi.

— Il est important de garder cette trappe fermée à tout moment. En temps normal, nous la fermons à clé. Pour notre sécurité à tous.

Sur ce, il s'agenouilla et me montra l'ingénieux mécanisme qui la verrouillait. Il m'expliqua qu'un levier similaire fonctionnait de l'autre côté, de sorte qu'il pouvait être ouvert par le haut et par le bas. Je crus qu'il allait s'en aller, mais il ajouta :

— Ta grand-mère n'avait pas l'intention de vendre sa boutique. Je n'ai rien dit devant elle, car je n'aime pas lui rappeler qu'il lui manque des pans entiers de sa mémoire, mais je peux t'assurer qu'elle a dit non à cet arriviste de Richard Hatfield, à plusieurs reprises.

— Vraiment ? Ce n'est pas l'histoire qu'il m'a racontée. D'ailleurs, Miss Watt pensait que ma grand-mère hésitait, mais qu'elle était plutôt pour, et les Wright sont persuadés qu'elle allait vendre. On dirait qu'ils sont tous d'accord.

Il secoua la tête avec véhémence.

— Les trois autres propriétaires ont tous leurs propres raisons de vouloir cet argent. Mais ta grand-mère était déterminée à conserver sa boutique pour toi.

Je haussai les sourcils d'un air dubitatif.

— Et pour vous, aussi, dans le sous-sol.

Il l'admit avec un petit hochement de tête.

— Je me suis dit qu'elle pourrait être intéressée, repris-je, puisqu'il insiste pour laisser les magasins dans leur jus. Il semble porter sur eux un regard nostalgique.

Rafe eut un ricanement rauque et prononça une phrase que je n'avais jamais entendue auparavant.

— Qu'est-ce que tu as dit ?

— Tu as l'ouïe fine. J'ai dit *bovis stercus.* C'est le terme latin pour excrément de taureau.

Je levai les yeux au ciel.

— Il n'y a qu'à Oxford qu'on entend ça.

Cela dit, il était probable qu'il avait appris cette phrase dans la Rome antique, à l'époque où l'on parlait latin tous les jours.

— L'un de vous ment, apparemment. Comment savoir lequel ? Vous avez tous les deux quelque chose à gagner.

— Exige de Richard Hatfield une promesse écrite qu'il ne changera pas ces vieux magasins et tu verras sa réaction.

J'étais fière de moi, parce que j'avais posé cette même question à Richard Hatfield.

— C'est déjà fait. Il jure qu'il achète seulement pour faire un investissement.

Il hocha la tête sans hésitation.

— Oh, pour un investissement, c'est bien un investissement. Il prévoit de rénover l'intérieur et de transformer tout le rez-de-chaussée en restaurant haut de gamme. Les appartements à l'étage seront vidés et transformés en appartements de luxe.

— Comment le sais-tu ?

— J'ai des sources. J'ai vu les plans. Je peux même te les montrer. Ne sois pas naïve. Cet homme n'a aucune intention de préserver ces vieilles boutiques. Une telle propriété sur tout un pâté de maisons, ça représente une fortune pour un promoteur.

— J'imagine.

Il me dévisagea comme s'il pouvait lire dans mes pensées.

— C'est difficile pour toi. Tu as eu beaucoup de choses à assimiler en peu de temps. Perdre ta grand-mère, découvrir que sa mort n'était pas un accident, apprendre que tu as tes propres pouvoirs...

Lorsque je secouai la tête et levai les mains comme si je pouvais physiquement repousser ses paroles, il esquissa un petit sourire.

— En plus de ça, tu as maintenant un promoteur qui te fait une offre bien trop belle pour être vraie. Je te conseille, en tant que vieillard beaucoup plus expérimenté, de ne pas te précipiter. Prends ton temps. Les choses s'arrangeront d'elles-mêmes.

Il avait parlé avec une telle douceur et une telle compréhension que je sentis la tension de mes épaules se relâcher.

— Tu as l'air fatiguée. Et si tu essayais de te coucher tôt ?

— Oui, dès que j'aurai passé la commande.

Je pensais qu'il allait m'en dire plus, mais il se contenta d'un simple :

— Bonne nuit.

Sur ce, il referma la trappe et disparut dans les tunnels. J'entendis le déclic caractéristique de la serrure et je ramenai le tapis par-dessus.

Enfin, je retournai dans la boutique, Nyx sur mes talons. Je me sentais fatiguée et un peu dépassée par les événements. Mais si je devais diriger *Tricotti Tricotta*, il me fallait du stock. Si les jours suivants étaient aussi bien remplis que celui-ci, nos étagères seraient bientôt vides sans réassort. Je devais à ma grand-mère de faire le maximum pour bien gérer son magasin.

J'allai chercher mon ordinateur à l'étage avec l'intention de passer la commande en utilisant les notes que j'avais prises dans le livre de grand-mère. Si je restais plus longtemps, j'informatiserais tout le système. Pour l'instant, le gros volume relié en cuir ferait l'affaire. Comme ma grand-mère le disait toujours, cette méthode avait bien fonctionné pendant les cinquante dernières années. Nul doute qu'elle continuerait à fonctionner parfaitement pendant encore quelques mois.

Je ne savais pas à quand remontait sa dernière commande, ni quelles quantités elle prenait habituellement. Je revins sur les derniers mois pour me faire une idée de la fréquence de ses commandes et des articles les plus populaires. Rosemary et Mamie avaient toutes deux écrit sur ces pages, mais la dernière trace de Rosemary remontait à près de trois mois.

Tout était silencieux. On n'entendait que le frottement de mon stylo sur le papier et le tapotement de mes doigts sur les touches. Nyx monta d'un bond sur le comptoir et s'amusa à marcher sur mon clavier pendant que j'écrivais.

J'essayais de déchiffrer l'écriture de ma grand-mère. Ce devait être l'une des dernières commandes qu'elle avait inscrites dans le livre, et elle n'avait pas encore été envoyée à notre fournisseur. J'étais penchée en avant, louchant sur ses lettres en pattes de mouche. S'agissait-il de deux écheveaux d'angora filé à la main ou de douze ?

Nyx était assise à côté, au-dessus du livre comme si elle le lisait, elle aussi, quand soudain, elle se raidit, leva la tête et regarda derrière moi, les yeux ronds.

J'entendis un bruissement dans mon dos et je m'emparai de la seule arme accessible, un parapluie rangé sous le comptoir. Je fis volte-face, brandissant le parapluie comme une machette, prête à me battre. L'énergie bourdonnait au bout de mes doigts.

Mamie fit un bond en arrière.

— Oh, ma chérie. Je t'ai fait peur.

Je reposai aussitôt le parapluie avec un rire chevrotant.

— Excuse-moi. Ça me met un peu à cran de savoir que tu as été agressée ici même.

— Je suis contente de te voir sur tes gardes, mais ta magie est plus forte qu'un vieux parapluie. Viens. Je te donne ta première leçon.

— D'auto-défense ?

— De magie.

— Mais je ne trouve pas le livre de sortilèges.

Elle balaya cette objection.

— Les livres ne font pas tout. Bon, par quoi commencer ?

Elle se promena un moment dans le magasin, fourrant son nez dans des paniers au hasard un peu comme mon chat. Je me disais qu'elle appréciait d'être de retour dans la boutique et qu'elle se réjouissait de tous ces articles vendus aujourd'hui.

— La meilleure aide que tu puisses m'apporter, lui dis-je, ce serait de m'aider à savoir ce que je dois commander.

— D'abord, je veux que tu réorganises le magasin.

J'avais dû mal l'entendre.

— Mais ton système fonctionne très bien.

— On pourrait tout remettre en place. Amusons-nous un peu.

Réagencer tout le magasin et chambouler cet ordre

immuable ne me semblait pas être une partie de plaisir. J'avais passé la journée debout. Nous en aurions pour toute la nuit si nous suivions son idée folle.

Elle me fit un clin d'œil puis, avec un mouvement circulaire de l'index, elle déclara :

— Que les bleus s'échangent avec les rouges.

Sous mon regard médusé, des pelotes de laine des deux couleurs mentionnées sortirent de leurs paniers et volèrent à travers la pièce, se croisant sans heurt lors de l'échange.

— Tu étais une sorcière et je ne m'en suis jamais rendu compte... chuchotai-je.

— Ta mère ne voulait pas que je t'en parle. Elle me l'a fait promettre avant de te laisser me rendre visite.

Avec un soupir, elle ajouta :

— Elle est des nôtres, elle aussi, mais elle ne veut pas reconnaître son pouvoir. Alors, elle s'efforce de le réprimer. Je m'inquiète pour elle. Ça la rend vulnérable. Elle travaille dans des zones reculées et cela devrait la garder en sécurité.

Contre quel danger, je me le demandais, mais j'étais plus intéressée par les pelotes de laine capables de voler.

— Comment as-tu fait ça ?

Et surtout, est-ce que je peux essayer ?

— Tu dois te concentrer et imaginer exactement ce que tu voudrais qu'il se passe. Puis, dis-le à haute voix.

— Je dois faire ce mouvement avec les doigts comme toi ?

— C'était pour l'esbroufe, mais si tu veux.

Je pris une grande inspiration, imaginant exactement ce que je voulais. Je ne me privai pas pour agiter l'index en cercle dans un geste particulièrement sorcier.

— Tout par ordre alphabétique, déclarai-je avec autant d'assurance que possible.

La même sensation refit surface dans mes doigts et, avec plus de discrétion cette fois, je vis un courant électrique bleu et blanc jaillir du bout de mes ongles. Tout mon corps fut saisi de frissons lorsque les pelotes de laine et les écheveaux s'élevèrent au-dessus de leurs paniers respectifs pour défiler en valsant dans les airs.

Avec enthousiasme, je vis la laine aran échanger sa place avec l'alpaga. Les pelotes flottaient doucement, prenant tranquillement leur place, lorsque les boutons fusèrent hors des étagères murales. Les crochets se détachèrent à leur tour. Je n'avais pas prévu un chamboulement total, rien que les laines.

Les yeux écarquillés, Nyx ne perdait rien de la scène. Je commençais à craindre d'avoir commis une erreur, avec toutes ces pelotes en l'air, les crochets qui virevoltaient et les boutons qui rebondissaient. La chatte sauta par terre lorsque les laines descendirent au ras du sol, comme des ballons de baudruche dégonflés. Elle se dressa sur ses pattes arrière pour frôler une pelote de mohair violet, puis se jeta sur un écheveau d'épais fil doré scintillant.

— Non, m'écriai-je alors que tout le stock de l'atelier de tricot se transformait en coffre aux trésors pour chaton joueur.

— Concentre-toi, m'intima Mamie. Essaie encore.

— Remontez, remontez, dis-je d'une voix forte en faisant tourner mon doigt vers le haut.

Obéissants, les pelotes et les écheveaux, les boutons et les aiguilles s'élevèrent dans les airs. La laine épaisse sous la patte de Nyx fut arrachée à ses griffes et remonta vers le plafond. Le chat bondit et s'y raccrocha, prenant de la hauteur avec la pelote. Je ne pouvais pas rire sous peine de perdre ma concentration et de causer un accident. Je devais garder mon esprit concentré sur ce classement par ordre alphabétique. La laine dorée dériva vers un panier, entraînant avec elle une Nyx ravie. La chatte se roula en boule et passa la tête par-dessus le rebord. Un fil de laine dorée pendait à son oreille comme un pompon.

— Tu as réussi, s'extasia Mamie en tapant dans ses mains.

— Je l'ai fait !

— Allez, essaie encore.

Cette fois, j'annonçai :

— Laines seulement.

Puis je les organisai selon les couleurs de l'arc-en-ciel. Rouge, orange, jaune, vert, bleu, indigo, violet. Ce fut efficace, à l'exception des fils panachés qui errèrent sans but dans l'arc-en-ciel ainsi formé jusqu'à ce que je les envoie dans leur propre panier.

Tout était rentré dans l'ordre quand Sylvia revint chercher Mamie pour leur sortie de minuit. Elle me serra dans ses bras avant de partir en disant :

— Si je ne peux pas t'apprendre à tricoter, je peux au moins t'apprendre à être une très bonne sorcière.

Voilà qui en disait long sur mes talents, si apprendre à tricoter des sorts était plus facile pour moi que de confectionner une simple écharpe.

CHAPITRE 14

*J*e me rendis à la boutique tôt le samedi matin, tout excitée par mes nouveaux pouvoirs et bien déterminée à trouver ce grimoire. J'espérais avoir une autre journée de vente aussi bonne que la veille.

Je portais le même chandail bleu qui avait remporté un franc succès, en supposant que j'aurais aujourd'hui une nouvelle ribambelle de clients à épater avec mon art vestimentaire. Mais lorsque j'entrai dans la boutique, mon pied heurta un autre sac contenant un autre pull. Je reconnus la laine, c'était un alpaga épais de couleur violette. Le vêtement était magnifique, avec un col dégagé et de grandes manches qui se refermaient sur de jolis poignets. Comme je portais un pantalon noir et une chemise blanche, je n'eus qu'à retirer mon chandail bleu pour glisser le nouveau par-dessus ma tête. Écartant mes cheveux du col, je les laissai flotter librement sur mes épaules.

Je pris le pull bleu que je portais la veille et le disposai sur un cintre, que je plaçai bien évidence contre le mur. J'avais le sentiment que, très bientôt, mes murs seraient recouverts des plus beaux tricots que des doigts ingénieux et agiles puissent concevoir. Je me pavanai comme un top model, comme si la boutique était mon podium. Prenant la pose devant Nyx, je lançai :

— Je suis la Naomi Campbell du cardigan.

Nyx répondit par un bâillement à l'haleine de thon.

Rosemary arriva avec quelques minutes de retard, mais je ne le lui reprochai pas en voyant ses yeux gonflés, soit par le manque de sommeil, soit par les pleurs.

— Est-ce que tout va bien ?

Sa réponse fut plus hargneuse que je ne l'aurais cru :

— Pourquoi ça n'irait pas ?

Dorénavant, je tâcherais de garder ma compassion pour moi. Heureusement, nous n'eûmes pas le temps d'en dire plus, car notre première cliente arriva sur ces entrefaites. Elle désigna le pull-over sur le mur, celui que je portais la veille.

— Je l'ai vu sur votre page Facebook. Il est si joli que j'ai décidé de me tricoter quelque chose pour changer. Je tricote toujours pour les autres, mais ce pull sera pour moi. Il fait froid dans le laboratoire où je travaille.

Je dus lui expliquer à regret que toute la laine avait été vendue hier, mais que j'avais une nouvelle commande qui devait arriver mardi. Elle regarda alors celui que j'arborais fièrement.

— Et celui-là ? Auriez-vous la laine en stock ?

Oh, nous avions beaucoup de laine d'alpaga en réserve. Je me demandai si c'était l'idée de grand-mère de m'équiper d'un pull mettant en valeur les laines dont nous disposions à foison. Quoi qu'il en soit, je la félicitai en silence.

Bien sûr, je m'y connaissais si peu en tricot que je confiai aussitôt la cliente à Rosemary, qui s'était ressaisie. Elle entreprit de fouiller parmi ses patrons pour trouver quelque chose qui se rapprochait de ce que je portais, tandis que la femme collectait joyeusement des pelotes violettes.

Si la journée ne fut pas aussi chargée que la précédente, elle fut tout de même très animée. Je venais d'accepter un pot de gelée de coing maison offert par une cliente de longue date qui gardait de bons souvenirs de ma grand-mère, l'ajoutant à la collection de cartes et de petits cadeaux, lorsque mes narines frémirent. Un subtil mélange de lavande et de sauge brûlée me parvenait. Jetant un œil autour de moi, je me retrouvai nez à nez avec une femme au physique inhabituel.

Elle avait à peu près mon âge, avec de longs cheveux noirs qu'elle avait coiffés en une longue tresse sur son épaule. Sa frange était rouge vif, rose et mauve, des couleurs bariolées que l'on retrouvait également dans l'une de ses mèches. Ses yeux étaient ronds et brillants, presque comme deux boutons noirs, et ses lèvres aussi rouges que ses cheveux. Quant à son style vestimentaire, il ne passait pas inaperçu : des bottes noires, une jupe noire ample et une veste tout aussi large tissée de rouge et de noir. Mais ce qui attira mon attention, ce fut son collier. Suspendu au bout d'une chaîne dorée se trouvait un rubis, serti dans un filigrane en or. On aurait dit ma bague.

Ses talons hauts produisaient comme des claquements de doigts alors qu'elle s'avançait.

— Lucy Swift ?

— C'est moi.

J'étais certaine de n'avoir jamais vu cette femme de ma vie et je me demandais comment elle connaissait mon nom.

— Je m'appelle Violet Weeks.

Violet Weeks était la fameuse cousine dont j'ignorais

l'existence. Celle qui s'était chargée des funérailles de Mamie.

— Alors, tu es réelle ?

Il me semble avoir déjà précisé que je lâchais des bêtises quand j'étais nerveuse.

Elle parut décontenancée par ma question, mais choisit de s'en amuser. Levant les deux mains, elle les tendit comme un magicien faisant sortir un lapin d'un chapeau. Des bracelets en argent cliquetaient à ses poignets et elle avait plus de bagues que de doigts, si bien qu'elle en avait enfilé deux à chacun.

— Je suis bien réelle et je crois que nous sommes cousines.

— Je ne veux pas être impolie, mais je n'ai appris que j'avais une cousine qu'après le décès de ma grand-mère.

Elle ouvrit de grands yeux.

— Tu ne l'as jamais su avant ? Honnêtement ?

— Non. Tu étais au courant pour moi ?

Elle renifla.

— Bien sûr que oui. Nos grands-mères étaient sœurs, mais elles se sont disputées, j'ignore à quel sujet. Elles ne se sont pas parlé pendant des années, mais je savais que tu existais.

— Nous avons déménagé aux États-Unis quand j'étais petite, répondis-je.

Je n'avais jamais eu de grande famille, alors j'aurais sincèrement voulu me réjouir de retrouver cette cousine perdue de vue, mais Mamie n'était pas le genre de femme à écarter les gens de sa vie sans avoir une très bonne raison. Je ne connaissais pas grand-chose aux sorcières, mais je savais qu'il y en avait des mauvaises et des bonnes.

Je jetai un coup d'œil dans le coin pour m'assurer que Rosemary était occupée, puis je baissai la voix.

— Es-tu...

Qu'étais-je en train de faire ? Je ne pouvais tout de même pas demander à une parfaite inconnue si elle était une sorcière. Décidant d'y aller à tâtons, je lui demandai si elle était une Bartlett, avant de me rappeler que son nom de famille était Weeks.

Elle gloussa et me donna une pichenette sur le bras.

— Ce que tu veux vraiment savoir, c'est si je suis une *sorcière ?*

Elle baissa la voix sur ce dernier mot, employant une intonation sinistre qu'elle imprégna de tout le drame dont elle était capable – et c'était une vraie comédienne. Reprenant un ton normal, elle répondit à sa propre question :

— Bien sûr que j'en suis une. Tout comme toi.

Comment cette inquiétante jeune femme avait-elle su que j'étais une sorcière avant moi ? Je jetai un coup d'œil au rubis de son collier, qui ressemblait à ma bague, puis je lui montrai ma main.

— Ton collier et ma bague, ils sont assortis.

— Notre arrière-grand-mère, l'ancêtre que nous partageons, a séparé l'ensemble et a donné une pierre à chacune de ses filles. Pour être honnête, j'ai mis la mienne aujourd'hui pour savoir si tu étais mon ennemie ou pas.

Son collier devait donc avoir les mêmes propriétés que ma bague. En tout cas, elle avait raison, ma bague n'irradiait pas et n'était absolument pas chaude. C'était un soulagement de savoir que cette sorcière ne me voulait aucun mal.

— J'espère que nous pourrons être amis. En fait, je ne suis à Oxford que pour la journée. Et si je revenais après la fermeture ? Nous pourrons monter à l'étage, tu me raconteras ta vie et moi la mienne. J'apporterai même du vin.

Mon esprit s'emballa. Même si ma bague ne déclenchait pas d'alarme, son comportement s'en chargeait. Tout en me parlant, son regard vagabondait dans la boutique, comme si elle cherchait quelque chose. Sans compter qu'elle ne m'avait pas proposé de nous retrouver autour d'un verre dans un pub comme la plupart des gens lorsqu'ils se rencontraient. Non, elle voulait monter chez moi. Pour quelle raison ? Si ma grand-mère n'avait pas voulu que je connaisse l'autre côté de ma famille, je devais absolument savoir pourquoi.

— J'aimerais beaucoup qu'on se voie, mais malheureusement, je suis occupée ce soir. Laisse-moi ton numéro de portable et je t'appellerai.

La contrariété transparut sur son visage comme un nuage masquant le soleil et elle me parut tout à coup beaucoup moins amicale. Mais son expression ne tarda pas à s'éclairer. Avec un sourire forcé, elle dit :

— Bien sûr. Nous trouverons un moment. Je te présenterai à mon assemblée quand tu seras prête.

Oh, génial.

Je saisis son numéro dans mon portable en promettant de l'appeler. Avant qu'elle ne parte, je lui dis :

— Attends. C'est toi qui as organisé l'enterrement de Mamie ?

— Oui. J'ai essayé de trouver ta mère, mais l'université n'a pas réussi à la joindre. Le téléphone de ta maison dans le Massachusetts avait un répondeur, alors j'ai laissé plusieurs messages.

— Ce n'est pas grave. Je sais que nous sommes difficiles à

joindre. Je me demandais où Mamie avait été enterrée, c'est tout.

— Oh, à Moreton-under-Wychwood. Tu devrais venir me rendre visite. Je t'y emmènerai. Beaucoup de membres de notre famille sont enterrés là-bas.

Je perçus son plaisir quand elle prononça « notre famille ».

— Je le ferai.

— Appelle-moi, lança-t-elle avant de prendre congé. Et que Dieu te bénisse.

Le reste de la journée s'écoula tranquillement. Nous étions bien occupées. J'aimais aider les clients et écouter d'autres histoires sur Mamie. Malgré tout, travailler dans une boutique de tricot sans savoir tricoter était un véritable handicap. J'étais déterminée à me faire la main. Un membre du club de tricot des vampires se dévouerait sûrement pour m'apprendre.

À la fin de la journée, je me retournai pour poser une question à Rosemary et je la surpris en train de sortir des billets de la caisse. Après cette journée chargée, il y en avait un certain nombre.

— Que faites-vous ?

— Je prépare le dépôt, répondit-elle avec une fausse désinvolture. La banque est sur mon chemin, ça ne me pose pas de problème.

Elle avait l'air presque aux abois. Ses yeux s'arrêtèrent sur la vitrine, derrière laquelle j'aperçus son fils au tatouage de pitbull. Il nous fixait, les paupières plissées par la fumée de sa cigarette roulée. Lorsque nos regards se croisèrent, ma bague s'embrasa comme si le bout de son mégot s'était suffisamment rapproché pour me brûler le doigt.

— Ça ne me dérange pas, lui dis-je. J'aime bien me promener un peu, de toute façon. Je m'en charge, rentrez chez vous.

Je crus qu'elle allait pleurer ou protester, mais au lieu de quoi, ses épaules s'affaissèrent et elle hocha la tête.

— À lundi, alors.

Si j'avais eu plus de cran, je lui aurais dit de ne pas se donner la peine de revenir lundi, ni mardi ni même le 36 du mois. Elle était bien trop impatiente de mettre la main sur cet argent, sans compter que son fils et elle faisaient chauffer ma bague et que ma grand-mère l'avait déjà renvoyée une fois. Pourtant, en dépit de tout cela, je ne pouvais pas m'y résoudre. Elle avait l'air si abattue. Je me disais que si je gardais un œil sur elle et sur les billets, nous pouvions nous en sortir.

Elle alla retrouver son fils à l'extérieur, et alors qu'ils s'éloignaient côte à côte dans la rue, j'eus l'impression qu'ils se disputaient à nouveau.

À peine Rosemary eut-elle disparu que l'on frappa à la porte que je venais de verrouiller quelques instants plus tôt, et sur laquelle j'avais apposé le panneau « fermé ». J'y jetai un coup d'œil furtif. Sidney Lafontaine, l'agent immobilier. Je me demandai si je devais l'ignorer, mais elle s'écria :

— Bonjour, Lucy. Votre petit chat est si adorable dans sa vitrine.

Que pouvais-je faire ? J'ouvris la porte en essayant de paraître déterminée.

— Nous venons de fermer, malheureusement.

À l'évidence, je n'étais pas très douée pour la fermeté. La femme me frôla en passant.

— Je ne resterai pas longtemps, mais j'ai apporté le contrat et le premier paiement.

Elle posa sa mallette sur mon comptoir, comme si les lieux lui appartenaient déjà, et elle en sortit une liasse de documents ainsi qu'une traite bancaire. Elle m'adressa un grand sourire, de ces sourires ultra-bright que l'on voit souvent à Los Angeles et presque jamais en Angleterre.

— Richard Hatfield s'intéresse beaucoup à vous. Sa devise est : « Faites des affaires avec des gens que vous appréciez, et les affaires seront toujours un plaisir. »

— Il devrait en faire un autocollant pour pare-chocs, commentai-je.

Elle gloussa comme si j'étais la plus drôle des humoristes.

— Voici la traite de cent mille livres. Il suffit de signer ici.

Elle sortit un stylo et feuilleta quelques pages. Il y avait plusieurs autocollants jaunes avec des flèches, qui m'indiquaient où signer et parapher. Je ne m'étais jamais sentie aussi manipulée. J'imaginais facilement que les personnes âgées puissent être intimidées par ces tactiques. Je l'étais moi-même un peu. Et cent mille en livres sterling, ce n'était pas de la petite monnaie.

J'avais mal à la mâchoire et je pris conscience que mes dents étaient bloquées. Je m'efforçai de me détendre avant de répondre :

— Je n'ai pas encore pris de décision concernant la vente.

— Oh, mais tous les autres ont signé. L'accord tombera à l'eau sans vous.

— Pourquoi ? Pourquoi M. Hatfield ne se contenterait pas de trois charmantes vieilles boutiques ? Pourquoi lui en faut-il quatre ?

Elle haussa les épaules.

— Les riches ont leurs caprices, vous savez. Acceptez l'argent, ma chère. Vous n'aurez jamais d'autre offre aussi intéressante.

— Je n'ai pas encore parlé à ma mère.

L'excuse familiale était la meilleure que j'avais.

Une fois de plus, elle partit d'un petit rire. J'allais devoir me lancer dans le stand-up si mon public était à son image.

— Nous savons toutes les deux que vous êtes la propriétaire maintenant.

Waouh, c'était rapide.

— Oui, mais j'aime discuter des questions importantes avec mes parents. Merci quand même d'être passée.

Je rejoignis la porte et l'ouvris en grand. Comme il n'y avait pas grand-chose à faire, elle remballa ses documents. En passant devant moi, elle me dit :

— Ne traînez pas trop longtemps. Je ne peux pas garantir que Richard ne passera pas à d'autres projets.

J'apportai le dépôt à la banque avant de faire un détour pour évacuer un peu ma frustration. Je passai devant des groupes d'étudiants qui allaient se promener, des touristes et des couples de sortie au restaurant. Tout à coup, je regrettai de ne pas avoir dit à ma toute nouvelle cousine que je passerais la soirée avec elle. Je me trouvais dans l'une des plus belles villes du monde et je n'avais personne avec qui aller dîner ou simplement passer un moment. Je ne regrettais pas mon ancienne vie, mais mes amis me manquaient. Si je devais rester, j'allais devoir m'en faire de nouveaux.

Je me pris un curry à emporter – et du thon pour Nyx –, avant de rentrer à la maison. Nous mangeâmes ensemble, puis le chaton fit la sieste pendant que je vérifiais mes e-mails.

Mon téléphone sonna. C'était ma mère. Enfin.

— J'ai de mauvaises nouvelles, lui annonçai-je après les banalités d'usage et après m'être assurée que papa allait bien. C'est Mamie.

J'eus la triste responsabilité de lui apprendre son décès, m'en tenant à la version édulcorée selon laquelle une crise cardiaque l'avait emportée dans son sommeil. Impossible de savoir si ma mère y croyait, car la communication était brouillée par la distance et le téléphone satellite qu'elle utilisait.

Le silence s'éternisa. Était-elle en train de pleurer ? Au bout d'un moment, elle me dit :

— Je suis désolée pour toi, Lucy. Tu étais si proche d'elle. Tu voudrais que je vienne à Oxford ?

J'hésitai. Je n'avais pas besoin d'elle et tant que nous n'aurions pas découvert qui avait failli assassiner Mamie, je ne voulais pas que ma mère se mette en danger.

— Je n'ai pas eu grand-chose à faire. Elle était déjà enterrée quand je suis arrivée.

Je lui demandai si elle connaissait l'autre branche de notre famille et elle marqua une autre pause.

— Oui, j'étais au courant, mais on habitait si loin, quel était l'intérêt de te parler de ces proches que tu ne rencontrerais probablement jamais ?

— J'ai rencontré ma cousine aujourd'hui. C'est elle qui s'est chargée des obsèques, puisque nous étions injoignables, toutes les deux.

— C'est gentil de sa part. Comment est-elle ?

— Elle avait l'air sympa.

J'ignorais comment décrire Violet. Nous avions parlé si brièvement que je ne savais rien d'elle, si ce n'est qu'elle était une sorcière. Je ne savais pas ce qu'elle faisait dans la vie ni de qui se composait sa branche de la famille.

— Elle habite à Moreton-under-Wychwood.

C'était déjà une info.

— Ah, c'est de là que vient la famille de maman.

— Je crois qu'elle y est enterrée.

— Dans le cimetière familial ? C'est bien.

— Savais-tu quelque chose sur le testament de Mamie ? demandai-je enfin.

— Je sais qu'elle avait prévu de tout te léguer. C'est ce qu'elle a fait ?

— Oui. Mais ça semble bizarre. C'est à toi que la boutique devrait revenir.

Maman éclata de rire.

— Que veux-tu que je fasse d'un magasin de tricot ? Je n'ai aucune envie de m'en occuper, et ton père et moi n'avons pas besoin d'argent. Je suis contente que tu en hérites, mais ça ne doit pas te forcer à rester. Tu es une jeune femme, avec toute la vie devant toi. Tu n'as aucune obligation de gérer *Tricotti Tricotta* ni de marcher dans les pas de ta grand-mère. Choisis ta propre vie.

J'aurais aimé discuter de l'offre de Richard Hatfield avec maman, mais je savais qu'elle me conseillerait de vendre. Ce fut à cet instant que je pris conscience que j'avais déjà pris ma décision. Je n'allais pas vendre. Je n'irais nulle part.

Le dimanche, je me réveillai tard, avec la délicieuse perspective d'une journée entière de repos. D'accord, nous n'étions ouverts que depuis deux jours, mais ces deux jours avaient été très stressants. Décrétant que j'avais besoin d'un peu d'exercice, j'enfilai ma tenue de jogging, me débarrassai de tous mes bijoux, m'attachai les cheveux et partis courir un peu. Je n'aimais pas spécialement cela, mais c'était le moyen le plus efficace de se dépenser, et parfois, quand quelque chose me tracassait, le simple fait de courir en respirant à pleins poumons m'aidait à me calmer. À petites foulées, je me rendis jusqu'au parc et ses sentiers sinueux. Quelle que soit la période de l'année, il y avait toujours des plantes en fleurs dans les jardins et des étudiants qui pratiquaient un sport ou un autre. Je remarquai beaucoup de joggeurs, dont la plupart me doublèrent, des promeneurs de chiens, des amoureux, et alors que j'empruntais le chemin des berges, j'aperçus des canards, des oies et des cygnes. Je commençai à me ragaillardir. Au moins, j'étais plus rapide que les cygnes.

Au bout de trois kilomètres, j'en eus assez et je rentrai prendre une douche.

Curieusement, je me sentais bien plus sereine en sortant de la douche. J'enfilai un jean usé jusqu'à la corde et un sweat-shirt, culpabilisant un peu de ne pas porter de chandail tricoté à la main aujourd'hui. Je fis un brin de ménage, donnant à la chambre de Mamie un bon coup de neuf maintenant que je savais qu'elle n'était pas vraiment morte. Je sortis faire quelques courses, puis je discutai en ligne avec mon amie Jennifer. À aucun moment de la conversation elle ne me demanda quand je comptais rentrer.

Apparemment, elle était déjà passée à autre chose.

Je n'avais pas terminé la commande, l'autre soir, à cause des leçons de magie imprévues de Mamie. Et pendant les heures d'ouverture, la boutique était trop animée pour me permettre d'effectuer de quelconques tâches administratives.

Je redescendis à la caisse. Mieux valait m'en débarrasser maintenant, alors que je pouvais me concentrer, même si c'était mon unique jour de congé de la semaine. Tenir une boutique de tricot s'avérait beaucoup plus difficile que je ne l'avais imaginé.

Nyx me suivit, comme à son habitude. J'étais tellement habituée à ma petite ombre poilue qu'elle m'avait manqué pendant mon jogging. En arrivant dans la boutique, j'allumai seulement les lampes derrière la caisse. Je passai derrière, sortis mon carnet de commandes et le posai sur le comptoir. Soudain, une impulsion me fit lever les yeux. Je n'aurais pas su en donner la raison.

C'était uniquement mon instinct. Quelque chose n'allait pas et j'ignorais quoi. Je ressentis un froid glacial et je regardai autour de moi. Ce n'était pas la proximité d'un vampire, cette fois. Mon attention fut attirée par la porte d'entrée de la boutique.

Elle était entrouverte.

CHAPITRE 15

*M*on premier sentiment fut d'être agacée. J'avais fait changer les serrures deux jours plus tôt. La nouvelle était-elle défectueuse ?

En m'approchant, je remarquai des éclats de bois qui suggéraient que la porte avait été forcée. Au même moment, j'entendis un léger bruit de pas derrière moi. J'allais me retourner lorsqu'un objet me frappa à la tête. Alors que je poussais un cri de douleur, je sentis mes jambes se dérober sous mon corps.

— Lucy ! Lucy !

La voix provenait de très loin. C'était une voix masculine et autoritaire. Je n'avais aucune envie d'y répondre, je voulais seulement dormir.

— Réveille-toi ! répéta la voix.

Mes paupières étaient lourdes, résistant à mes efforts

pour les soulever, mais la voix était insistante et il me semblait plus facile d'ouvrir les yeux que de lutter contre cette force de volonté.

— J'ai mal à la tête, dis-je péniblement.

Rafe était penché sur moi, la mine sévère. Je me rendis compte que j'étais étendue sur le sol et je dus faire un effort pour me redresser. Il m'aida et je m'appuyai sur ses solides épaules.

— Que s'est-il passé ? demandai-je.

Je n'aimais pas la faiblesse de ma voix. Elle chevrotait et ne me ressemblait pas.

— Je n'en sais rien. Ton chat est venu me chercher.

Je portai une main tremblante à ma tête. Elle était endolorie et je me sentais malade. Mes oreilles non plus ne semblaient pas fonctionner correctement.

— Nyx est venue te chercher ? La trappe était fermée.

Il serra doucement mon épaule.

— Ton chat n'est pas un chat ordinaire.

Je ne pouvais pas penser à cela maintenant. Mes derniers instants de conscience me revenaient peu à peu.

— La porte était entrouverte. Quelqu'un est entré et m'a frappée à la tête.

— Oui, tu as une sacrée bosse sur le crâne. Tu ferais mieux d'aller aux urgences.

J'étais furieuse.

— Bon sang, mais qu'y a-t-il de si intéressant dans cette petite boutique de tricot pour que les criminels la prennent pour la Banque d'Angleterre ?

Je voulus me relever, mais j'étais trop étourdie.

— Je ne peux pas aller à l'hôpital, de toute façon. J'ai du travail à faire.

— Pas aujourd'hui, reprit-il d'une voix douce.

Il m'aida à m'asseoir sur l'unique chaise. J'espérais que le martèlement dans mon crâne allait bientôt cesser. Rafe resta à mes côtés, comme s'il avait peur que je tombe de la chaise. À vrai dire, je craignais aussi de perdre l'équilibre et je me réjouissais de l'avoir à mes côtés telle une présence protectrice. Il était aussi furieux que moi. Je pouvais sentir sa colère comme on ressent la chaleur d'un radiateur.

— Tu aurais pu te faire tuer.

Impossible de ne pas penser à Mamie, tuée dans ce même magasin, sans doute dans des circonstances similaires.

— Au moins, mon agresseur avait une matraque et pas un couteau.

J'aurais aimé paraître amusée et sarcastique, mais ma voix tremblait trop pour cela.

Je m'en voulais de ne pas avoir été mieux préparée après ce qui était arrivé à Mamie. Je ne commettrais pas deux fois cette erreur.

— Et moi qui avais changé les serrures.

— Je vais mettre en place un système de sécurité approprié.

— Excellente idée.

Au même moment, on frappa à la porte et je bondis de ma chaise. Rafe poussa une sorte de grognement et j'aperçus l'éclat blanc de ses crocs. C'était la première fois que je les remarquais. Nyx était bien campée sur ses quatre pattes, les poils dressés. Enfin, une voix se fit entendre :

— Lucy ?

Je lâchai un soupir de soulagement.

— Tout va bien, c'est la police.

Rafe sembla retrouver son calme. Aussitôt, ses crocs

disparurent. Il se dirigea vers la porte et retira le parapluie qu'il avait coincé sous la poignée pour la maintenir fermée. Un agent en uniforme se tenait là, accompagné par Ian Chisholm. L'inspecteur jeta un œil à ma boutique avant de me rejoindre d'un pas vif.

— Lucy, tu vas bien ?

Je hochai la tête, reconnaissante pour sa sollicitude.

— Que s'est-il passé ?

— Je pensais que tu ne couvrais pas les effractions, dis-je en tentant une pointe sarcasme.

Rafe et lui échangèrent un regard et j'eus l'impression qu'ils parlaient de moi sans que je puisse les entendre. J'étais mal en point, faible et encore sous le choc. En comparaison, l'inspecteur semblait solide et normal, une créature de ce monde réel qui m'était si familier.

Ces deux hommes étaient comme la lumière et l'obscurité, les vivants et les morts-vivants. Quant à moi, je flottais dans cet état bizarre où j'avais l'impression de planer entre deux eaux.

Ian posa une main sur mon épaule en me disant :

— Tiens bon. Une ambulance est en route.

— Mais je ne veux pas d'une ambulance. Et d'abord, qu'est-ce que tu fais ici ?

J'aurais pu économiser mon souffle, car il se dirigeait déjà vers l'arrière du magasin.

Rafe m'expliqua :

— C'est moi qui l'ai appelé.

Quoi ? J'espérais qu'il avait pensé à fermer la trappe derrière lui quand il avait accouru, tout à l'heure. Sur un ton froid et arrogant, le vampire répondit à une question qu'on lui posait :

— Je l'ai découverte exactement comme ça.

— Vous n'avez touché à rien ?

— Non.

L'agent de police montait la garde à l'extérieur. J'étais contente que les forces de l'ordre prennent cette effraction au sérieux. Je me demandais aussi ce que l'arrière-boutique avait de si spécial pour que Rafe et Ian s'y trouvent encore. Qu'avait-on bien pu me voler ? Les vieilles chaises dépareillées que nous utilisions pour le club de tricot ?

Je me levai, toute tremblante, mais persuadée que, cette fois, je ne m'évanouirais pas. Mes jambes étaient lourdes et ralenties, mais je rejoignis tant bien que mal le rideau partiellement écarté et je jetai un coup d'œil à l'intérieur.

Je le regrettai immédiatement. Rosemary était étendue sur le sol. Elle était sur le dos, ses jambes ramenées vers le haut et sur le côté, comme pour un étirement de yoga. Son cou était tourné dans le sens opposé à ses genoux. J'eus tout de suite la certitude qu'elle avait les cervicales brisées.

Ian était accroupi à côté d'elle avec des gants en latex bleu – exactement la même couleur que le mohair de l'île de Skye, une observation très incongrue qui me vint à l'esprit, sans doute à cause du choc.

Je dus faire du bruit – un cri d'incrédulité, de pitié ou d'horreur. Peut-être même avais-je parlé à haute voix, difficile à dire. Toujours est-il que les deux hommes se retournèrent.

— Lucy, assieds-toi, dirent-ils en même temps.

Rafe me prit le bras et me ramena vers la chaise.

Ian nous suivit avant de s'accroupir devant moi, comme il l'avait fait devant le cadavre de mon assistante. Son visage était fermé, professionnel. Comme si la mort faisait partie de son quotidien. Sans doute était-ce le cas.

— Cette femme travaillait pour toi, n'est-ce pas ?

— Oui, répondis-je d'une voix mal assurée.

Je me raclai la gorge avant de reprendre, plus fort cette fois :

— Oui. Elle s'appelait Rosemary Johnson.

— Tu l'attendais aujourd'hui ?

— Non. Le magasin est fermé le dimanche.

— Monsieur, j'ai trouvé ça dehors sur le trottoir.

Une autre policière fit irruption dans la boutique avec, dans sa main, un sac plastique contenant une feuille de papier.

— Le vent l'avait soufflé contre le côté du magasin.

Le papier provenait d'un bloc-notes bas de gamme et le message était inscrit à l'encre bleue. Elle le lut :

— C'est écrit : *J'ai vu ce que tu as fait. Mon silence te coûtera cinq mille livres. Retrouve-moi au magasin samedi à minuit.*

Elle leva les yeux.

— Ce n'est pas signé.

— Bon travail, commenta Ian. Emporte-le au labo.

Il me regarda.

— Est-ce que ce message te dit quelque chose ?

Désignant l'arrière-salle d'un mouvement du menton, il ajouta :

— Est-ce que Rosemary aurait pu voir quelque chose qui l'aurait fait tuer ?

J'étais incapable d'affronter le regard de Rafe. Bien sûr que ce message me disait quelque chose. *J'ai vu ce que tu as fait.* Rosemary avait-elle vu l'assassin de Mamie et proposé son silence en échange de cinq mille livres ? C'était la seule explication possible.

Mais Ian ne savait pas que Mamie avait été assassinée, alors je me contentai de répondre :

— Rosemary aurait-elle pu voir la personne qui s'est introduite dans le magasin lors du premier cambriolage ?

Il me regarda comme si mon coup sur la tête m'avait brouillé le cerveau – ce qui était probablement le cas.

— Cinq mille dollars, c'est beaucoup pour ne pas dénoncer un voleur. Et la plupart des voleurs n'ont pas recours au meurtre pour couvrir leurs crimes.

C'était pertinent. Mais un meurtrier couvrant ses traces par un autre meurtre ? Cela semblait assez plausible, à bien y réfléchir.

— Une idée de ce qu'elle faisait dans le magasin ?

— Non. Elle est partie à dix-sept heures hier. Elle n'avait même pas de clé pour rentrer.

Ma perplexité devait se deviner sur mon visage.

— Et pourquoi serait-elle entrée par effraction ?

— Elle a peut-être été tuée ailleurs et transportée ici, proposa Rafe.

— Pourquoi ? lui demanda Ian.

Il haussa mollement les épaules. Je détestais que l'on cache des informations à la police, surtout si elles pouvaient aider à résoudre le meurtre de Mamie. Même si ma tête battait à tout rompre, je savais que j'avais vu quelque chose de crucial. Je me frottai les tempes. Nyx sauta sur mes genoux et me lécha le visage avec sa langue en papier de verre, comme si elle percevait ma détresse. J'enfouissais mon visage contre sa fourrure lorsqu'une idée me frappa :

— Attendez une minute. Je peux voir ce papier ?

Ian me l'apporta et je louchai sur les mots écrits au stylo bille ordinaire. Enfin, je secouai la tête.

— Ce n'est pas l'écriture de Rosemary. La sienne est beaucoup plus fluide, comme celle d'un enfant.

J'essayai de me lever, mais simultanément, deux mains se posèrent sur mes épaules. Rafe sur ma gauche et Ian sur ma droite. Je n'avais pas la force de protester, et franchement, ils avaient certainement raison de me garder assise.

— Je peux vous montrer un échantillon de son écriture. C'est dans le carnet de commandes, dis-je en jetant un œil en direction du comptoir où je travaillais. Où est le carnet ?

La policière échangea un coup d'œil avec l'inspecteur avant de me regarder à nouveau.

— Un carnet de commandes, mademoiselle ?

— C'est un gros livre relié en cuir, de la taille d'un album photo. On y inscrit les demandes spéciales et, quand on en a suffisamment, je passe une commande au fournisseur. C'est là-dessus que je suis descendue travailler. C'était à côté de la caisse.

— Il n'y a rien ici.

— Il doit forcément y être.

Je me remis péniblement sur mes pieds et regardai attentivement, mais en effet, le bureau était vide. La policière jeta un œil derrière, puis par terre, avant de secouer la tête.

— Il a disparu ! m'écriai-je.

— Pourquoi volerait-on ton carnet de commandes ? s'interrogea Ian.

Mais j'avais les yeux rivés sur Rafe. Un gros livre relié en cuir, d'aspect ancien. Était-il possible que quelqu'un ait confondu le carnet de commandes avec le grimoire ? Et cette personne était-elle prête à tuer pour cela ?

— Je n'en ai pas besoin, insistai-je, même lorsque les ambulanciers arrivèrent pour m'emmener.

Ian me regarda droit dans les yeux.

— Tu as été complètement assommée et tu n'as aucune idée du temps pendant lequel tu es restée inconsciente. Il est tout à fait possible que tu aies une commotion cérébrale ou peut-être pire. Ne discute pas. Tu seras examinée et, en attendant, nous commencerons notre enquête.

Le problème, quand on vous posait des questions juste après que vous aviez repris conscience, c'était que vous aviez tendance à dire des choses que vous regrettiez par la suite.

— J'ai juste un peu mal à la tête.

Il se tourna vers la porte cassée.

— Y a-t-il quelqu'un avec qui tu peux rester ce soir ? Le temps de faire réparer cette porte ?

Ou mieux encore, le temps que l'on retrouve celui ou celle qui avait assassiné Rosemary et m'avait frappée à la tête. Je ne m'étais jamais sentie aussi loin de chez moi.

— Je ne connais personne à Oxford. Je pourrais sans doute passer la nuit à côté, mais je ne voudrais pas inquiéter les sœurs Watt.

Rafe s'approcha. Manifestement, il avait écouté notre conversation.

— Je peux faire sécuriser la porte pendant que Lucy est à l'hôpital. Et je m'assurerai que quelqu'un monte la garde.

Les deux hommes se regardèrent et j'eus l'impression qu'ils se redressaient pour mieux se toiser.

— Et qui s'en chargera ?

— Je vais le faire moi-même, dit Rafe.

Il y avait une étrange dynamique entre les deux hommes,

à la fois concurrente et respectueuse, me semblait-il. Cela dit, je n'avais jamais compris la façon dont les hommes communiquaient. Ce face-à-face dura encore une seconde, puis l'inspecteur finit par acquiescer.

CE SOIR-LÀ, j'étais assise à l'étage, sur le canapé, dans ce qui avait été le salon de ma grand-mère. C'était le mien, maintenant. On m'avait laissé sortir de l'hôpital après plusieurs tests qui s'étaient avérés concluants. J'avais mal à la tête, et une grosse bosse à l'arrière du crâne, mais pas de commotion ni de dégâts sérieux. À l'exception de mon moral. J'en avais par-dessus la tête. D'abord, un intrus – ou plusieurs ! – s'était introduit dans la boutique, puis avait tué ma pauvre grand-mère, et maintenant mon assistante, emportant au passage mon carnet de commandes. À présent, il semblait m'avoir prise pour cible. Pourquoi ? Qui en tirerait un quelconque avantage, à part peut-être un autre propriétaire de magasin de tricot ?

Les professionnels du secteur n'étaient pourtant pas connus pour être à couteaux tirés.

Rafe m'attendait à mon retour. J'avais l'impression d'être un paquet qui passait de main en main. C'était l'inspecteur qui était passé me chercher à ma sortie de l'hôpital. Il avait prétexté être là pour une autre affaire, mais je le soupçonnais de vouloir me ramener à la maison pour des raisons personnelles. Cependant, j'étais trop reconnaissante pour protester. Je n'avais aucune envie de prendre un taxi. À mon grand soulagement, il ne m'avait pas posé d'autres questions, conduisant en silence comme s'il savait que je n'étais pas d'humeur à faire la conversation après les événements de la journée.

En me déposant, et alors que je le remerciais, il m'avait dit :

— Je sais que tu n'es pas là depuis très longtemps et que tu ne t'es pas encore fait de nouveaux amis. Mais j'aimerais en faire partie, si tu le veux bien.

— Oui, avec plaisir, avais-je répondu, touchée par sa prévenance.

Les analgésiques que l'on m'avait administrés avaient atténué ma migraine, la réduisant à un vague élancement régulier. Lorsque j'étais entrée dans l'appartement, Mamie était avec Rafe. Elle m'avait serrée dans ses bras. Aussitôt, j'avais senti l'odeur qui me remontait toujours le moral.

— Tu as fait des biscuits au gingembre !

J'étais si bouleversée que j'avais failli pleurer.

— J'ai horreur de savoir que tu es en danger, m'avait-elle dit.

J'avais alors pris un biscuit au gingembre chaud et mordu dedans. Cela ne soulageait peut-être pas mes douleurs, mais au moins, ces friandises me rappelaient que j'étais aimée et que je n'étais pas seule.

— J'aimerais pouvoir dire à la police que Mamie a été assassinée.

— Si tu le leur dis, qu'est-ce qu'ils vont faire, d'après toi ?

À présent, j'étais allongée sur le canapé.

— Ils voudront exhumer le corps.

Rafe me parlait avec une patience infinie, comme si j'étais la dernière des imbéciles.

— Et s'ils exhument le corps ? demanda-t-il.

— Ils n'en trouveront pas.

— Tout juste. Voilà pourquoi nous ne pouvons pas dire à la police ni à qui que ce soit que ta grand-mère a été assassinée.

— Mais ce meurtre doit être lié à celui de Rosemary. Le message disait : « J'ai vu ce que tu as fait. » Qu'auraient-ils pu voir d'autre que le meurtre de Mamie ?

— Tu as dit que le mot n'avait pas été écrit par Rosemary, me rappela Rafe. Cette pauvre femme n'était peut-être qu'un dégât collatéral.

J'y avais pensé à l'hôpital, où j'avais eu beaucoup de temps pour réfléchir entre deux examens.

— Je parie que c'est son fils qui a écrit ça.

— Randolph ? fit Mamie avant de secouer la tête. Ce n'est pas un gentil garçon.

— S'il se drogue, il doit être prêt à tout pour de l'argent. Et si Rosemary avait vu ton assassin et qu'elle le lui ait dit en rentrant chez elle ?

Les yeux de Mamie s'arrondirent.

— Oh, je me souviens. Elle est venue ce jour-là. Mon dernier jour. Elle m'a suppliée de lui rendre son travail. Elle a dit qu'elle avait besoin d'argent. Elle avait l'air dans tous ses états.

Mamie plissa les paupières.

— Je lui ai dit que j'y réfléchirais.

À présent, ses yeux étaient fermés. Nous attendions tous les deux ce qu'elle allait dire ensuite.

— Oui, j'ai dit que j'y réfléchirais. Le problème, c'était son fils, j'en suis sûre.

Voilà qui correspondait bien à ma théorie.

— Elle s'est peut-être attardée en attendant ta réponse, et elle aura vu le meurtre. Elle est rentrée chez elle, où elle a raconté à son fils ce qu'elle avait vu, et il a décidé d'en tirer profit en rédigeant un mot censé provenir de sa main à elle.

— Alors, le tueur lui a brisé le cou pour protéger son secret.

CHAPITRE 16

J e regardai Rafe.

— Pourquoi as-tu sous-entendu devant Ian que Rosemary avait été déplacée après avoir été tuée ?

— Je ne sentais pas assez la mort. Et puis, la façon dont elle était allongée donnait l'impression que son corps avait été porté sous les épaules et les genoux avant d'être délibérément déposé là.

Je frissonnai. Il ne s'agissait pas d'un chat rapportant une souris morte en cadeau, c'était un meurtrier de sang-froid qui avait laissé un cadavre dans mon magasin pour que je le retrouve. Pourquoi ?

Rafe répondit à la question que je n'avais pas posée :

— Quelqu'un essaie de te faire peur, Lucy.

— Eh bien, c'est efficace. Mais encore une fois, pourquoi ? Et pourquoi le meurtrier ne m'a-t-il pas tuée quand je suis descendue ?

— Je n'en sais rien.

Il faisait les cent pas. J'aurais pu le suivre dans son

manège, moi aussi, si ma tête ne me donnait pas l'impression qu'elle risquait de se détacher de mes épaules si je tentais de me lever.

— Qu'a dit le Dr Weaver en examinant Mamie ? demandai-je à Rafe. A-t-il une idée du type de couteau utilisé pour la poignarder ? Était-ce un couteau de boucher ? À cran d'arrêt ? À steak ?

Mamie avait suivi la conversation avec une expression de dégoût sur le visage. Enfin, elle demanda :

— Tu veux voir ? Les marques sont encore très fraîches.

Il ne m'était pas venu à l'esprit que, bien sûr, je pouvais examiner ses blessures moi-même. Je ne savais pas grand-chose sur la guérison des vampires, mais ils devaient être différents des humains. Quand je lui posai la question, Rafe répondit :

— Les vampires guérissent beaucoup plus vite que les humains, mais ta grand-mère est encore en transition. Il faudra encore plusieurs semaines avant qu'elle ne soit pleinement l'une des nôtres.

C'était une excellente nouvelle. Il ne s'était écoulé que quelques semaines depuis son agression et j'espérais qu'elle aurait encore des cicatrices.

— Excuse-nous, nous allons dans l'autre pièce, annonça-t-elle à Rafe.

Nous nous éclipsâmes dans la salle de bain, où elle dénuda son buste. En voyant les dégâts que quelqu'un avait causés chez cette vieille propriétaire d'une boutique de tricot – accessoirement ma grand-mère –, je fus envahie par la rage et l'envie de détruire celui qui lui avait infligé cela. Il y avait deux coups de couteau. L'un dans le ventre et l'autre dans la poitrine. Elle aurait pu survivre à sa plaie à l'abdomen, mais celle à la poitrine l'aurait tuée. Ce ne devait pas être facile de poignarder quelqu'un à cet endroit-là. Il y avait les côtes à traverser, dont le rôle consistait à empêcher que les organes vitaux situés en dessous ne soient touchés. À l'évidence, son tueur savait ce qu'il faisait.

Les cicatrices mesuraient quatre ou cinq centimètres de large et il y avait des hématomes ronds de chaque côté, comme si deux boules métalliques avaient été pressées contre sa chair.

— Ça te fait mal ?

Elle secoua la tête.

— Je ne sens plus grand-chose. Le seul avantage, c'est que les douleurs de la vieillesse ont aussi disparu. Je me sens mieux que lorsque j'étais en vie.

— Tant mieux.

Elle me dévisagea avec inquiétude.

— Mais je ne veux pas que tu sois l'une des nôtres. Je veux que tu vives ta belle et longue existence, et que tu deviennes une vieille dame grincheuse.

— Mamie, c'est aussi ce que je veux.

— Alors, il faut retrouver mon assassin.

De retour dans le salon, je transmis mes conclusions à Rafe.

— On va mettre le club de tricot sur le coup, commenta-t-il.

— Pardon ?

— Nous avons une dizaine de vampires oisifs, capables de sortir la nuit. Ils peuvent épier les conversations, parler aux gens dans les pubs tard le soir. Considère-les comme les Francs-tireurs de Baker Street.

Il avait raison. C'était extraordinaire d'avoir une dizaine

de vampires à disposition pour m'aider à résoudre ce crime. Sherlock Holmes avait ses Francs-tireurs de Baker Street, et moi, j'avais mes immortels de Harrington Street. J'étais certaine que nous retrouverions l'assassin de Mamie, le voleur du carnet de commandes. Si Rafe et moi avions raison, s'il ne s'agissait pas d'une boutique de tricot rivale intéressée par nos achats, alors quelque part, en ce moment même, il y avait une sorcière très en colère qui allait finir par tricoter un pull en essayant de jeter un sortilège à partir de ce qu'elle prenait pour un grimoire.

J'avais une idée assez précise de l'identité de cette sorcière et mon sang se mit à bouillir.

— J'ai bien quelques missions pour les immortels, dis-je. Trouver Randolph, le fils de Rosemary, et obtenir un échantillon de son écriture. Je suis sûre que c'est lui qui a écrit le message qui a fait tuer sa mère. Ils pourraient le faire parler pendant qu'il est défoncé et apprendre qui elle a vu cette nuit-là. Qui est le tueur de Mamie ?

Je me fichais qu'ils fassent partie de la famille. Si Violet ou quelqu'un de son entourage avait tué Mamie, ils le paieraient. Que ce soit par la loi humaine ou autrement.

— Nous découvrirons tout ce qu'il sait, promit Rafe. C'était quoi, l'autre mission ?

— En apprendre le maximum sur M. et Mme Wright, les voisins. M. Wright en particulier. Il m'a montré un poignard et il me semble que c'est le genre d'arme qui devrait laisser des marques similaires à celles sur le buste de Mamie.

J'allai chercher un bloc-notes et un crayon. Je n'étais pas une artiste, mais je réussis tout de même à dessiner la dague avec la garde incurvée qui se terminait par deux boules de métal.

— Et maintenant que tu as donné tes ordres, jeune fille, tu peux manger un peu et aller te coucher, me dit Mamie sur un ton péremptoire.

Je me fis un plaisir d'obéir. Elle me servit de la soupe et du pain grillé, puis deux autres biscuits au gingembre avant de me renvoyer dans ma chambre. Nyx se faufila derrière moi et sauta sur le lit. Sa compagnie ne m'avait jamais fait autant plaisir. J'entendis Mamie et Rafe échanger à voix basse dans mon salon et je sus qu'ils allaient monter la garde devant ma porte toute la nuit.

À MON RÉVEIL, le lundi matin, Mamie et Rafe étaient toujours là. Elle me servit une tasse de café, et pendant que je la buvais, elle me dit :

— Rafe et moi, nous sommes d'accord. Tu devrais fermer le magasin aujourd'hui.

Naturellement, je refusai. J'étais plus solide que cela. J'avais survécu aux coups de chaleur, aux tempêtes de sable et à divers désagréments lors de ma visite à mes parents sur leur chantier de fouilles archéologiques. Je pouvais bien supporter une nuit blanche et un mal de crâne...

... Tant que j'évitais de penser au meurtrier qui avait tué deux personnes liées au magasin de tricot.

Je me sentais mieux après une douche, même si l'eau chaude me faisait grimacer en touchant mon cuir chevelu.

Quelques calmants firent leur office. En prenant mon petit-déjeuner, j'en profitai pour demander à Mamie qui pouvait bénéficier de notre grimoire familial, puisqu'il me semblait évident que celui qui avait volé le carnet de commandes l'avait pris pour notre livre de sortilèges. Elle parut perplexe.

— La plupart des familles de sorcières ont leurs propres livres de sorts. J'imagine qu'une autre pourrait vouloir le nôtre, s'il y avait un sort auquel elle tenait particulièrement, mais ce serait très inhabituel.

— En tout cas, quelqu'un le voulait suffisamment pour faire deux victimes.

— Tu crois que c'est le mobile ? demanda-t-elle.

— Quoi d'autre ? Les effractions, les meurtres, qu'est-ce qui peut avoir tant de valeur dans cet atelier de tricot ?

Mamie avait l'air dubitative et triste.

— La plupart des sorcières sont des femmes adorables qui célèbrent le pouvoir féminin, cherchent à préserver la Terre et à aider les gens. Nous ne sommes pas des meur-trières.

— Violet Weeks fait partie de notre famille et elle est venue à la boutique samedi. Je pourrais jurer qu'elle regardait autour d'elle pendant tout le temps qu'elle m'a parlé. Ensuite, elle a essayé de me convaincre de l'inviter à monter.

— Tu crois qu'elle s'intéressait au grimoire ? s'enquit Rafe.

— C'est la seule piste que j'ai.

C'était bien maigre, je devais l'admettre. Ma bague n'avait même pas chauffé quand elle était là. Si elle était assez douée, elle avait bien pu la désactiver – ou quel que soit le terme sorcier pour l'annulation du système d'alarme de mon rubis.

— Je ne comprends toujours pas, reprit Mamie, déconcer-tée. Si Violet Weeks a volé le carnet de commandes en pensant que c'était le grimoire, alors qui détient le vrai ?

Elle se frotta les yeux avant d'ajouter :

— Oh, j'aimerais pouvoir m'en souvenir. J'ai dû le cacher quelque part.

Rafe et moi échangeâmes un regard.

— Je ne me rappelle pas pourquoi, mais j'étais inquiète pour le grimoire. Oui. Je suis sûre de l'avoir mis en sécurité.

Ma voix sonnait creux quand je demandai :

— Et j'imagine que tu ne te souviens plus de la cachette ?

Elle ferma les yeux pour se concentrer avant de les rouvrir. Avant même qu'elle ne secoue la tête, je sus qu'elle n'avait pas retrouvé la mémoire.

Quelqu'un frappa à la porte qui reliait la boutique à l'appartement. Nous nous regardâmes et Rafe se leva. J'aperçus un éclat blanc au niveau de sa bouche alors qu'il descendait l'escalier en silence. Il revint une minute plus tard avec Sylvia et Alfred.

— Alfred a rendu visite au fils de Rosemary pendant que tu dormais.

C'était formidable d'avoir des détectives qui travaillaient pendant que le reste du monde était au fond de son lit.

— Qu'as-tu découvert ? demandai-je avec impatience.

Alfred n'avait peut-être pas l'air d'un dur à cuire capable d'extorquer des réponses à un type avec un pitbull tatoué dans le cou, mais je soupçonnais Alfred d'avoir ses astuces.

Il secoua la tête.

— De mauvaises nouvelles, j'en ai peur. Randolph Johnson a fait une overdose. Il était mort quand je suis arrivé, une aiguille plantée dans le bras.

Ma première pensée fut qu'au moins, ce chagrin avait été épargné à Rosemary.

— Tu es sûr que c'était un accident ?

— Non, je ne pense pas. Il m'a semblé que le gamin s'apprêtait à partir quand quelqu'un l'a aidé à faire une overdose.

Rafe hocha la tête.

— Le coupable espère sans doute faire croire à la police qu'il a tué sa propre mère sous l'emprise de la drogue, sans savoir ce qu'il faisait. Elle a été tuée là-bas, aussi ?

Le long nez d'Alfred sembla frémir, comme s'il était chargé de souvenirs odorants.

— Je ne pense pas. Impossible d'en avoir le cœur net. Les relents de mort étaient forts, mais je pense qu'ils provenaient du garçon.

Mamie s'approcha de moi pour me prendre la main.

— Lucy, tu ne peux pas travailler aujourd'hui, c'est dangereux.

Je ne pouvais pas supporter l'idée de rester terrée dans ma maison pendant que le meurtrier de Mamie, et maintenant de Rosemary, se promenait dans les rues en toute liberté.

— Je suis aussi en sécurité en bas que n'importe où ailleurs. Les clients vont et viennent toute la journée, et il me suffit de crier pour qu'une dizaine de vampires volent à mon secours. Ce n'est pas vrai ?

Elle n'avait pas l'air convaincu, mais Rafe dit :

— Elle a raison, Agnès. Nous allons garder l'œil ouvert.

Il se tourna vers moi.

— Je vais sortir Hester du lit, elle te servira d'assistante en attendant quelqu'un de plus approprié.

— Hester ? Cette ado mal lunée ?

Je n'imaginais pas de créature moins qualifiée pour ce poste.

— C'est une excellente tricoteuse, m'expliqua Rafe. En

plus, elle dort une grande partie de la nuit comme du jour, et quand elle est réveillée, elle regarde des inepties à la télé ou elle joue sur sa console.

Je ne pus m'empêcher de sourire. Il parlait comme un père grognon.

— Mais elle a du pouvoir, tu sais. Tu seras en sécurité avec elle.

J'aurais préféré engager moi-même un nouvel assistant, mais je ne pouvais pas embaucher sur un claquement de doigts. Comme la solution de Rafe me donnait une certaine protection, j'acceptai. Sylvia s'avança, un sac à la main.

— Tiens, ça devrait te remonter le moral.

Dans le sac, bien sûr, il y avait un nouveau pull.

Cette fois, elle avait opté pour le glamour. Le chandail qu'elle avait tricoté était noir et argenté, il semblait avoir été conçu par un couturier du mouvement Art Déco. Il comportait des motifs géométriques complexes, et lorsque la lumière venait jouer avec les fils, le vêtement miroitait.

— C'est trop beau pour être porté dans la boutique. On verrait ce pull sur un podium de créateur.

— Je sais, répondit-elle. En tant qu'actrice, je connais depuis longtemps l'importance du costume. Tu te sens peut-être fragile aujourd'hui, mais avec ce pull, tu auras l'impression d'être plus forte. Je te le garantis.

Elle avait donc été actrice. C'était logique.

J'enfilai le pull. Elle avait raison. Il me remontait nettement le moral. Je portais un pantalon et un T-shirt noirs, une tenue très simple qui ne faisait pas concurrence au pull. J'ajoutai de grosses boucles d'oreilles en argent et, une fois de plus, la chaîne avec la croix que j'avais achetée chez l'antiquaire. Sylvia me regarda d'un œil critique.

— Du rouge à lèvres très rouge, ma chérie. Tu es pâle et tu as des cernes sous les yeux, le rouge attirera le regard sur ta bouche.

— Les clients n'auront d'yeux que pour ce magnifique pull, objectai-je.

Mais je me dirigeai néanmoins vers ma trousse à maquillage plutôt sommaire, où je trouvai un rouge à lèvres que j'avais acheté à l'occasion de Noël. Je me sentais un peu trop habillée pour une boutique de tricot, mais il faut dire que tout dans ma vie était si extraordinaire depuis mon arrivée que je pouvais bien ressembler à une star de cinéma glamour des années 1920.

Comme Rafe l'avait suggéré, la police avait rapidement déduit que Rosemary n'avait pas été tuée au magasin et les agents de la scène de crime étaient partis au bout de quelques heures. J'avais toujours un sentiment très étrange en entrant dans cette boutique, sachant que Rosemary ne viendrait pas aujourd'hui ni jamais. Je dus cligner des paupières pour chasser l'image de son corps étendu dans l'arrière-boutique comme une poupée désarticulée.

Je ne l'appréciais peut-être pas beaucoup, mais elle faisait du bon travail quand j'avais rouvert le magasin et je tenais à venger sa mort ainsi que celle de Mamie.

Heureusement, comme je n'étais pas au mieux de ma forme et que mon assistante était à la fois morte-vivante et peu coopérative, le lundi fut une journée tranquille. Hester bâillait à outrance chaque fois que je lui demandais de faire quelque chose et elle était tout en noir de la tête aux pieds, mais au moins, son pull était tricoté à la main. À l'évidence, la fébrilité du début semblait passée, avec les condoléances et les achats en catastrophe dans l'éventualité où *Tricotti Tricotta* refermerait ses portes.

Il ne se passa rien de notable au cours de la journée et je m'en réjouis. Comme les jours précédents, mon pull suscita un tel intérêt que nous vendîmes toute la laine argentée et la plupart de la noire, ainsi que Sylvia l'avait prévu. Une fois de plus, il était impossible de retrouver le patron, puisqu'elle l'avait inventé, mais je réussis à dénicher deux ou trois modèles susceptibles d'être adaptés.

À chaque accalmie, Hester sortait son téléphone portable, fourrait des écouteurs dans ses oreilles et se perdait dans la musique.

— Hester, même si nous n'avons pas de clients, tu dois au moins paraître occupée. Range les patrons, balaye le sol.

Elle me dévisagea, la mine renfrognée.

— Sinon quoi ? J'aurai une retenue de salaire ?

Je n'avais peut-être pas quatre siècles d'entraînement derrière moi, mais en vingt-sept ans, j'avais appris une chose ou deux. En la regardant droit dans les yeux, je la menaçai :

— Je peux le dire à Rafe et le laisser s'en occuper.

— Ouh, j'ai tellement peur, fit-elle en écarquillant ses yeux marron.

Cependant, elle retira ses écouteurs et s'affaira discrètement. Je la laissai partir à seize heures pour qu'elle puisse « faire une sieste » avant de se lancer dans les folles aventures qu'elle avait prévues pour la soirée.

À la fin de la journée, une fois que je fus rentrée après avoir apporté l'argent liquide à la banque, la fatigue et la migraine persistante me rattrapèrent.

Comme convenu, les serruriers passèrent après dix-sept heures et travaillèrent de mauvaise grâce, avec une facture plus élevée que prévu. Je leur demandai aussi un devis pour un système d'alarme avec caméras de sécurité.

Dès que le nouveau verrou fut installé, je refermai la porte derrière moi et je montai à l'étage, où je sombrai dans un profond sommeil sans rêves.

Je me réveillai un peu plus tard, mangeai un morceau et pris d'autres analgésiques, avant de me mettre à chercher le grimoire. Si les sorcières étaient prêtes à tuer pour l'obtenir, alors j'étais déterminée à mettre la main dessus et peut-être à le détruire. Mamie n'était pas capable de se rappeler où elle avait caché le livre de sortilèges, mais le bon sens suggérait qu'il était quelque part dans la maison, d'autant plus qu'elle avait demandé à Rafe de s'en occuper à son retour d'Amérique. Elle avait été tuée avant qu'il ne revienne, mais le grimoire ne devait pas être loin.

J'aurais voulu utiliser mes pouvoirs de sorcière pour le chercher, mais j'ignorais comment m'y prendre. Je fis donc appel à la méthode humaine éprouvée pour retrouver les objets perdus : je retournai les armoires, regardai derrière les meubles, sortis chaque livre de chaque bibliothèque. Nyx s'amusait comme une petite folle à fourrer sa tête dans les tiroirs ouverts et à explorer derrière les meubles, ce qui rendit au moins mes recherches plus ludiques. Malheureusement, rien n'y fit.

Toute sale et couverte de poussière, je m'effondrai sur le sol et jouai un peu avec Nyx avant de m'attaquer à la dernière cachette possible.

Le grenier.

Le grenier de l'immeuble de ma grand-mère, à Oxford, n'avait rien à voir avec celui de notre maison aux États-Unis. Il fallait tirer un anneau dans le plafond de la chambre de

Mamie, puis descendre une échelle et enfin y grimper. C'était un espace trop exigu pour s'y tenir debout, sauf au milieu. Il y avait des vieilleries là-haut, quelques boîtes, et trois malles de cuir. Je savais que je n'aurais pas de repos avant de les avoir toutes vidées et j'entrepris de vérifier systématiquement ce qui s'y trouvait.

Je commençai par le premier coffre, projetant des volutes de poussière dans l'air en ouvrant le couvercle. J'aurais dû en déduire qu'il n'avait pas été touché depuis des décennies, mais avec la magie à l'œuvre dans cette maison, qui sait avec quel subterfuge Mamie avait bien pu protéger sa cachette.

Dans le coffre, il y avait des albums et des boîtes de photos. J'ouvris le volume du dessus pour découvrir des clichés du mariage de mes grands-parents, de maman bébé, puis fillette, ainsi que quelques autres pris dans cet immeuble.

Je feuilletai l'album jusqu'à la fin, avec la photo de Mamie qui fêtait la cinquantième année de *Tricotti Tricotta*.

Je mis l'album de côté pour le rapporter en bas avec moi. En fouillant un peu plus, je dénichai une boîte de photos datant de l'enfance de Mamie. Elles étaient toutes en noir et blanc, mais assez claires. Une fille aux cheveux noirs, un peu plus âgée que Mamie, partageait la plupart des photos avec elle. Était-ce ma grand-tante ? Celle dont je n'avais jamais entendu parler jusqu'à tout récemment ?

Je risquais d'en avoir pour la nuit si je regardais tout en détail. Je décidai d'emporter une boîte et cet album en bas avec moi, puis de revenir à intervalles réguliers pour trier le reste. De toute manière, il n'y avait pas de grimoire dans cette malle, et je passai à la suivante.

La deuxième sentait la lavande et les boules antimites. À

l'intérieur, je trouvai une vieille robe de mariée emballée dans du tissu, des vêtements assortis, des jouets de bébé, de vieux magazines et des patrons de tricot. Encore une fois, pas de grimoire.

Une fois le troisième et dernier coffre ouvert, je découvris encore plus de reliques et vieux souvenirs. Je commençais à me dire que c'était une tâche sans espoir. J'entrepris de tout sortir en me demandant qui pouvait bien conserver une paire de lunettes d'opéra cassées, des sacs à main datant d'un demi-siècle, de vieux gants et des bouts de tissu.

Le dernier objet était un miroir. Un grand miroir ovale avec des lettres et des symboles intrigants sur les bords. Je demanderais à mes parents de les interpréter pour moi. Le verre était ondulé par le temps, mais quand j'y regardais mon reflet, j'avais l'impression de voir une version plus douce de moi-même, un peu comme les miroirs dans les magasins de cosmétiques, utilisés pour vous inciter à en acheter davantage. À présent, j'étais entourée par le contenu des trois malles et il n'y avait toujours aucun livre.

— Grimoire, où es-tu ? m'écriai-je à haute voix, toute seule dans le grenier.

Je surpris un mouvement du coin de l'œil et je remarquai que mon reflet se fracturait dans le miroir, un peu comme un lac paisible à la surface duquel on aurait jeté une pierre. À mesure que mon image reculait, une autre émergeait pour prendre sa place.

Je sentis mes yeux s'ouvrir en grand alors que je regardais le verre, fascinée. Je découvris une étagère très ordinaire surchargée de livres. Et tout en haut, poussé là comme si le propriétaire n'avait plus de place ailleurs, se trouvait un vieux volume à la reliure en cuir craquelée. Avec un frisson de soulagement, j'eus l'absolue certitude que j'avais sous les yeux le grimoire disparu.

Alors que j'essayais de photographier mentalement cette bibliothèque à la recherche d'indices sur l'endroit exact où elle pouvait se trouver, l'image s'estompa et je retrouvai mon propre visage perplexe.

J'étais toujours dans le flou, mais je savais que le grimoire n'était pas dans la maison ni dans la boutique.

Cependant, l'arrière-plan me disait quelque chose. Je ne savais pas précisément où se trouvait le livre, mais j'avais déjà vu cette étagère. Si seulement je pouvais mettre le doigt dessus.

Je redescendis l'échelle avec le miroir dans une main, et l'album photo et la boîte entre le coude et les côtes. Je remonterais chercher le reste plus tard.

JE DÉCIDAI AUSSITÔT de descendre jusqu'au nid des vampires. Nyx était à mes côtés et mon miroir magique dans ma main. Je résistai à l'envie de lui demander qui était la plus belle, mais il s'en fallut de peu.

Ouvrant la porte qui séparait l'appartement du magasin, je faillis avoir une crise cardiaque. Un homme menaçant se tenait là. Une fraction de seconde plus tard, je reconnus Rafe et cédai au soulagement.

— Qu'est-ce que tu fais ici ?

— Je viens te voir.

— Justement, j'allais descendre. Je voulais vous montrer quelque chose, ajoutai-je en désignant le miroir, les yeux ronds. Il est magique, j'y ai vu le grimoire.

— Un miroir de divination. Excellent. Viens, je t'accompagne, tu pourras le montrer à ta grand-mère. La prochaine fois, appelle-moi et je viendrai avec toi. Surtout en ce moment, avec ce psychopathe dans la nature, il ne faut pas rester seule.

En effet, c'était agréable d'avoir quelqu'un d'aussi grand, fort et impressionnant pour m'accompagner dans le repaire des vampires. Il ouvrit la porte et lança :

— Lucy est là.

C'était sans doute pour leur permettre de se préparer à ma visite, quoi que cela signifie pour un vampire.

En entrant, j'entendis un grognement et je repérai Hester, assise sur une grande chaise en bois dont je n'avais aucun souvenir. Ses crocs luisaient et elle me regardait fixement.

— Qu'est-ce qui ne va pas, Hester ?

Elle ne grommelait pas et ne montrait pas les crocs en quittant la boutique, tout à l'heure.

— Hester est punie, répondit Rafe froidement. Je lui ai ordonné de rester avec toi jusqu'à la fermeture du magasin et elle a désobéi.

— Punie ?

J'avais envie de rire, mais au premier gloussement, Hester risquait de m'arracher le foie pour le manger au petit-déjeuner.

Pour lui rendre la vie plus facile, j'objectai :

— Mais si elle est punie, comment pourra-t-elle m'aider à la boutique demain ? J'ai besoin d'elle.

Le regard d'Hester exprima moins de haine et plus de respect alors que Rafe réfléchissait à la question. Il n'avait sûrement jamais eu d'enfants, contrairement à Mamie qui, après avoir assisté à la scène, proposa :

— Si Hester présente ses excuses à Lucy et promet de ne plus lui faire défaut, elle pourrait avoir l'autorisation de sortir ce soir, non ?

J'avais envie des excuses d'Hester comme d'avoir des oignons aux pieds, mais je savais que Mamie essayait d'arranger la situation. Rafe baissa son long nez vers elle et se contenta d'un « très bien » du bout des lèvres.

— Désolée, me dit alors Hester d'un ton boudeur.

Avant que Rafe puisse la réprimander, Mamie ajouta avec diplomatie :

— Et tu ne lui feras plus jamais défaut.

— Non, c'est promis.

— Très bien.

Elles reportèrent leur regard vers Rafe, qui acquiesça avec brusquerie. Aussitôt, Hester bondit de la chaise et se rua vers la porte en criant :

— Je suis en retard. Oh, non ! Qui a piqué mon eyeliner noir ?

CHAPITRE 17

— *L*ucy !

Mamie semblait heureuse de me voir. Elle était plus pâle qu'avant, mais plus solide aussi. Elle avait l'air un peu moins humaine et un peu plus vampire chaque fois que je la voyais. Elle faisait toujours son âge, mais elle était plus fine et sa poigne plus affermie.

— As-tu retrouvé le grimoire ?

— Non, mais j'ai déniché ça, dis-je en lui montrant le miroir. Il m'a montré le grimoire, mais ensuite l'image s'est effacée. Est-ce que le miroir n'est pas censé me conduire à ce que je cherche ?

Sylvia me décocha le coup d'œil qu'elle réservait habituellement à Hester.

— C'est un miroir de divination, Lucy, pas Google Maps.

— Eh bien, il m'a montré le livre dans le fouillis d'une bibliothèque, je suis sûre que c'était le bon. Ça te rappelle quelque chose ?

Mamie me répondit d'un air désemparé :

— Montre-moi. Je pourrais essayer le miroir moi-même.

Je le lui tendis et elle le brandit devant elle, mais ses lèvres formèrent un O de surprise. Je passai derrière elle pour voir ce qu'elle voyait, mais il n'y avait rien d'autre qu'un coin de mon propre visage. Je pris alors conscience que les vampires n'avaient pas de reflet, et donc, que les miroirs magiques ne fonctionnaient pas avec eux.

Je me mis à faire les cent pas. Quand Rafe me rejoignit, je lui demandai :

— Elle ne t'a jamais dit où elle allait cacher le grimoire ?

— Non. Elle avait prévu de me le confier, mais elle a été tuée avant. J'ai pensé que le tueur avait emporté le livre.

— Mais, si celui qui m'a agressée pensait que le carnet de commandes était le grimoire, alors c'est qu'il ne le détient pas.

— Il y a une autre possibilité.

J'avais le sentiment que cela n'allait pas me plaire, mais je demandai quand même :

— Quoi donc ?

— Il y a plus d'une personne, ou d'un groupe, qui veut ce livre.

J'avais l'impression que des mains froides et moites m'enserraient les bras.

— Qui voudrait d'un livre de sortilèges à part une sorcière ? Ou quelqu'un qui s'exerce à le devenir ?

Rafe n'était pas du genre à répondre à brûle-pourpoint. Il prit son temps pour réfléchir à ma question.

— Le grimoire lui-même a la valeur d'une antiquité et d'une œuvre d'art. Je suppose que des collectionneurs pourraient se donner beaucoup de mal pour mettre la main sur un tel livre, mais de là à tuer ?

— J'espère que non. J'ai déjà assez peur que des sorcières

forcenées s'en prennent à moi, je crois que je ne supporterai pas en plus d'être la proie de bibliophiles meurtriers.

— À voir la bosse derrière ta tête, ce n'est pas une partie de rigolade.

Il avait raison, bien sûr. J'avais eu de la chance de m'en sortir avec une bosse seulement alors que Mamie avait connu bien pire. Si Nyx n'était pas allée chercher Rafe au plus vite, qui sait si je serais encore en vie ?

— Mettons que Mamie ait su que quelqu'un ou quelque chose se rapprochait. Tu n'étais pas là et elle avait peur que le livre tombe dans de mauvaises mains. Où l'aurait-elle caché ?

— Pas ici, en tout cas. Nous avons fouillé le magasin et l'appartement de fond en comble.

— Et je ne pense pas que nous soyons les seuls à avoir cherché. Je parie que Mamie t'a demandé de récupérer le livre dès le premier cambriolage. À supposer que celui ou celle qui m'a attaquée n'ait pas obtenu ce qu'il ou elle cherchait, alors c'est qu'il est toujours bien caché quelque part.

— Pas sur place, mais à proximité, puisqu'elle avait prévu de me le remettre pour le protéger.

Je claquai des doigts dans le lourd silence de nos réflexions, puis je me tournai vers lui :

— Où cacherais-tu une antiquité pour qu'elle ne se remarque pas ?

Il me dévisagea, les sourcils froncés, avant d'acquiescer lentement. Comme il ne disait toujours pas un mot, je repris la parole, même si j'étais presque certaine qu'il savait très bien où je voulais en venir.

— Tu le cacherais chez un antiquaire, dans un magasin tellement en désordre que personne ne le trouverait jamais là-bas.

— Mais c'est bien trop risqué ! N'importe qui pourrait aller chez l'antiquaire et acheter le grimoire.

— Il faudrait déjà que le client sache que le livre s'y trouve et qu'il le déniche dans ce fatras. Ce serait un miracle.

Il était plus de minuit. Comme les vampires étaient visiblement impatients de vaquer à leurs occupations, je me levai pour partir. Le lendemain, j'irais chez *Pennyfarthing* pendant les heures d'ouverture du magasin, laissant Hester s'occuper de la boutique, et je regarderais attentivement la section des livres.

J'étais presque à la porte lorsque Sylvia me dit :

— Au fait, Lucy, le Dr Weaver t'a laissé ce paquet.

Le Dr Weaver avait du style. Le paquet volumineux que Sylvia me remit était emballé dans du papier de soie rose, attaché avec un ruban argenté. Il y avait aussi une carte. Avec une écriture soignée, le Dr Weaver avait écrit : « Que ce présent égaye votre journée et accélère votre guérison. » Je déchirai l'emballage et découvris un cardigan tricoté à la main par le médecin. Violet et rose, orné de roses éclatantes, il me mit du baume au cœur.

Une fois de plus, Rafe me raccompagna chez moi. Une fois devant ma porte, il me dit :

— Où as-tu mal ?

Je lui montrai la bosse à l'arrière de ma tête. Il tendit alors la main et y passa sa paume, dans un geste aussi doux qu'un murmure qu'il prolongea le long de mon cou et sur mes épaules. La sensation était comme de l'eau fraîche sur mon corps. Pas désagréable du tout. En fait, je sentis même le reste de ma migraine disparaître. Il laissa sa main dans mon dos un peu plus longtemps que nécessaire et je plongeai le regard dans ses yeux sombres et mystérieux. Avec un petit sourire, il se pencha et m'embrassa sur la joue.

— Bonne nuit, Lucy.

Je posai ma main à l'endroit où il m'avait embrassée. Alors qu'il s'éloignait, je répondis à mi-voix :

— Bonne nuit.

NON SEULEMENT HESTER arriva le lendemain matin, mais elle fut à l'heure. Elle s'avéra même un peu plus utile. Sylvia, ou peut-être Clara, avait dû lui suggérer de changer de tenue, car elle correspondait beaucoup plus à ce que devrait porter une vendeuse de laine. Une jupe noire assez longue avec des bottines, et par-dessus, un magnifique cardigan vert et noir avec de gros boutons argentés.

Je ne voulais pas me précipiter chez *Pennyfarthing* dès l'ouverture, de peur de me faire remarquer en étant leur toute première cliente de la journée. J'attendis une partie de la matinée, et vers onze heures, je sortis enfin.

En arrivant, j'entendis des éclats de voix. Il devait y avoir d'autres clients, ce qui était une bonne chose pour moi, car je voulais prendre le temps de fouiner à ma guise sans attirer l'attention. Les étagères étaient éparses dans toute la boutique et tellement surchargées que j'aurais encore préféré devoir chercher une aiguille dans une botte de foin.

Je m'étais trompée. Il n'y avait pas d'autres clients dans le magasin. Mme Wright se tenait au comptoir, tout au fond, son mari avec elle. Ils cessèrent de parler en me voyant. On aurait dit qu'elle avait pleuré. L'Américaine en moi voulait lui demander si tout allait bien, mais mon côté britannique me poussait à la retenue. Comme je me trouvais sur le sol britannique, je choisis de faire comme si je n'avais rien vu d'anormal lorsqu'elle me demanda d'une voix étranglée si elle pouvait m'aider.

— Auriez-vous des ouvrages sur le tricot, par hasard ?

Mme Wright sortit un mouchoir d'une boîte sur le comptoir et s'essuya subrepticement les yeux tout en faisant mine de se moucher. Peut-être pour lui donner du temps, son mari répondit à sa place :

— Des livres de tricot ? Tu tiens une boutique de tricot, tu n'en vends pas ?

Je ne m'attendais pas à un interrogatoire en règle, même si mon excuse était peu convaincante.

— Si, nous en avons, mais nous vendons des modèles modernes. Il existe une vieille collection épuisée. Ma grand-mère me disait qu'elle était excellente pour les novices. Je perds peut-être mon temps, mais comme vous êtes juste à côté, je me suis dit que je pourrais jeter un coup d'œil à vos livres.

Soudain, ma main devint chaude. Lorsque je baissai les yeux, je constatai que ma bague irradiait. M. Wright avait failli me poignarder avec une épée prussienne, l'autre fois, et je me demandais s'il était aussi sénile qu'il en avait l'air. Mais pourquoi aurait-il fait du mal à Mamie ?

Au même moment, Mme Wright retrouva enfin la maîtrise de ses émotions. Elle me dit :

— Je ne suis pas sûre que nous ayons des livres de tricot, mais s'il y en a, ce sera sur l'une des étagères là-bas.

D'un geste vague, elle désigna le milieu du magasin. J'avais l'impression qu'elle orientait tous ses clients de la même manière, quelles que soient les antiquités recherchées. On devait se débrouiller seul.

La chaleur à mon annulaire me donna envie de fuir, mais quel danger pouvais-je courir dans cette boutique ouverte aux clients, avec mes vampires protecteurs juste à côté ?

Tout en gardant un œil sur M. Wright, je me dirigeai dans le sens des aiguilles d'une montre et entrepris de fouiller systématiquement chaque étagère. Je commençai par le haut, conformément à la vision que j'avais entrevue. Mais si le miroir était défectueux ? Ou trompeur ? Méticuleusement, je parcourus toutes les étagères.

Au début, j'évitai de me rendre à la bibliothèque vitrée qui contenait les livres les plus anciens. Je ne voulais pas me trahir. Si ma grand-mère avait caché le grimoire elle-même, elle l'avait forcément glissé dans un endroit sombre.

Des manuels anciens et poussiéreux sur tous les sujets possibles et imaginables, depuis l'astronomie jusqu'à la zoologie, côtoyaient des Enid Blyton abîmés et des exemplaires de Dickens, Trollope et Austen imprimés en série. À ma grande surprise, je dégottai un bon manuel de tricot des années 1950. Les images et les patrons suffiraient à susciter d'intéressantes conversations et je décidai de l'acheter pour l'exposer dans la boutique.

Alors que je fouillais dans de vieux livres de cuisine, des piles d'anciens numéros de *Vogue* et un recueil de pièces de théâtre grecques, Peter Wright parla derrière moi :

— Et celui-là ?

Le fils Wright me tendait un livre de patrons de crochet des années 1970.

— Je t'ai entendue depuis l'arrière-boutique.

Il me montra la couverture, qui représentait un couvre-lit en patchwork bariolé.

— Tu te souviens de ces napperons ? Je crois bien qu'à l'époque, maman a recouvert toutes les surfaces de la maison avec ces trucs-là.

— Merci, dis-je en posant le livre de crochet par-dessus celui que j'avais déniché.

Il m'en délesta, les emportant à la caisse pendant que je continuais mes recherches.

Mais après avoir parcouru le reste des bibliothèques, je n'avais toujours rien d'autre qu'un livre de tricot, un manuel de crochet et un début d'allergie à la poussière. M. Wright scanna les articles. Aussi décontractée que possible, je lui demandai :

— Que sont devenues ces épées et cette dague que vous polissiez la dernière fois que je suis venue ? Vous les avez vendues ?

Il leva vers moi un regard incertain avant de répondre :

— Non. Elles sont enfermées. Vous vouliez les voir ?

Lorsque je lui assurai que ce n'était pas le cas, il me dit :

— Ça fera sept livres soixante-quinze, s'il vous plaît.

Mme Wright était debout près de la porte et regardait la rue quand je sortis. Elle paraissait encore très troublée. Incapable de retenir plus longtemps mon côté américain, je lui demandai :

— Est-ce que tout va bien, Mme Wright ?

Elle parut décontenancée par la question et cligna plusieurs fois des paupières, ses yeux encore rougis par les pleurs, avant de répondre :

— Oh, oui. Mais c'est vraiment difficile, n'est-ce pas ?

Je n'avais aucune idée de ce dont elle voulait parler, mais

je hochai la tête d'un air compréhensif. Glissant les livres sous mon bras, je repartis. Jetant un coup d'œil à la vitrine en passant, je constatai qu'il n'y avait pas de clients. Je n'avais aucune envie de faire la conversation avec mon assistante bourrue.

J'étais amèrement déçue de ne pas avoir retrouvé le grimoire. J'étais tellement convaincue de le trouver chez l'antiquaire.

Envoyant un texto à Hester pour lui annoncer que j'avais encore quelques courses à faire, je pris la direction d'*Elderflower*. Ma grand-mère disait toujours que les problèmes étaient mieux résolus autour d'une tasse de thé. Ajoutez à cela un scone avec de la confiture et de la crème et j'étais bien d'accord avec elle. Les deux demoiselles Watt travaillaient aujourd'hui et le salon de thé était plutôt calme. Visiblement ravies de me voir, elles s'approchèrent toutes les deux.

— Tu vas bien ? Nous sommes encore sous le choc. Pauvre Rosemary.

Bien sûr, elles avaient eu vent du meurtre. J'imaginais que la presse allait bientôt en faire ses choux gras et que tout le monde serait au courant. Pourtant, les adorables vieilles dames, en dignes Britanniques, se gardèrent bien d'être indiscrètes. Elles me donnèrent l'une des meilleures tables, près de la fenêtre, et je m'y installai avec mon thé, mon scone et mon livre de tricot.

Ce livre me fit l'effet d'un voyage dans le temps. Les joyeuses ménagères y tricotaient des pulls pour toute la famille ainsi que des robes, des manteaux, des couvertures et des écharpes.

Alors que je réfléchissais à la nécessité d'un couvre-théière en forme de corbeille débordante de fruits, je ressentis une étrange sensation à l'arrière de mon cou. On aurait dit des gouttes de pluie, mais pas mouillées, comme si des doigts froids tambourinaient sur ma nuque sans y exercer de pression, une sensation étrange et inhabituelle, presque impossible à décrire.

Je levai la tête et regardai autour de moi. De l'autre côté de la fenêtre, Nyx était assise sur le trottoir et me fixait des yeux. Étant donné que j'étais de l'autre côté de la rue et derrière une vitre, on aurait pu croire que je ne pouvais pas distinguer ses iris, pourtant j'aurais juré en être capable. Ils étaient verts et luisaient étrangement. Je clignai des yeux en me demandant si je couvais quelque chose et je crus voir le regard de Nyx s'intensifier comme si elle était fâchée contre moi.

Bon sang, mais que voulait-elle ? Je vais aller la chercher, me dis-je après avoir terminé mon thé. Hester refusait peut-être de la laisser entrer dans la boutique. Cela ne m'aurait pas surprise.

Je me rendis à la caisse pour régler l'addition, mais les deux tasses de thé avaient fait leur effet. Après avoir payé, j'annonçai discrètement :

— Je fais un saut au petit coin et je m'en vais.

Voilà ce qui arrivait quand on passait trop de temps à Oxford, on se surprenait à dire des choses comme « je fais un saut au petit coin ». Les toilettes se trouvaient en haut d'une volée de marches. Plus je montais et plus l'étrange sensation de froid et de tapotement sur ma nuque s'accentuait. Était-ce encore un traumatisme lié à mon coup sur le crâne ?

En haut de l'escalier, un panneau discret m'indiquait la direction des toilettes. Elles se situaient à gauche au fond du couloir, alors que les appartements privés des demoiselles

Watt se trouvaient sur la droite. Les picotements augmen-
tèrent lorsque je me retournai et reconnus immédiatement la
bibliothèque, dans le couloir menant à l'appartement des
sœurs.

J'avais vu cette bibliothèque dans le miroir de divination.

Bien sûr, voilà pourquoi cet endroit m'était familier.
J'étais déjà venue ici, mais je n'avais jamais prêté attention
aux bibliothèques. Jetant un coup d'œil rapide derrière moi
pour m'assurer que personne d'autre ne montait les marches,
je me faufilai dans le couloir privé. Ces bibliothèques étaient
là d'aussi loin que je me souvienne, et comme je ne pensais
pas que les Watt soient de grandes lectrices, je doutais que les
livres aient été déplacés depuis longtemps.

Je me mis à parcourir fébrilement les étagères, mais il y
en avait trop. De vieux bouquins de poche, des livres de
chevet datant d'une cinquantaine d'années, des romans, des
guides de voyage pour chaque recoin de l'Angleterre. Je sortis
une carte routière reliée de la région des lacs, des années
1940, et je faillis pleurer en découvrant une autre rangée de
livres derrière la première. Comme les sœurs avaient manqué
de place, elles avaient empilé les livres les uns devant les
autres.

Avec une grande inspiration, je fermai les yeux et m'efforçai de visualiser la scène qui m'était apparue dans le
miroir. Le livre que je cherchais avait été poussé sur le dessus
de la bibliothèque. Je ne pouvais pas le voir d'ici, mais je
sentais qu'il était là, au-dessus de ma tête et bien dissimulé à
ma vue.

Je devais monter sur quelque chose pour me surélever,
mais il n'y avait pas de chaise ni de marchepied à portée de
main. Je tendis les bras aussi haut que possible, dressée sur la

pointe des pieds, sans parvenir à atteindre le haut. Espérant que personne ne viendrait me surprendre, je m'emparai des volumes surdimensionnés sur l'étagère du bas. Les rois et reines d'Angleterre, les promenades dans l'Oxfordshire, l'histoire du Trinity College et le guide routier du Sussex avaient tous l'air solides.

Ces livres de table basse n'avaient pas été exposés depuis de nombreuses années, à en juger par la poussière qui les recouvrait. Après avoir empilé les volumes, je grimpai avec précaution sur mon escabeau rudimentaire. Cela me donna juste assez de hauteur pour atteindre la dernière étagère et y poser la main. Je découvris ainsi une vieille boîte en carton, un objet pointu qui ressemblait à un énorme coquillage et des toiles d'araignées en quantité suffisante pour décorer toute une maison hantée. Enfin, en me penchant si loin sur le côté que je faillis dégringoler, je touchai un morceau de cuir. C'était du cuir vieux et sec, vraisemblablement le dos d'un livre.

À ce moment-là, la sensation s'accentua à l'arrière de mon cou. Je n'arrivais pas à saisir le livre. Frustrée, je descendis de mon empilement de fortune, que je décalai légèrement sur la droite avant de remonter. Cette fois, je pus m'emparer du livre à deux mains. Je le descendis, le cœur battant la chamade, alors que les picotements de plus en plus insistants me donnaient l'impression que les acteurs de *Riverdance* faisaient un numéro de claquettes sur ma nuque.

Le livre était ancien, manifestement, mais si je m'attendais à ce qu'il soit couvert de symboles mystérieux, je fus un peu déçue. En apparence, il ne semblait pas plus intéressant que n'importe quel vieux bouquin relié en cuir. S'agissait-il seulement du grimoire ? À en juger par le picotement sur ma nuque, très certainement.

Après un autre coup d'œil rapide dans le couloir pour m'assurer que j'étais toujours seule, j'essayai d'ouvrir le livre. Sa couverture refusa de céder.

Je tentai à nouveau, utilisant délicatement mes pouces pour faire levier sur la couverture. Encore une fois, rien ne se produisit. Le sortilège de protection de ma grand-mère fonctionnait parfaitement.

Au même instant, j'entendis la voix de Miss Watt au bas des marches :

— Oh oui, c'est juste en haut des escaliers, au bout du couloir, puis à gauche.

Rapidement, je glissai le volume récalcitrant dans mon sac, avec mes livres de tricot et de crochet. Puis je m'agenouillai pour ranger précipitamment les autres livres çà et là sur les étagères. Je contournais le haut de la rampe et commençais à descendre les marches lorsqu'un vieil homme en imperméable taché, avec une canne à la main, amorça son ascension. Comme il n'y avait pas assez de place pour deux dans l'escalier, je reculai.

Il me jeta un regard intrigué en passant devant moi, me remerciant du bout des lèvres, et je me demandai s'il était possible qu'il ait perçu mon agitation intérieure.

Dévalant les escaliers, je me faufilai par la porte d'entrée en esquivant les sœurs Watt. Je savais que c'était ridicule, mais j'avais l'impression d'être une voleuse, même si j'étais presque certaine que ce livre m'appartenait. Si je me trompais, je viendrais le leur rendre, mais j'étais trop nerveuse pour affronter leur regard. Nyx me rejoignit, la queue frémissante, alors que je quittais le salon de thé, et nous retournâmes à *Tricotti Tricotta*. J'avais l'étrange sentiment qu'elle me protégeait.

À l'intérieur de la boutique, Hester aidait une femme intéressée par un modèle de coussin au crochet qu'elle avait trouvé dans un article. Elle ne se rappelait pas le nom du magazine, sa date de parution ni rien d'autre, mais le coussin avait des lignes ondulées et colorées et elle l'avait trouvé très joli.

Hester la conduisit jusqu'à l'endroit où nous proposions divers patrons. Comme elle semblait parfaitement capable de gérer la commande toute seule, je lui fis un signe de la main pour lui faire savoir que j'étais de retour, puis j'emportai le précieux grimoire à l'étage, dans mon appartement.

Où pouvais-je le cacher ? Je savais que je serais en bas jusqu'à la fin de la journée, mais étant donné les choses étranges qui se passaient dans le coin, je préférais ne pas prendre de risques. Si j'avais pu trouver l'emplacement du livre de sortilèges à l'aide d'un miroir, n'importe quelle sorcière serait capable du même exploit.

Au fil des ans, dans mes lectures, j'avais appris diverses façons de protéger les objets précieux contre les vols, en les plaçant dans des endroits où les cambrioleurs n'allaient jamais fouiller. Je n'imaginais pas mettre ce beau grimoire dans un panier à linge ou une poubelle. Après avoir cherché pendant quelques minutes, je finis par ranger le livre dans ma valise, au fond de l'armoire de ma chambre. Puis j'empilai par-dessus les couettes, les oreillers et les couvertures que Mamie entreposait dans ma chambre, en espérant lui donner une allure de vieille valise abandonnée depuis longtemps.

Après avoir pris soin de bien fermer la porte à clé, je retournai au rez-de-chaussée. Personne ne pouvait monter sans passer par mon intermédiaire et je ferais très attention à ne pas tourner le dos aux clients, aussi innocents qu'ils paraissent. Je jetai un coup d'œil à mon assistante improvisée, dont le regard me parut sournois et coupable. À elle non plus, je ne devais pas tourner le dos.

Il était seize heures. Encore une heure entière avant la fermeture.

Ce fut l'heure la plus longue de ma vie.

Hester n'arrêtait pas de bâiller, ce qui n'arrangeait rien. Enfin, à dix-sept heures moins le quart, je lui proposai de partir. Elle me lança un regard furieux, me rappelant que la veille, je l'avais libérée plus tôt et que Rafe l'avait privée de sortie.

— Si Rafe t'interroge, dis-lui que j'ai fermé de bonne heure.

Elle avait l'air de penser que c'était une ruse pour la faire punir à nouveau.

— C'est la vérité. Si Rafe te pose des problèmes, envoie-le-moi.

Je n'allais gâcher la vie de personne en fermant dix minutes plus tôt. Le tricot n'était pas un métier entraînant beaucoup d'urgences et je mourais d'envie de monter à l'étage et de jeter un autre coup d'œil à ce grimoire.

Après son départ, j'étais sur le point de fermer quand la sonnette retentit joyeusement. Grrr. J'espérais que ce client serait rapide. Affichant mon expression « comment puis-je vous aider », je me retournai pour découvrir Peter Wright.

— Peter, dis-je en feignant la sérénité totale, même si la bague à mon doigt se mettait à brûler. J'allais fermer.

Il sourit, et pour la première fois, je remarquai combien son sourire était effrayant.

— Tant mieux. Je veux te parler en privé.

Avant que je puisse répondre, il avait tiré le verrou et retourné mon panneau « ouvert » sur « fermé ».

— Qu'est-ce que je peux faire ?

Même si je ne comprenais pas quel danger il représentait, non seulement ma bague m'alertait, mais aussi tous mes sens, qu'ils soient humains ou sorciers. Du coin de l'œil, je vis Nyx se lever dans son panier, le dos rond et la gueule ouverte dans un feulement silencieux.

CHAPITRE 18

*I*l fouilla dans sa sacoche en cuir. Je tressaillis, mais rien de plus redoutable qu'un papier n'en sortit.

— Nous avons vraiment besoin que tu signes ce contrat pour vendre nos magasins à Richard Hatfield.

— Nous ? Vous n'êtes pas propriétaire de la boutique d'à côté, ce sont vos parents.

— Oui, eh bien, ils sont vieux et j'ai besoin de cet argent. Je dois récupérer mes enfants. Ma femme refuse que j'aille les voir. Elle dit que je n'ai pas une bonne influence.

Tu m'étonnes.

Il respirait un peu plus fort, comme si la seule mention de son ex le rendait fou.

— J'ai besoin d'un bon avocat et d'un foyer stable. Ces choses-là coûtent de l'argent.

— Peter, je suis sincèrement désolée pour vous, mais j'ai promis à Mamie de gérer sa boutique. Je suis navrée, mais je ne vais pas vendre.

— Laisse-moi te simplifier la tâche, dit-il en sortant autre chose de son sac.

C'était la dague. J'entendais encore son père, quand il me l'avait montrée. *Je pense que c'est une dague à double lame du XVIe siècle. Belle pièce. Regarde la courbe de la garde transversale.* Les boucles à l'extrémité provoquaient des hématomes de la taille et de la forme d'un petit pois lorsque la dague était enfoncée dans un corps humain.

— C'est vous qui avez tué ma grand-mère.

J'avais du mal à prononcer les mots à cause de la colère qui grondait dans ma poitrine.

— Pour de l'argent ?

— Je ne l'aurais pas fait si elle avait été raisonnable. Et je ne te tuerai pas non plus, si tu es raisonnable. Je me suis dit qu'une fois qu'elle serait partie, sa famille d'Amérique voudrait se débarrasser de cet endroit. C'est ce que tu devrais faire, vendre et rentrer chez toi.

Ses paroles bourdonnaient autour de moi comme des mouches sur un tas de fumier. À présent, je pensais et je voyais les choses sous un jour nouveau.

— Rosemary. Elle vous a vue tuer Mamie, c'est ça ?

Alors que nous parlions, il me poussait en direction de l'arrière-salle, là où j'avais découvert Rosemary. Comme je me trouvais du mauvais côté d'un poignard très aiguisé, j'obtempérai. Il leva sa main libre.

— Mais ce n'est pas ma faute. Cette vieille vache et son fils ont essayé de me faire chanter.

Jusqu'à présent, le message que l'on avait retrouvé m'avait toujours paru opaque. Le rendez-vous était fixé au magasin à minuit et j'en avais déduit qu'il s'agissait de ma boutique. Mais Rosemary n'avait pas été tuée ici.

— Elle vous a retrouvé à *Pennyfarthing* en pensant que vous alliez payer.

— Je ne comptais pas la payer alors que je n'avais pas encore reçu l'argent de la vente du magasin. Comment aurais-je pu faire ? Quand elle a vu que je m'énervais, elle a dit que si elle n'était pas de retour chez elle dans une heure, son fils appellerait la police.

Il haussa les épaules, comme si ses actes étaient tout à fait raisonnables.

— Que pouvais-je faire ? C'était leur propre faute. Ces salauds insatiables.

Parce que, bien sûr, ce n'était pas son cas.

Je devais faire quelque chose, mais je ne trouvais rien d'autre que le pousser à parler. Peut-être que Rafe viendrait me chercher. Malheureusement, je ne pensais pas avoir beaucoup de temps devant moi. Quelque part dans son discours, je l'entendis prononcer les mots « soif de sang ». Maintenant, en regardant Peter dans les yeux, je le voyais. Il voulait me tuer. Quoi que je fasse, il allait me poignarder et s'amuser de me voir mourir. Il avait un regard de toxicomane survolté.

Cela dit, son plan ne me semblait pas idéal pour trouver l'argent dont il avait besoin afin de récupérer ses enfants.

— Que se passera-t-il si je ne signe pas ce contrat et que vous me tuez ?

— Sidney Lafontaine a fait quelques recherches. Tu as hérité de ta grand-mère, mais si tu meurs, alors tout reviendra à ta mère. Nous savons tous qu'elle ne veut pas d'un magasin de tricot. Elle le vendra forcément.

— Sauf si j'ai fait un testament. C'est le cas. Je lègue tout à un refuge pour chats. Le temps que le conseil d'administration de l'association prenne une décision, vos enfants seront adultes.

Je disais peut-être des bêtises, mais je devais le faire parler pour éviter le poignard.

Il parut momentanément décontenancé. Tant mieux. Puis il répondit d'un ton railleur :

— Non, c'est faux. Allez, je n'ai pas de temps à perdre.

Il poussa le contrat vers moi, sa dague toujours contre ma gorge.

— Vous avez un stylo ? demandai-je.

C'était ridicule. Cela dit, une lame potentiellement mortelle brandie par un ex-militaire n'avait rien qui prêtait à sourire. J'aurais dû comprendre, en voyant l'habileté avec laquelle il avait poignardé les côtes de Mamie, que le tueur avait de l'entraînement. Comme j'avais été bête !

— Bon sang, grogna-t-il en fouillant dans sa poche, puis dans sa sacoche.

Je devais continuer à le faire parler.

— Pourquoi avez-vous déplacé le corps de Rosemary ici avant de m'assommer ?

— J'ai mis son corps ici parce que je voulais te faire peur. Je ne t'aurais pas frappée, mais tu es venue à la boutique alors que tu n'avais rien à y faire.

Il me regarda comme si j'avais commis un impair.

— D'habitude, vous êtes fermés le dimanche.

— Si j'avais su que vous étiez là, croyez-moi, je serais restée à l'étage.

— Je t'ai entendue arriver. Tu ne devais absolument pas me voir.

Il haussa les épaules comme si ce coup à la tête était un comportement parfaitement raisonnable.

J'avais des pouvoirs. Je devais bien réussir à faire quelque chose. Après tout, j'avais déjà fait flotter la laine à travers ma boutique. C'était déjà ça. Le bout de mes doigts se mit à picoter à cette idée. Je n'irais pas très loin en le frappant sur la tête avec des pelotes de laine flottantes. Pourquoi Mamie n'avait-elle pas ouvert un magasin de pierres et de fossiles ?

Mon panier anti-vampires se trouvait toujours dans le coin, à côté du balai. Il contenait des aiguilles à tricoter en bois aiguisées, sans doute plus utiles contre de petits vampires que contre un forcené humain. Il y avait aussi un crucifix et l'eau bénite.

Peter fouillait toujours dans sa sacoche, son contrat à la main, maintenant de l'autre le poignard contre ma gorge. J'essayai d'oublier le couteau pour me concentrer. J'imaginai le récipient d'eau bénite, exerçant ma pensée pour faire en sorte qu'il s'élève et vienne à moi. Je sentis mon pouvoir, comme une chaleur à travers mon corps, et je vis le pot – *oui* ! – commencer à monter dans les airs derrière son épaule.

— Frappe ce démon meurtrier, prononçai-je à haute voix. Que l'eau bénite étouffe ce mal.

— Quoi ? fit-il.

Il se retourna pour regarder ce qu'il se passait et poussa un cri lorsque le pot fusa vers lui, le heurtant au front avec une telle force qu'il se brisa. L'eau jaillit dans ses yeux, l'aveuglant momentanément.

Je le repoussai pour essayer de déguerpir, mais il me saisit le bras. Il n'avait toujours pas lâché le couteau. Je savais que je n'avais qu'une seconde avant qu'il ne recouvre la vue. Frénétiquement, j'essayai de m'éloigner.

Nyx souffla au même instant et lui sauta au visage, toutes griffes dehors. Il hurla en agitant son arme pour essayer de la poignarder. Ma fureur s'embrasa et je lui frappai le bras, celui qui tenait le couteau, mais il tenait bon.

— Balai, m'égosillai-je. Balaye cette saleté.

Puis j'ajoutai précipitamment :

— Aiguilles à tricoter, venez à mes mains vides.

Du bout des doigts, j'accompagnais mon ordre par des gestes fébriles. J'ignorais d'où provenaient mes mots, mais je suivais mon instinct.

Le balai s'envola. Il était lourd, avec un manche en bois, sans doute le genre que les sorcières utilisaient pour voler. Obéissant à mon ordre, il se retourna et frappa Peter Wright en plein dans le ventre, là où il avait poignardé Mamie.

Ce vieux balai avait peut-être l'air de rien, appuyé contre le mur, dans un coin, avec de la poussière et des toiles d'araignée accrochées à sa paille, mais si on le maniait assez vite, le manche en bois rigide pouvait causer des dégâts. Avec un grognement de douleur, il se retourna, mais le balai le cognait sans relâche. Pendant ce temps, les aiguilles aiguisées arrivèrent dans mes mains et je frappai mon agresseur au poignet jusqu'à ce qu'il finisse par lâcher son couteau.

Alors que je m'en emparais avant de reculer d'un bond, Nyx siffla en attaquant son visage une fois de plus. Peter passa une main sur ses yeux, où l'eau bénite semblait encore l'aveugler.

Nyx lui avait tailladé le visage, le bocal l'avait blessé au front et le balai ne cessait de le passer à tabac.

— Arrête, cria-t-il. Pitié, demande-leur d'arrêter.

Au même moment, la trappe s'ouvrit et Rafe surgit, les crocs apparents, prêt à en découdre.

Des coups retentirent simultanément sur la porte d'entrée et une voix cria :

— Police armée, restez où vous êtes.

Puis la porte vola en éclats.

Une fois de plus.

Plusieurs policiers firent irruption avec leurs armes à feu. Ian était juste derrière. La fureur dans son regard s'atténua lorsqu'il constata que j'étais indemne.

Je laissai tomber le couteau. Bien sûr, je ne craignais pas que l'on me prenne pour la coupable et que l'on me tire dessus, mais j'étais un peu sonnée. Je tremblais de tous mes membres et je m'affalai sur une chaise avant que mes jambes ne se dérobent.

— Tiens bon, souffla Rafe à mon oreille, passant un bras autour de moi. Tout va bien.

À présent, Peter était menotté et on lui lisait ses droits. Je regardai Ian, les sourcils levés.

— Cinq minutes plus tôt, ça aurait été super.

— Tu as besoin d'une ambulance ?

Je suivis son regard pour me rendre compte que je saignais de la main. J'avais dû me blesser en attrapant le couteau.

— Ce n'est qu'une entaille, dis-je en secouant la tête.

— Comment avez-vous su que Lucy se faisait agresser ? demanda Rafe.

Il avait l'air en colère, mais je savais que c'était parce que Ian était presque arrivé avant lui. Pour le coup, ils avaient failli arriver trop tard, aussi bien l'un que l'autre.

— Le fils de Rosemary Johnson est mort d'une overdose suspecte. Les empreintes de Peter Wright ont été trouvées sur les lieux. Je suis allé l'interroger et ses parents m'ont dit qu'il était sorti pour venir par ici. Puis sa mère a fondu en larmes en avouant qu'il avait emporté un vieux poignard. C'est là que j'ai appelé l'unité d'intervention.

Je hochai la tête.

— Il m'a expliqué qu'il avait besoin d'argent. Il y a un promoteur qui aimerait mettre la main sur toute cette rangée de magasins et qui est prêt à payer très cher. Mais l'accord n'était valable que si nous vendions tous. J'étais la seule à résister, alors...

Je levai les mains en ajoutant :

— Il a essayé de me persuader avec un couteau sous la gorge.

Ian regarda le sol, perplexe. Le pot cassé reposait dans une flaque d'eau, à côté du balai, de deux aiguilles à tricoter en bois et d'un chaton encore hérissé en train de faire sa toilette.

— C'est avec des aiguilles et un balai que tu as combattu un tueur entraîné armé d'un couteau ?

— Avec l'aide de mon chat.

Il secoua la tête.

— Je prendrai ta déposition en bonne et due forme plus tard, mais pour l'instant, tu dois te reposer.

Il se retourna pour partir, mais il ajouta :

— Lucy, tu es une femme remarquable.

Avant de disparaître, il lança :

— Oh, et j'ai bien peur que nous ayons cassé ta porte.

— Je vais devoir ajouter le serrurier en numérotation rapide.

CHAPITRE 19

*R*afe m'aida à me relever.

— Il a raison, tu sais. Tu es une femme remarquable.

J'allais répondre lorsqu'un cliquetis et des tâtonnements se firent entendre. Une fois de plus, la trappe commença à s'ouvrir. Ma grand-mère apparut, vêtue d'un pantalon et d'un T-shirt noirs. Ses cheveux étaient en bataille et l'on aurait dit qu'elle venait de se réveiller. Elle se hissa dans la boutique, puis elle cligna des paupières en regardant autour d'elle.

— C'est le matin ?

Je ne savais pas quoi dire. Rafe le fit à ma place :

— Il est six heures du soir. Pour vous, c'est très tôt le matin.

Elle secoua la tête.

— C'est le pire décalage horaire que j'aie jamais connu. Je ne sais jamais si c'est le jour ou la nuit.

— Vous vous y habituerez, dit-il d'une voix douce. Vous devriez peut-être retourner vous coucher quelques heures de plus.

— Non, intervins-je. Je suis vraiment contente que tu sois là, mamie. Je pense avoir trouvé le grimoire.

Son visage s'illumina.

— C'est merveilleux, ma chérie. Je n'en doutais pas.

Puis elle remarqua le sol jonché d'éclats de verre et le balai sur le côté.

— Oh, ma chérie. Quel désordre. Que s'est-il passé ?

— Je vais t'expliquer. Monte à l'étage, j'arrive tout de suite.

Rafe la conduisit dans la boutique, puis il lui tint la porte et elle disparut dans l'escalier.

— Je dois appeler le serrurier, dis-je. Tu crois qu'ils me feront une ristourne au bout de la énième fois ?

— Attends, je connais quelqu'un qui travaille de nuit. Il l'aura réparée demain matin.

— Avec joie.

Je balayai le verre brisé, remis le balai dans son coin et les aiguilles à tricoter dans le panier. En fin de compte, mon kit de protection contre les vampires avait fonctionné mieux que je ne l'aurais imaginé.

Je me dirigeai vers l'avant de la boutique.

— Je pourrais mettre quelque chose contre la poignée en attendant l'arrivée de ton serrurier.

Avant qu'il puisse répondre, la porte s'ouvrit et Violet Weeks entra en trombe. Cette fois, elle portait ses longs cheveux noirs détachés, ses mèches rouges, roses et violettes formant comme un ruban de cadeau d'anniversaire autour de son visage. Elle portait un ample pantalon noir, une chemise en soie bleue et un vêtement fluide, à mi-chemin entre la cape et le manteau. À la place du rubis, en guise de pendentif, elle avait du lapis-lazuli et de l'améthyste sertis d'argent.

— Tu vas bien ? demanda-t-elle en accourant à mes côtés. J'ai entendu dire que quelqu'un était entré par effraction et ma seconde vue m'a fait comprendre que tu avais des problèmes.

Je ne tombai pas dans le panneau de la cousine attentionnée.

— Et moi, ma seule et unique vue me dit que tu es une menteuse, rétorquai-je avec un regard de travers.

Elle écarquilla les yeux, la bouche grande ouverte.

— Tu dois encore peaufiner ta fausse indignation, lançai-je, pointant mon doigt vers sa poitrine.

J'étais tellement en colère que des étincelles jaillirent du bout de mes doigts et dansèrent sur le lapis-lazuli.

— Tu as volé mon carnet de commandes, et pour ça, tu as pratiquement dû enjamber mon corps inconscient.

Elle ouvrit un peu plus la bouche et j'enfonçai mon doigt sur sa poitrine, si bien que son collier sembla produire un feu d'artifice.

— N'essaie même pas de me mentir. J'ai un miroir de divination.

Je lui laissais croire que j'avais vu mon carnet de commandes chez elle, alors qu'en réalité, ce n'était qu'une supposition.

— Qui d'autre que toi pourrait bénéficier de ce grimoire ? C'est toi qui le cherches.

— Bon, très bien, avoua-t-elle, interposant sa paume devant mon doigt avant que je puisse l'en frapper à nouveau. Arrête, ça pique.

Fouillant dans son grand sac, elle en retira mon carnet de commandes.

— Je te le rapportais, si tu veux tout savoir. Il ne me sert à rien.

Pendant tout ce temps, elle ne cessait de jeter des coups d'œil à Rafe, qui observait notre échange houleux avec intérêt.

— Et vous, qui êtes-vous ?

— Je te présente mon ami, Rafe Crosyer.

— Hmm, fit-elle, son regard alternant entre nous. *Rafe Joli-cœur*, tu veux dire.

— Sérieusement ? Tu fais des jeux de mots foireux alors que j'ai failli être tuée et que tu n'as même pas essayé de voler à mon secours ? Un meurtrier m'a assommée et tu en as profité pour voler le carnet de commandes en pensant que c'était le grimoire.

— J'ai quand même vérifié que tu respirais, protesta-t-elle d'un ton hautain. Et l'homme qui t'avait agressée était déjà en train de s'enfuir, alors je savais que tu étais en sécurité.

— Il aurait pu revenir, grommelai-je.

— Eh bien, il ne l'a pas fait. Et je te rapporte ton livre de commandes. Je n'essayais pas de *voler* le grimoire. Il m'appartient autant qu'à toi. C'est ma grand-mère qui me l'a dit.

— Sur son lit de mort, j'imagine.

Je me sentais toujours agacée par cette fille et je ne cherchais même pas à être polie.

— Non. Elle est bien vivante, dit alors une femme plus âgée en entrant dans la boutique.

Elle ressemblait à Mamie. Elle avait peut-être quelques rides de plus, et ses cheveux étaient plus sel que poivre, mais les restes de la jeune femme que j'avais vue sur les photos de famille étaient incontestables.

— Ma petite-fille a raison. Elle a autant de droits que toi sur ce grimoire.

Ignorant ce qu'il convenait de faire, je demandai :

— Et si nous montions régler ça ?

Puis je me remémorai la porte cassée et la banque où je devais passer déposer l'argent de la journée.

— Dès qu'on aura trouvé un serrurier.

— Oh, pour l'amour du ciel, fit la vieille sorcière en claquant des doigts.

Elle les tendit vers la porte brisée et marmonna quelques mots, puis elle joignit ses deux mains. La porte d'entrée émit des étincelles et lorsque l'éblouissement se dissipa, elle se retrouva fermée et verrouillée.

— Merci, dis-je, même si nous étions loin d'être quittes – après tout, sa petite-fille m'avait laissée pour morte !

Une fois de plus, Rafe ouvrit la porte de l'appartement et je précédai Violet Weeks et sa grand-mère. Je n'avais aucune idée de ce qu'elles allaient dire en découvrant Mamie, visiblement bien portante. Cela dit, c'étaient des sorcières, elles s'y habitueraient. Au moins, en présence de Mamie, elles ne pouvaient pas me mentir éhontément.

Je ne pris pas la peine de prévenir Mamie que nous avions de la visite, pas plus que je ne pris la peine de les avertir. Une fois en haut de l'escalier, j'ouvris la voie jusqu'au salon. En notre absence, Mamie avait utilisé les produits de beauté qui se trouvaient encore dans sa salle de bains. Elle s'était coiffée et elle avait enfilé l'un des pulls tricotés à la main suspendus dans son armoire.

Elle écarquilla les yeux en voyant nos invitées. Elle n'avait pas l'air contente.

NANCY WARREN

— Lavinia ! Qu'est-ce que tu fais ici ?

La grand-mère de Violet Weeks parut aussi stupéfaite que la mienne.

— Je pourrais te poser la même question. Tu es censée être morte.

— Essaie de ne pas trop t'en réjouir. Et pour ta gouverne, sache que je suis bel et bien morte.

Lavinia s'approcha de ma grand-mère et huma l'air.

— Un vampire. Notre mère ne t'a donc rien appris ? Qu'est-il arrivé à tes sorts de protection ?

Ma grand-mère se leva, les mains sur ses hanches.

— Et les bonnes manières, alors ? Tu sais que tu n'es pas la bienvenue ici.

Sa sœur croisa les bras et les deux vieilles sorcières s'affrontèrent du regard. Lavinia déclara :

— Voilà un dilemme intéressant. Le grimoire était celui de notre mère et appartient également à nos petites-filles.

Mamie secoua la tête.

— Non, pas du tout. Maman me l'a donné quand tu as basculé du côté sombre. Ta propre mère n'avait pas confiance en toi, et moi encore moins.

Il régnait une vive animosité dans la pièce et Nyx se mit à tourner autour de mes chevilles jusqu'à ce que je la prenne dans mes bras. Je ne savais pas si elle m'offrait du réconfort ou si elle en cherchait, mais je me réjouissais de la tenir contre moi. Elle ne ronronna pas comme elle le faisait habituellement. Elle resta rigide, les oreilles dressées et les yeux grands ouverts. Je sentais qu'à tout moment, elle était prête à s'élancer hors de mes bras pour attaquer si nécessaire.

J'espérais sincèrement que l'on n'en arriverait pas là. Je n'aimais pas les conflits de manière générale, et Lavinia et

Violet étaient les seules parentes que j'avais au Royaume-Uni. S'il y avait un moyen de résoudre ces vieilles querelles, je serais heureuse de le faire.

— Si tu pensais que ta petite-fille avait droit au grimoire, pourquoi voulais-tu le voler ? demanda Mamie.

Lavinia rougit légèrement.

— C'était peut-être indigne de moi. Mais Violet est la prochaine génération de notre famille et elle en a besoin pour son éducation. Je n'ai jamais vu le moindre signe que ta petite-fille avait ce don.

Mamie renifla sans paraître convaincue. Apparemment, nous avions atteint une impasse.

— Je savais que tu le voulais avant de mourir, alors j'ai caché le livre. Après avoir été transformée, je ne me souvenais plus de l'endroit où je l'avais mis.

Lavinia avait l'air sincèrement inquiète. Elle s'avança :

— Agnès, ça ne peut pas être vrai. Si ce livre tombait entre de mauvaises mains, si des forces obscures se déchaînaient... C'est en partie pour ça que je voulais le préserver.

Mamie me regarda, triomphante.

— Lucy l'a trouvé. Sans mon aide.

Elle avait l'air tellement soulagée. Et Lavinia aussi. Le chat bondit hors de mes bras pour se diriger vers ma chambre, comme s'il me donnait la permission de révéler le livre à ces sorcières rivales. Je le suivis et, rejetant les couches de couettes et de draps, je récupérai le grimoire dans ma valise. Je revins avec le livre et Mamie s'extasia :

— Oh, Dieu merci, tu l'as trouvé. Où était-il ?

— Tu l'avais bien caché. Il était à côté, chez les demoiselles Watt.

Elle hocha la tête, enthousiaste.

— Oui. Maintenant, je me souviens. Elles ne regardent jamais ces vieilles étagères encombrées, alors j'ai glissé le livre tout en haut. Je savais que personne n'irait le chercher là-bas.

Lavinia m'arracha quasiment le volume des mains. Elle passa ses doigts avec vénération sur la vieille couverture en cuir.

— Je me rappelle qu'on s'amusait et qu'on se chamaillait en essayant de se surpasser avec les sorts, dit-elle d'une voix plus douce.

Mamie se rapprocha.

— Tu comprenais plus vite que moi, ça m'a toujours ennuyée.

— Tu étais plus jeune. Mais une fois que tu maîtrisais les sorts, les tiens étaient généralement plus puissants.

Elle retourna le livre dans ses mains.

— Violet est une bonne sorcière. Je veux qu'elle apprenne de nos ancêtres, qu'elle lise notre histoire et pratique notre art ancien.

Mamie renchérit :

— C'est aussi ce que je veux pour Lucy.

Le regard de Lavinia alterna entre Mamie et moi.

— Quelle formation Lucy a-t-elle reçue ? Elle vivait loin des nôtres. A-t-elle eu un mentor ? Sa mère est-elle une sorcière pratiquante ?

J'avais le sentiment qu'elle connaissait déjà les réponses à ces questions. Sa petite-fille semblait être le destinataire idéal du livre. J'attendis. Je savais quelque chose qu'elles ignoraient.

Inévitablement, Lavinia essaya d'ouvrir la couverture. Elle

résista à ses efforts aussi résolument qu'elle avait résisté aux miens. La vieille dame fronça les sourcils, incrédule.

— Ce livre est ensorcelé.

Elle se tourna vers sa sœur, et une fois de plus, le ressentiment fit des étincelles entre elles.

— J'exige que tu ouvres ce livre en retirant le sort.

Mamie secoua la tête.

— À ma transformation en vampire, j'ai perdu une grande part de mes souvenirs et la plupart de mes pouvoirs. Je ne pouvais même pas me rappeler l'endroit où j'avais caché le livre, comment pourrais-je me souvenir du sort que je lui ai jeté ?

Lavinia sourit.

— C'est comme ça que notre mère nous a départagées à la fin. Elle a jeté un sort sur ce livre même, et celle qui réussirait à le briser serait destinée à l'emporter pour la vie.

— Exactement, dit Mamie.

Lavinia toucha à nouveau la couverture.

— Il serait logique de proposer à nos deux petites-filles le même défi. Si l'une de ces jeunes sorcières est capable de passer outre le sortilège, alors ça voudra dire que le livre lui est destiné.

Elle ne lançait pas cette idée comme un défi entre pairs. Affronter Violet reviendrait à mettre un enfant chétif sur un ring de boxe face à un poids lourd.

— Mais je ne savais même pas que j'étais une sorcière il y a encore quelques jours, objectai-je. Je n'ai aucune formation, je n'ai jamais brisé de sort de toute ma vie, je n'en ai même jamais jeté un. C'est complètement injuste.

Je me tournai vers Mamie, qui s'était installée sur le

canapé avec une expression impénétrable. Je remarquai alors que l'album photo était ouvert sur la table. Il était pourtant fermé quand j'étais partie, ce matin. Manifestement, elle avait regardé des photos de son passé, et peut-être, d'elle et sa sœur quand elles étaient jeunes. Était-ce possible que cela l'ait mise dans de bonnes dispositions envers son ancienne ennemie ?

Personnellement, j'avais de gros doutes sur ces deux-là. Violet avait pratiquement enjambé mon cadavre tant elle était impatiente de mettre la main sur ce grimoire. Était-ce à ce genre de sorcière que le pouvoir contenu entre ces vieilles couvertures de cuir devait revenir ?

Violet me décocha un regard suffisant et supérieur qui me donna envie de la frapper. Lavinia s'exclama :

— C'est absurde. Le pouvoir d'une sorcière est intrinsèque. Tu peux apprendre beaucoup de choses dans ce livre, mais une sorcière avec un pouvoir inné et un cœur pur est largement capable de surpasser les sorts d'une autre.

Je n'en croyais pas un mot. J'étais certaine qu'elle considérait, tout comme sa petite-fille prétentieuse, que ce concours était gagné d'avance. Je les imaginais assises confortablement autour de leur chaudron, sans doute à préparer des potions pour me refiler des verrues au visage. Je me sentais aussi ronchonne qu'Hester, tout à coup, d'autant plus que Mamie ne prenait pas ma défense.

Je me demandais si, maintenant qu'elle était une vampire, elle avait oublié son lien avec mon monde, le monde des humains et des sorcières.

Je me tournai vers Rafe. C'était un vampire sensible et intelligent, il comprenait sûrement ce qui était en jeu ici.

— Rafe. Dis-leur que ce n'est pas juste. J'ai besoin de plus de temps pour me préparer.

Il haussa ses élégantes épaules.

— Je ne me mêle jamais des affaires des sorcières.

J'étais au désespoir. Je voulais ce grimoire. Je voulais apprendre à devenir une sorcière puissante, à vénérer la terre, à guérir les gens, à aider les amoureux à trouver leurs âmes sœurs et tout ce que les sorcières réalisaient. Je voulais protéger les innocents contre le mal.

— Il doit y avoir une sorte de gouvernement des sorcières qui pourrait superviser tout ça, proposai-je.

D'une seule voix, ma grand-mère et ma grand-tante s'écrièrent :

— Non.

Puis elles se regardèrent et Mamie précisa :

— Bien sûr, il existe des instances dirigeantes, mais là, c'est une affaire de famille. Ce grimoire est un livre ancien et puissant, nous ne voulons pas que des sorcières ordinaires connaissent son existence. Lucy, je suis désolée que tu n'aies pas eu plus d'entraînement, mais souviens-toi de tout ce que je t'ai dit.

Elle posa alors sur moi ses yeux à la sagesse ancestrale et je compris que, tout compte fait, elle tenait encore beaucoup à moi et à mon monde. Je sentis mon cœur s'alléger en prenant conscience qu'elle croyait en moi. Même sans les années d'entraînement dont Violet avait sans doute bénéficié, elle estimait que j'avais une chance de réussir.

Nyx me regardait avec des yeux tout aussi sages.

— Bon, d'accord, dis-je, résignée. Expliquez-moi comment ça marche.

— C'est très simple, répondit Lavinia. Chacune de vous va essayer d'annuler le sort. Celle qui réussira obtiendra le livre.

— Et si aucune de nous n'y arrive ?

Les vieilles sorcières se regardèrent et Lavinia répondit :

— Dans ce cas, j'imagine que ta grand-mère et moi essaierons chacune à notre tour. S'il n'y a toujours aucun succès, il faudra détruire le grimoire.

— Non !

Violet et moi avions crié en même temps et Lavinia darda sur nous un regard vif.

— Alors, l'une de vous va devoir ouvrir ce livre.

Nous tirâmes à pile ou face pour décider qui passerait en premier. Cela me semblait un peu cavalier, mais après tout, c'était aussi valable que toute autre méthode. Rafe fut désigné comme arbitre. Violet choisit face et moi pile. Il sortit une pièce de vingt pence de sa poche, la montra à tout le monde, puis la lança en l'air. Peut-être Violet ou sa grand-mère jetèrent-elles un sort à la pièce pendant qu'elle tournoyait, toujours est-il qu'elle retomba du côté face – le choix de Violet.

Lavinia fit asseoir les sorcières en cercle, le livre au centre. Mamie alla chercher des bougies qu'elle alluma. C'était à la fois chaleureux, mystérieux et mystique d'être assise dans ce cercle, à la lueur des bougies qui scintillaient sur ce vieux grimoire magique. Un frisson me parcourut et Nyx vint se lover sur mes genoux.

Je sentis le pouvoir des quatre sorcières assises en cercle. Rafe se tenait à l'écart de la lumière, ni sorcier ni mortel.

— On doit se tenir la main ? demanda Lavinia en regardant Mamie.

Ma grand-mère hésita, puis elle finit par trancher :

— Non. Que chacune garde sa magie.

Lavinia hocha la tête et dit à Violet :

— Maintenant, prends ton temps. Concentre-toi. Et sois bénie.

Si Violet était nerveuse, elle n'en laissait rien paraître. Il y avait une sérénité et une assurance chez cette fille, alors qu'elle fermait les yeux et tendait les deux mains vers le livre. Elle déclama :

Don du protecteur, je viens à vous,
Que ce livre s'ouvre à nous.

Chacune retenait son souffle, puis Violet se pencha en avant, à quatre pattes, et s'empara du grimoire. Elle posa sa main dessus et souleva la couverture. Le livre tout entier se retourna, les pages collées en bloc les unes aux autres comme s'il s'agissait d'une sculpture monolithique et non d'un ouvrage de papier.

— Attendez, dit Violet. Je ne me suis pas bien concentrée. Laissez-moi réessayer.

— C'est le tour de Lucy, maintenant, déclara Mamie.

— Mais elle va me copier, ce n'est pas juste. Elle ne sait même pas comment annuler un sort.

Je sentis le corps chaud de Nyx contre le mien. Elle ronronnait, une vibration plus qu'un bruit réel, si faible que j'étais la seule à pouvoir l'entendre. Le regard de Mamie était fixé sur moi. Inutile de me dire qu'il serait stupide de copier la tentative de Violet, qui n'avait même pas fonctionné.

Je fermai les yeux et me repliai en moi-même. Je me revis dans l'atelier de tricot avec Mamie, les pelotes de laine dansant autour de moi, sous mon charme. Je me vis en train de combattre un tueur, plus tôt dans la journée, et ressentis ce sentiment de puissance que j'avais éprouvé. J'emploierais mon pouvoir pour le bien, me promis-je. Je me sentais ouverte et prête à tout ce qui m'attendait. Je faisais partie de la terre et de la nature, je ne créais pas le pouvoir, je le transmettais. D'une voix forte, je prononçai :

Grimoire magique, si je dois être la prochaine de ma lignée,
Alors à moi ne reste pas fermé.

Je rouvris les yeux, me sentant un peu ridicule après cette rime improvisée plutôt sommaire. Je n'en avais pas l'intention, les mots m'avaient échappé spontanément. J'avais imaginé que le livre s'ouvrait et me révélait ses pages. Lorsque je me penchai en avant, une lumière dorée jaillit de l'intérieur et le livre s'ouvrit de lui-même, sur une page couverte de symboles et de mots effacés.

— Elle a réussi, souffla Lavinia, visiblement étonnée. Lucy, c'est ton tour de porter le grimoire. Utilise-le à bon escient, ma chérie, et laisse-nous t'aider comme nous le pouvons.

Sur ce, elle se leva en disant :

— Viens, Violet. Il est temps de partir.

Ma cousine ne discuta même pas. Avec un hochement de tête, elle se leva.

— Bonne chance, Lucy. Sois bénie.

— Attends, m'écriai-je. Tu es ma famille. Je pense qu'il est temps qu'on apprenne à se connaître, toutes les deux. J'ai un grenier plein de photos de toi, de tante Lavinia et de Mamie quand elles étaient jeunes.

Les mains sur les hanches, j'ajoutai :

— J'ai aussi le numéro de téléphone d'une pizzeria. L'épicerie est encore ouverte et ils vendent du vin. S'il te plaît, reste, histoire de faire connaissance.

Lavinia se tourna vers Mamie.

— Agnès ?

Les deux sœurs échangèrent un regard méfiant. Finalement, ma grand-mère admit :

— Deux générations ont passé. Il est peut-être temps de guérir les vieilles blessures.

Lavinia se tourna vers moi avec un sourire en coin.

— Jeune fille, tu as déjà montré que tu étais une sorcière très prometteuse.

Violet leva les yeux au ciel.

— S'il te plaît, utilise tes pouvoirs pour commander des pizzas. Je meurs de faim. Et, puisque tu as le grimoire, c'est toi qui payes.

Je ris en soulevant Nyx de mes genoux pour aller chercher mon portable.

— Je m'en occupe.

J'étais arrivée à Oxford perdue et le cœur brisé, espérant que Mamie pourrait me proposer une épaule sur laquelle pleurer et un endroit tranquille où guérir. En peu de temps, j'avais contribué à résoudre trois meurtres, même si officiellement, il n'y en avait eu que deux, je m'étais fait des amis parmi les vivants et les morts-vivants, j'avais découvert que j'étais une sorcière et j'avais même trouvé une seconde famille.

Difficile d'imaginer qu'une autre semaine puisse rivaliser avec celle-ci.

Nyx émit un bruit guttural, comme si elle crachait une boule de poils, et des étincelles argentées et dorées fusèrent de sa gueule.

Ah, oui. Et j'avais été adoptée par le plus incroyable et magique des chats.

J'espère que vous avez aimé les aventures de Lucy dans *Crocs et Accrocs* et que vous envisagerez de poster un avis en ligne. C'est très utile.

Ne ratez pas *Sorcière et Boutonnière*, tome 2 du *Club des Vampires Tricoteurs*.

En voici un bref aperçu :

Sorcière et Boutonnière, Chapitre 1

L'HOMME qui entra dans l'atelier de *Tricotti Tricotta* en cette fin de matinée d'octobre me fit immédiatement penser à un acteur de genre. Pas l'un de ceux dont le nom vous viendrait spontanément, mais un second rôle incarnant des généraux et des gentlemen anglais. Avec ses cheveux blancs ondulés, sa moustache parfaitement taillée et ses yeux bleus pétillants, il aurait facilement décroché de petits rôles dans des adaptations de *Downton Abbey* et de Jane Austen. Il était bronzé, comme s'il avait passé les derniers mois dans le sud de la France, et portait une veste de sport en tweed, un pantalon de flanelle gris et une cravate en soie.

Ma première impression fut qu'il était assez grand, mais à bien y regarder, je me rendis compte que c'était surtout sa posture bien droite qui le grandissait. L'expression « plus grand que nature » me traversa l'esprit. Il n'avait pas l'allure d'un tricoteur, mais comme je l'avais appris en gérant *Tricotti*

Tricotta ces derniers mois, il existait des tricoteurs de toutes les formes et de toutes les tailles, de tous les âges et de tous les sexes.

Certains étaient même des vampires.

— Bonjour, lançai-je en quittant le comptoir.

Lorsqu'il me vit, son visage s'éclaira comme si nous étions de vieilles connaissances, même si j'étais persuadée de ne l'avoir jamais vu. Il avait de grandes dents blanches et régulières.

— Bonjour, répondit-il. Et en effet, le jour est bon quand je suis accueilli par une belle jeune femme.

Il avait prononcé ces mots avec désinvolture, comme s'il faisait des compliments extravagants à toutes les femmes qu'il croisait, jeunes ou vieilles, belles ou quelconques. Je m'apprêtais à lui demander s'il était doué avec des aiguilles quand il dit :

— Je viens me soumettre à votre bon vouloir.

Je clignai des paupières devant ce choix de vocabulaire, avant de comprendre à l'éclat dans son regard qu'il n'était pas sérieux.

Il prit une profonde inspiration.

— Voyez-vous, c'est au sujet d'une femme qui habitait à côté, au salon de thé *Elderflower*. Elle s'appelait Florence Watt.

Je sentis qu'une intrigue se nouait. Florence et Mary Watt étaient les deux sœurs célibataires qui tenaient le salon de thé voisin, l'*Elderflower*, sans doute depuis aussi longtemps que l'arrivée du thé en Angleterre. J'eus le sentiment que cet homme avait connu Florence autrefois. Croyait-il qu'elle s'était mariée et qu'elle avait changé de nom ?

Je mis un terme à ses souffrances en annonçant :

— Miss Watt habite toujours à côté. Avec sa sœur, Mary, elle tient le salon de thé voisin.

Il porta une main à son cœur.

— Serait-il possible que Miss Florence Watt soit encore disponible ?

Cela me faisait bizarre de penser que l'une ou l'autre des demoiselles Watt puisse avoir une vie amoureuse, et pourtant, il semblait bien qu'il leur soit arrivé quelques aventures. J'essayai de ne pas paraître trop curieuse, mais en vain.

— Vous l'avez deviné, bien sûr, reprit-il. J'ai aimé Florence il y a cinquante-cinq ans et je n'ai jamais pu l'oublier.

J'avais déjà entendu de telles histoires. Des amoureux du lycée qui se retrouvaient à un âge mûr, des couples séparés par la vie et qui se réunissaient sur le tard. J'étais tout excitée à l'idée de jouer un petit rôle dans cette romance du troisième âge.

Même s'il était difficile d'imaginer Florence Watt, vieille dame pragmatique, en tant que jeune femme amoureuse, j'étais une romantique dans l'âme et je voulais croire que l'amour était encore possible pour elle.

J'étais intriguée et cet homme semblait avoir envie de se confier. Comme c'était une matinée tranquille à la boutique, je me fis un plaisir de reporter l'inventaire à plus tard.

— Vous deviez être très jeunes.

Il hocha la tête et regarda en direction du salon de thé.

— Encore un garçon. Mais il y avait quelque chose chez Florence que je n'avais jamais vu chez aucune autre fille. Nous sommes tombés amoureux et j'ai cru avoir trouvé la femme avec laquelle je passerais le reste de ma vie.

Il secoua tristement la tête.

— Malheureusement, j'ai été appelé ailleurs.

Baissant la voix, il s'assura que nous étions seuls avant de poursuivre :

— La loi sur les secrets officiels m'empêche d'en dire plus.

Naturellement, ma curiosité était piquée au vif. La loi sur les secrets officiels ? Cet homme était-il un espion ? Même les espions devaient bien partir à la retraite tôt ou tard. N'aurait-il pas dû prendre la sienne depuis plusieurs années déjà ?

— Avez-vous mené une existence secrète pendant tout ce temps ?

Il sourit, révélant à nouveau sa dentition parfaite.

— Non. La vie a suivi son cours et je me suis marié. J'ai mené une vie très différente. Mais je n'ai jamais oublié Florence. Et maintenant, ma femme est décédée et je me suis demandé s'il était possible que Florence se souvienne encore de moi comme je me souviens d'elle.

C'était une histoire très romantique. L'homme en face de moi jeta un rapide coup d'œil sur mon visage, comme pour constater que, moi aussi, j'étais emportée par des émotions troublantes. Pour tout dire, j'étais ce que les Britanniques décriraient par un adjectif désuet, mais si charmant : « éberluée ». Les sœurs Watt étaient deux vieilles filles d'un âge indéterminé. Je les imaginais presque venir au monde en émergeant de deux boules à thé sous la forme de dames d'âge mûr et passer leur vie entière à servir des scones aux raisins et des sandwiches sans croûte dans notre joli quartier d'Oxford. Penser que l'une d'elles puisse avoir connu des rendez-vous galants, qui plus est avec un homme prêt à lui déclarer sa flamme tant d'années après, c'était presque plus que je ne pouvais me le figurer.

Je dis alors la seule chose qui me vint à l'esprit :

— Pour autant que je sache, Florence Watt est à côté, au salon de thé, en ce moment même. Vous devriez peut-être vous adresser à elle.

Il hocha la tête, manifestement soulagé.

— Je me suis dit que je pourrais venir ici d'abord, pour voir si ses voisins savaient quelque chose qui m'éviterait éventuellement de me couvrir de ridicule.

Je restai perplexe devant une telle possibilité. Miss Watt avec un mari et cinq enfants ? Enfin, plus Miss Watt, en l'occurrence, mais Madame Je-ne-sais-quoi.

— Non. Je pense qu'elle sera heureuse de revoir un vieil ami.

Il jeta un coup d'œil à ma boutique, remplie de laines, de livres et de magazines de tricot, de pelotes, d'aiguilles, de crochets et d'accessoires en tous genres, sans compter les chandails, les châles et les cardigans suspendus aux murs ou sur des étagères comme sources d'inspiration. Il regarda vers mon arrière-boutique, que je gardais fermée par un rideau. Je m'en servais pour les cours de tricot, mais il y avait là une trappe creusée dans le parquet et utilisée par mes colocataires du dessous, un nid de vampires accros au tricot.

Quand je les avais rencontrés, peu de temps après avoir quitté Boston pour arriver ici, j'avais craint qu'ils ne me dévorent. Maintenant que je les comprenais mieux, je les appréciais beaucoup. Je gardais ce rideau soigneusement fermé pendant les heures d'ouverture de la boutique, car ma grand-mère, la vampire la plus récente du groupe, souffrait d'insomnie et avait déjà fait une ou deux apparitions malencontreuses dans la boutique en plein jour.

— Ce magasin est si chaleureux. Il me donnerait presque envie de me mettre au tricot.

— Vous devriez. C'est un passe-temps très relaxant.

Je me demandais bien comment je parvenais à rester impassible en disant ce genre de choses. Le tricot était un exercice diabolique conçu pour attiser la frustration. Presque tout ce que j'essayais de tricoter finissait par ressembler de près ou de loin à un hérisson. Mais la propriétaire d'un magasin de tricot ne pouvait pas décemment admettre qu'elle n'avait aucun talent pour cela. J'avais donc pris l'habitude de prononcer ces phrases toutes faites. Il hocha la tête sans cesser de regarder autour de lui.

— Vous n'étiez même pas née la dernière fois que je suis venu ici. C'était une autre dame qui tenait cette boutique.

— Oui. Ma grand-mère, Agnès Bartlett. Elle est décédée il y a quelques mois. Je suis sa petite-fille, Lucy.

— Je suis certain qu'elle serait très fière de savoir que vous faites un si bon travail.

— Merci.

Redressant ses épaules comme un soldat sur le point de défiler, il me dit :

— Eh bien, Lucy, souhaitez-moi bonne chance, voulez-vous ?

— Oui, bien sûr. Bonne chance.

Alors qu'il sortait, je le vis jeter un œil à son reflet dans la vitre de la porte. Sans doute était-ce plus par appréhension que par vanité, et je trouvais cela plutôt charmant qu'il vérifie son apparence avant de se lancer.

Naturellement, je mourais d'envie de discuter de cet étrange événement avec ma grand-mère, mais à cette heure de la journée, elle devait être au fond de son lit. Heureusement, le club de tricot des vampires devait se réunir le soir même.

Commandez votre exemplaire dès aujourd'hui ! *Sorcière et Boutonnière* est le tome 2 de la série *Le Club des Vampires Tricoteurs*.

Message de Nancy

Chers lecteurs,

Merci de lire la série *Le Club des Vampires Tricoteurs*. Je suis très reconnaissante pour l'enthousiasme que cette série a reçu.

J'espère que vous posterez votre avis en ligne et que vous en parlerez à vos amis amateurs de cozy mysteries.

Avis sur Amazon, Goodreads ou BookBub.

Votre soutien est comme la laine qui m'aide à tricoter ces histoires.

Inscrivez-vous à ma newsletter pour un préquel gratuit en anglais, *Tangles and Treasons* (*Pompons et Trahisons*), le récit palpitant de la transformation du beau Rafe Crosyer en vampire.

J'espère vous voir dans mon groupe Facebook privé. On s'y amuse beaucoup. www.facebook.com/groups/NancyWarren-Knitwits

À la prochaine et bonne lecture,

Nancy

REMERCIEMENTS

Je remercie tant de gens qui m'ont aidée à écrire ce livre. D'abord, je tiens à remercier Elizabeth Edmondson, Anselm Audley et Elizabeth Jennings, avec qui j'ai discuté en tout premier de cette idée à Oxford. C'est Anselm qui a trouvé le nom anglais du magasin de tricot, Cardinal Woolsey's. Malheureusement, Lizzy n'est plus des nôtres, mais j'espère qu'elle approuve. Merci à Mike Cole pour son coup de main en matière de recherche.

Merci à Karen Draisey, qui possède et gère la boutique Oxford Yarn Store. Si vous y passez et que vous aimez le tricot, vous devez absolument lui dire bonjour. Karen m'a aidée avec mes recherches et m'a invitée à intégrer son cercle de tricot au magasin. James, son adorable assistant, a volé à mon secours quand ma laine s'était emmêlée et a généreusement répondu à toutes mes questions. Tricotti Tricotta doit beaucoup à Oxford Yarn Store, en tout point semblable à la boutique du livre à l'exception des vampires !

Les Drunken Knitwits d'Oxford sont un super groupe, qui se réunit dans des pubs pour tricoter entre amis. Merci de m'avoir accueillie parmi vous. Un merci tout spécial à Jess pour la visite non officielle de certaines universités d'Oxford.

À mon assistante, Cindy Jackson, qui m'a été d'une aide incroyable. C'est souvent grâce à elle que j'ai conservé ma santé mentale.

Merci à Shelley Adina et Judy DeVries d'avoir lu les premières ébauches de ce livre et pour leurs conseils et leur aide.

Barbara Cool Lee, une autre auteure de cozy mystery, et une artiste de talent, m'a aidée à choisir ce que je voulais comme couverture. Ensuite, nous avons confié le projet à Lou Harper de Cover Affairs dont la magie a opéré. La mère de Barbara a eu la gentillesse d'être ma toute première lectrice.

Enfin, des remerciements tout particuliers aux lecteurs qui ont pris le temps et ont fait l'effort de lire ce livre avant sa publication pour me faire part de leurs retours. Je vous en suis très reconnaissante.

À PROPOS DE L'AUTEURE

Nancy Warren est une auteure de best-sellers au classement de USA Today, avec plus de 100 romans à son actif. Elle est originaire de Vancouver, au Canada, et elle adore voyager. Elle a notamment vécu en Angleterre, en Italie et en Californie. C'est quand elle habitait à Oxford qu'elle a rêvé au Club des Vampires Tricoteurs. Entre autres beaux moments dans sa carrière, son nom a figuré dans un mot-croisé du journal *National Post* au Canada, à la une du *New York Times* pour la parution de son livre *Speed Dating*, le premier de la série NASCAR de Harlequin, et elle a été trois fois nominée au Romance Writers of America's RITA award, une récompense prisée. Elle est diplômée en écriture créative de l'Université de Bath Spa. C'est aussi une randonneuse acharnée qui adore le chocolat, et par-dessus tout, avoir des nouvelles de ses lecteurs !

Pour la contacter, inscrivez-vous à la newsletter de Nancy sur NancyWarrenAuthor.com ou rejoignez son groupe privé Facebook www.facebook.com/groups/NancyWarrenKnitwits

Pour en savoir plus sur Nancy et ses livres :
NancyWarrenAuthor.com

facebook.com/AuthorNancyWarren

instagram.com/nancywarrenauthor

amazon.com/Nancy-Warren/e/B001H6NM5Q

goodreads.com/nancywarren

bookbub.com/authors/nancy-warren